# 젤리피시는 얼어붙지 않는다

**JELLYFISH WA KORANAI (The Jellyfish Never Freezes)**
by Yuto Ichikawa
Copyright © 2016 Yuto Ichikawa
All rights reserved.
Originally published in Japan by TOKYO SOGENSHA CO., LTD., Tokyo.
Korean translation rights arranged with TOKYO SOGENSHA CO., LTD., Japan
through THE SAKAI AGENCY and BC AGENCY.

이 책의 한국어판 저작권은 BC 에이전시를 통해
東京創元社사와 독점 계약한 '엘릭시르'에 있습니다.
저작권법에 의해 한국 내에서 보호를 받는 저작물이므로
무단 전재와 무단 복제를 금합니다.

이 도서의 국립중앙도서관 출판예정도서목록(CIP)은 서지정보유통지원시스템 홈페이지
(http://seoji.nl.go.kr)와 국가자료공동목록시스템(http://www.nl.go.kr/kolisnet)에서
이용하실 수 있습니다.
CIP제어번호 : CIP2018032093

THE
# JELLYFISH

## 젤리피시는
## 얼어붙지
## 않는다

이치카와
유토
지음

김은모
옮김

NEVER

FREEZES

엘릭시르

# 차 례

The Jellyfish Never Freezes

결국 마지막의 마지막까지 나는 리베카에게 타인에 지나지 않았다.

얼굴을 마주치면 이야기를 나누었고, 때로는 서로 웃음을 지었으며, 몇 번인가 그 손을 만진 적도 있지만 나는 그녀에게 결코 지인 이상의 존재가 되지 못했다.

내가 좋아하는 음악도,

내가 싫어하는 음식도,

내가 어디서 살다 왔는지도 그녀는 마지막까지 몰랐다.

원망스럽지 않았다면 거짓말이다.

정문 앞에서 다른 학우들과 담소를 나누는 리베카 옆을 지나치면서.

대학교 근처 쇼핑몰에서 아르바이트를 하는 그녀가 가게 앞에서 길 잃은 여자애를 다정하게 달래는 모습을 멀리서 바라보면서.

왜 오직 내게만 시선을 주지 않느냐고 생뚱맞은 분노를 느낀 적도 한두 번이 아니다.

하지만 그것은 그녀가 아니라, 그녀와 나를 갈라놓는 투명한 벽 앞에 우두커니 서 있을 수밖에 없는 무력한 나 자신에게 느끼는 증오에 가까운 감정이었다.

나도 그녀에 대해 모르기는 마찬가지였다.

리베카의 애독서가 제2차세계대전 전에 나온 로맨스 소설이었다는 것도,

그녀가 레몬주스를 싫어했다는 것도,

그녀가 쇼핑몰 근처 강가의 볕이 잘 드는 연립주택에 살았다는 것조차도.

나는 리베카가 죽은 뒤에야 알았다.

만약 그 당시 내게 아주 조금이라도 용기가 있었다면.

그녀에게 마음을 고백하고, 그 부드러운 몸을 끌어안고 입을 맞출 수 있었다면.

그녀는 나를 받아들여주었을까. 나는 리베카를 구할 수 있었을까.

모르겠다. 다 무의미한 망상이다.

당시 나는 리베카가 그들에게 모든 것을 다 빼앗기고 헌신짝처럼 버려지는 것을 막지 못했다. 아니, 그녀가 그런 짓을 당한 줄도 몰랐다. 그게 현실이다.

그렇다면 나는 지금 뭘 하는 걸까.

이미 너무나도 늦었음을 알면서, 리베카와 내가 생판 남남에 불과했음을 알면서, 그들을 이 세상에서 없애는 것에 무슨 의미가 있단 말인가.

답은 뻔하다. 아무 의미도 없다.

이것은 그저 현상에 지나지 않는다.

물에 빠진 쇳덩어리가 깊이 가라앉듯이, 모래성이 파도에 휩쓸려 소리도 없이 무너지듯이, 현상은 그저 미리 정해진 물리법칙에 따라 의미도 없이 세계를 변모시킬 뿐이다.

"이봐, 넌 어떻게 생각해?"

나는 앞으로 푹 고꾸라진 그 녀석의 뒤통수를 한 방 더 때렸다. 녀석이 듣기 싫은 신음 소리를 토해내며 사지를 벌벌 떨었다.

세 번, 네 번, 다섯 번, 여섯 번. 일곱 번을 후려친 후에야 나는 손을 멈췄다. 신음 소리도 경련도 멎었다. 공포와 고통으로 물든 얼굴을 바닥에 댄 채 마지막 사냥감은 완전히 숨을 거두었다.

어스름과 얼어붙을 듯 차가운 공기가 주위를 지배했다.

눈보라가 마물처럼 포효하며 젤리피시의 곤돌라를 흔들었다.

나는 둔기를 바닥에 내팽개치고 마지막 작업에 착수했다.

남은 작업은 그리 많지 않다.

나 자신을 이 눈의 감옥에서 지워 없애기만 하면 된다.

**젤리피시 (I)**

【표제】신형 기낭식 부유정 'JF-B' 항행 시험 계획서

【목적】신규 기낭식 부유정의 출시를 목표로 장거리 항행 성능을 최종 확인

【기간】1983년 2월 6일~9일(3일+예비일)

【항로】A주 P시(출발)~N주 A시~C주 T시~W주 R시~I주 L지구~I주 M시~N주 R지구~A주 F시~A주 P시(도착) (그림 1 참조)

【기체 형식/제조 번호】JF-B/T0003 (그림 2~4, 표 1~3 참조)

《예전 기체 'JF-A'와의 차이점》

(1) 기낭을 지금까지 사용하던 FF03에서 신규 개발품 FF04로

변경(보충 자료 1 참조)

(2) 자동 항행 기능을 신규 추가(보충 자료 2 참조)

(3) 곤돌라의 내부 설비 변경(보충 자료 3 참조)

**【탑승자】**

필립 파이퍼: 기술개발부 부장

네빌 크로퍼드: 기술개발부 부부장

크리스토퍼 브라이언: 기술개발부 연구원

윌리엄 채프먼: 기술개발부 연구원

린다 해밀턴: 기술개발부 연구원

에드워드 맥도웰: 파견 사원

이상 6명

**【시험 항목】**

(1) 평균/최고 항행 속도

(2) 연료 소비량

(3) 기낭 진공상태 제어 여부

(4) 자동 항행 기능 동작 여부

(후략)

*

1983년 2월 7일(월) 신형 기낭식 부유정 장거리 비행 시험 이틀째

14:11 제4 체크포인트에서 보급 완료

15:00 문제없음. 순조롭게 항행중


윌리엄 채프먼은 펜을 움직이던 손을 멈추고 실험 노트에서 고개를 들어 젤리피시(기낭식 부유정) 창밖으로 시선을 돌렸다.

온통 푸른색이었다. 티 없이 맑은 흰색 구름이 흘러갔고, 저 멀리 나지막한 곳에 지평선이 보였다.

창문에 얼굴을 바싹 붙이고 내려다보자 불그죽죽한 땅과 모래, 띄엄띄엄 늘어선 관목이 눈 아래로 펼쳐졌다. 비옥하다는 말과는 동떨어진, 삭막하고 황량한 풍경이다.

조용했다. 창문 너머로 희미한 바람 소리와 양력 제어 프로펠러가 돌아가는 소리가 들릴 뿐이다. 두두두두, 하고 리듬 있게 바람을 가르는 음색은 제트기의 투박한 엔진 소리와는 비교도 되지 않을 만큼 작고 경쾌하여 마치 자장가처럼 그를 꿈나라로 손짓했다.

윌리엄은 두 뺨을 두드렸다. 침대에 눕고 싶은 마음은 굴뚝 같지만, 자다가 네빌에게 들키면 야단난다. 그 남자는 다른 사

람이 게으름을 피우는 꼴은 죽어도 못 본다.

그때 갑자기 무전기 램프가 켜지더니 잠음이 섞인 목소리가 스피커를 흔들었다.

〈월, 들려? 살아 있으면 큰 소리로 대답해.〉

크리스토퍼 브라이언의 쾌활한 목소리는 잠음이 섞여도 단번에 알아들을 수 있었다.

"……죽었어."

무전기에서 귀를 찢을 듯한 바람 소리가 울려 퍼졌다. 녀석은 지금 비상구로 선미의 발코니에 나가, 강풍이 몰아치는 고도 이백 미터 상공에서 조그마한 발판과 가느다란 난간에 의지해 기낭을 육안으로 확인─근무시간에 술을 마셔서 징계를 받았다─하고 있을 터였다. 굳이 연락을 하다니 무슨 이상이라도 생긴 걸까.

"그쪽이야말로 어때, 크리스."

〈아아, 그렇게 좋은 소식은 아니야. 기낭이 찢어졌어.〉

단숨에 얼굴에서 핏기가 가셨다.

"저, 정말이야?"

〈거짓말이지.〉

"뭐?"

크리스의 말이 무슨 뜻인지 깨닫는 데는 시간이 좀 걸렸다.

"야, 크리스, 실없는 농담은 때려치워. 심장이 멎는 줄 알았 잖아."

정말로 기낭이 찢어졌다면 크리스가 느긋하게 인사나 할 리가 없고, 애당초 진공 기낭은 다소의 충격으로 찢어질 만큼 약하지 않다. 초등학생 수준의 농담에 감쪽같이 속아넘어가 다니, 윌리엄은 이를 갈고 싶은 심정이었다.

〈미안, 미안. 어때, 정신이 번쩍 들었지?〉

"덕분에."

방금 전까지 윌리엄을 괴롭히던 수마는 싹 다 날아갔다. 잘 나가는 집안의 후계자면서 이런 장난에는 사족을 못 쓰는 녀 석이다.

"따분해죽을 것 같은 날 위해서 일부러 호출한 거야? 고마 워서 눈물이 다 난다."

그들이 타고 있는 기체는 항행 성능 시험용이므로 내선 전 화는 설치되어 있지 않다. 각자에게 주어진 소형 무전기가 내 선 전화를 대신한다. 군에서 대여해준 물건이라는데, 네빌 말 로는 "통신이 감청당할 위험성은 거의 제로"라나 뭐라나.

감청이라니 웬 야단이냐고 처음에는 윌리엄도 뜬금없어했 지만, 그도 그럴 것이 이번 사안은 만에 하나라도 새어 나가 면 안 된다. 바다 너머 R국—우리 U국과 어깨를 나란히 하는 초강대국이자 정치적으로는 적대국—에 넘어가기라도 하면 십여 년 전에 있었던 중동 위기를 재연하는 꼴이나 마찬가지다. 이번 시험이야말로 여러 의미에서 기술개발부의 명운이 걸렸다고 해도 과언이 아니었다.

그렇지만…….

막상 항행 시험에 나서자 실제로 할 일은 계기 확인과 프로펠러 및 동력기, 벨트 등 주요 부품을 육안으로 확인하는 것뿐이었다. 그 정도는 한 시간이면 뚝딱이다. 기체는 자동 항행 시스템이 순조롭게 조종하고 있고, 교수의 수발은 에드워드에게 떠맡겼으므로 이제 윌리엄은 기껏해야 실험 노트라는 명목의 일기를 쓰고 심심풀이 삼아 가지고 온 페이퍼백을 읽는 정도밖에 할 일이 없었다.

이게 스파이 영화라면 적국의 공작원이 기체를 탈취하러 나타나겠지만, 물론 그런 상황은 벌어지지 않는다. 현실이란 이렇듯 시시한 법이다.

〈오냐, 얼마든지 고마워해.〉

크리스의 불성실한 목소리에서 장난기가 사라졌다.

〈지금까지는 장난이었고, 조타실에 가서 연료 잔량이랑 엔진 회전수 좀 확인해줘. 보고는 나나 네빌에게 하면 돼. 아니, 그냥 네빌에게 하는 게 낫겠다.〉

"알았어."

연비는 이번 항행 시험의 평가 항목 중 하나다. 젤리피시의 연비는 바람에 크게 영향을 받으므로 성능 비교라는 점에서는 어디까지나 어림셈 정도의 의미밖에 없지만.

그나저나 그 정도 용건이라면 직접 내게 말하면 될 것을, 네빌은 왜 굳이 크리스를 사이에 끼웠을까. 어차피 크리스와 이야기하는 김에 말이 나와 전해달라고 명령했겠지만, 무시당하는 것 같아서 윌리엄은 기분이 좋지 않았다.

뭐, 이제 와서 불평한들 무슨 소용이랴. 조금이라도 시간을 때울 수 있다면 계기 확인쯤은 얼마든지 할 수 있다. 윌리엄은 무전을 끊고 객실을 나섰다.

좁은 복도 오른편은 창문. 유리창 밖은 크리스가 찬바람을 견디며 육안 확인을 하고 있을, 높고 푸른 공중이다.

드높은 곳에 펼쳐진 경치가 한없이 고요하고 부드럽게 흘러간다. 정적과 부유하는 감각을 겸비한 이 정경은 엔진에서 폭음을 토해내는 비행기와 대지에 붙박인 고층 빌딩에서는 결코 맛볼 수 없다.

벌써 십 년도 넘게 지났나…….

당시 윌리엄은 돌을 던지면 한 명은 맞는다고 할 만큼 수많은 대학원생 중 하나에 불과했다. 그런데 지금은 '항공기의 역사를 바꾸었다'고까지 평가되는 신기술인 진공 기낭의 개발자 중 한 명으로, 업계에서 세계 최대 규모를 자랑하는 UFA에 소속되어 최첨단 기술을 개발하고 있다. 꿈이라면 깨지 않기를 바랄 만큼 인생이 확 달라졌다.

지금 윌리엄 일행은 그들이 새로이 개발한 기체의 성능을 평가하는 시험을 진행하고 있었다.

UFA가 자리한 A주 교외에서 출발해 인접한 주를 경유하여 다시 A주로 돌아오는 2박 3일 여행이다. 숙박 시설에는 들르지 않는다. 만일에 대비해 예비 일정을 붙이기는 했지만, 식사와 수면은 전부 시험기의 곤돌라에서 이루어진다.

복도 왼편에는 윌리엄이 방금 막 나온 방을 포함해 객실 세 개가 줄지어 있다. 선수 쪽이 1호실, 가운데가 2호실, 윌리엄이 있던 선미 쪽이 3호실. 각 방에는 간이 이층 침대가 설치되어 있으므로, 이번 항행 시험에 참가한 여섯 명은 생활 쾌적성도 시험할 겸 모두 객실에서 지냈다. 처음 이야기를 들었을 때는 고작 방 세 개에서 모두가 어떻게 밤을 보낼지 약간 불안했지만, 이층 침대의 성능은 의외로 나쁘지 않았다. 어쨌거나 라운지에 모여 갑갑한 침낭 속에서 잠을 청하는 사태는 벌어지지 않아서 다행이었다.

다만…….

윌리엄은 복도를 지나가다 2호실을 힐끗 바라보았다.

필립 파이퍼 교수는 여전히 방에서 나올 낌새가 없었다.

잔뜩 괸 독기가 문틈으로 새어 나오는 것 같았다. 교수의 수발을 떠맡은 에드워드—탑승 멤버 중에서 가장 나이가 어린 청년, 몇 달 전에 임시 개발 요원으로 합류했다—가 걸핏하면 윌리엄에게 싸늘한 시선을 던져서 가슴이 뜨끔하지만, 앞으로 하루하고 한나절이면 항행 시험이 끝난다. 참으라고 하는 수밖에 없다.

1호실의 선수 쪽 옆은 주방. 복도 끝부분이 라운지 겸 식당. 조타실은 식당에서 안으로 더 들어가야 한다.

조타실에는 아무도 없었다.

고도계, 속도계, 온도계, 기압계, 풍속계, 연료계, 회전계. 투박한 느낌의 수많은 계기에 둘러싸인 조종간이 마치 유령선의 키처럼 움직이고 있었다.

조종간 옆에는 가느다란 슬릿이 들어간 유백색 상자가 놓여 있고, 상자에서 촉수처럼 뻗어 나온 수십 가닥의 코드가 조종간과 계기에 연결되어 있다.

이번 시험기에서 눈길을 끄는 부분 중 하나가 자동 항행 시스템이다. 자세하게는 모르지만, 지금 유백색 상자 안에서는 256킬로바이트 대용량 메모리를 탑재한 계산기가 각 계기의 수치를 바탕으로 현재 위치 및 다음 목적지까지 남은 거리와 방향을 연산해 조종간에 신호를 보내고 있다고 한다.

으스스한 광경이었다.

이것이 오컬트가 아니라 순전한 전자 기술의 산물임을 머리로는 이해한다. 현재 작동 상태에도 문제는 없다. 그렇지만…… 조작하는 사람도 없는데 세밀하게 움직이는 조종간을 처음 보았을 때 느꼈던, 말로 다 형용할 수 없는 공포감은 쉽사리 씻어지지 않았다.

만약 이 기계가 명령을 무시하고 우리를 어딘지도 모를 곳으로 데려간다면…….

윌리엄은 머리를 흔들었다.

걱정도 팔자다. 무슨 공상과학영화도 아니고, 기계가 의사를 가질 리가 있나.

계기의 수치를 확인한 후 윌리엄은 무전기 스위치를 켰다.

*

네빌 크로퍼드가 주방에 들어가자 린다 해밀턴이 동그란 의자에 앉아 손톱을 다듬고 있었다.

"어머, 어쩐 일이야, 네빌."

"그건 내가 할 말인데. 빨리 제 위치로 돌아가. 지금은 근무 중이야."

모습이 안 보여서 찾아보니 역시나였다. 이 암고양이가.

"그렇게 딱딱하게 굴지 마. 어차피 할 일도 없는데 일찌감치 식사 준비 좀 하면 어때서."

"요리를 할 줄 안다니 금시초문이로군."

싱크대에는 조리 기구 하나도 놓여 있지 않았다. 린다는 삐친 것처럼 입술을 쑥 내밀었다.

치켜뜬 고혹적인 호박색 눈동자, 약간 처진 눈꼬리, 조그마한 입술, 부드럽게 물결치는 백금색 머리카락, 시선을 사로잡는 사랑스러운 얼굴. 거기에 풍만한 몸매까지 어우러진 덕분인지 학창 시절부터 린다에게는 남자 소문이 끊이지 않았다. 항공공학과로 진로를 정한 것도 남자 비율이 높은 학과를 늘어놓고 주사위를 굴린 결과라는, 웃기지도 않은 농담 같은 소문을 들은 적이 있다.

"할 일이라면 질릴 만큼 잔뜩 만들어줄게. 멋대로 행동하지 마."

"그렇지만……."

"한가하니 어쩌니 그런 문제가 아니야. 명령을 무시한 것 자체가 문제라고."

졸업한 지 십 년이 지난 지금도 이 여자의 변덕스러운 성격은 여전하다. 이제 곧 계획이 분수령을 맞으려는 참인데 할 일이 없다는 핑계를 대며 멋대로 행동하다니, 네빌은 린다가 몹시 눈에 거슬렸다.

"알았다고."

불만이 가득한 어투로 대꾸한 린다는 갑자기 생각이 바뀐 것처럼 표정을 풀고 네빌의 목에 두 팔을 둘렀다. "네빌, 앞으로의 일 때문이라면, 나보다 교수님을 걱정하는 게 어때? 지금 덜컥 돌아가시기라도 하면 당신 입장도 난처할 텐데."

"그때는 그때고."

기낭식 부유정의 권위자로 불렸던 교수도 지금은 술독에 빠진 늙은이에 지나지 않는다. 현재 기술개발부의 실권을 쥔 사람은 네빌이라 할 수 있다.

"든든하네."

린다는 헤벌린 입을 네빌의 입에 갖다 댔다. 그때 갑자기 무전기 호출음이 울렸다. 네빌은 린다를 떼어내고 무전기를 들었다.

"알로, 여기는 네빌…… 윌리엄? 왜? ……아니, 상관없어, 말해. ……잔량 27에…… RPM이 314. 알았어. 수고 많았어. 제 위치로 돌아가."

제1장 젤리피시(I)

어젯밤에 이야기했을 때 남는 시간을 주체하지 못하는 듯해서 크리스를 통해 일을 주었다는 걸 깜빡했다. 메모는 하지 않았지만 상관없다. 어차피 의미 없는 작업이다.

〈이상.〉

한마디를 남기고 무전이 끊어졌다. 꼴도 보기 싫고 대화도 나누고 싶지 않다. 그런 심정을 담은 것처럼 가시 돋친 응답이었다.

"어휴, 여자 마음도 모르는 이 야속한 인간아."

린다가 인상을 썼다. "근무 중이야." 네빌은 그렇게만 말하고 주방을 나섰다.

그때 다시 무전기가 울렸다. "알로." 네빌이 대답하자 에드워드의 목소리가 송수화부 스피커에서 인사도 없이 울려 퍼졌다.

〈네빌, 정시 보고입니다. 괜찮으세요?〉

"응."

몇 달 전에 임시 개발 요원으로 배속된 젊은이다. 그 나이 대답지만 어쩐지 발랄함은 느껴지지 않는 말투로 에드워드는 엔진실 점검 결과를 네빌에게 전했다. 별다른 이상 없음. 요약하자면 그 정도의 보고였다. 네빌은 적당히 말을 맞추어주고 내리나마나 한 지시를 두세 가지 내린 후 무전을 끊었다.

뒤를 돌아보았다. 주방 문은 닫혀 있었다. 네빌은 뻗으려던 손을 내리고 발걸음을 돌렸다. 근무중이다.

자기 객실인 1호실에 들어가기 직전에 2호실 문이 시야에 들어왔다.

—나보다 교수님을 걱정하는 게 어때?

쳇, 이제 와서 걱정할 필요가 뭐 있어.

그 노인네에게는 이제 아무 힘도 없다. 실무에서나 조직 운영에서나 기술개발부의 책임자 지위는 사실상 네빌이 물려받은 것과 다름없다. 네빌의 자만이 아니라 다른 멤버들도 그렇게 인식하고 있다.

네빌은 객실로 들어갔다. 계획의 세부 사항을 다시 한번 점검해야 한다.

*

일을 마친 에드워드 맥도웰은 2호실 문을 두드렸다.

"교수님, 저녁 드실 시간인데요."

대답은 없었다.

"……교수님?"

여전히 대답이 없다. 대신에 작게 끙끙대는 소리와 코 고는 소리가 문틈으로 새어 나왔다. 문손잡이를 잡았다. 자물쇠는 잠겨 있지 않았다. 그대로 문을 당기자 쉰 냄새가 코를 찔렀다.

바닥에 빈병과 빈 캔이 널려 있었다. 에드워드는 얼굴을 찡그리며 발을 내디뎠다. 필립 파이퍼 교수는 인사불성이 되어 벽에 붙은 이층 침대의 하단에 큰대자로 누워 있었다.

키는 큰 편이지만 몸은 건강미 없이 비쩍 말랐다. 얼굴에는 주름이 가득하다. 머리는 정수리까지 벗어졌고, 남은 머리카락도 하얗게 세었다. 아직 육십 대 초반일 테지만 에드워드 앞에 누운 이 남자는 제 나이보다 훨씬 늙어 보인다. 머리맡에는 맥주 캔이 놓여 있다. 분명 점심 식사를 한 뒤로 계속 마셨으리라. 얼굴이 벌게진 교수는 편안하다고는 하기 힘든 표정으로 잠을 자고 있었다.

십여 년 전, 젤리피시의 근간을 이루는 진공 기낭 기술을 공표하여 시대의 총아로 대접받으며 항공공학의 권위자로 자리매김한 대학교수의 모습은 거기에 없었다.

하기야 엄밀하게 말하자면 필립 파이퍼는 이제 '교수'가 아니다. 지금의 직위는 어디까지나 '기술개발부 부장'이다. 기업의 일개 사원에 지나지 않는다. 기술개발부 멤버를 비롯해 주변 사람들이 그를 '교수'라고 부르는 것은 이를테면 습관일 뿐이었다.

윗 침대에는 시트도 깔려 있지 않다. 에드워드는 환경이 안 좋아도 어지간하면 견딜 자신이 있었지만, 이 방에서 지내는 데는 강렬한 반감을 느꼈다.

침대 맞은편, 간소한 접이식 책상에 밋밋한 흰색 봉투가 놓여 있었다. 아무렇게나 찢은 봉투 끄트머리로 종이 몇 장이 보였다.

작은 충동이 싹텄다. 곯아떨어진 교수를 힐끔 살핀 후 에드워드는 작업용 고무장갑 낀 손을 봉투로 슬며시 뻗었다.

침대에서 몸을 뒤척이는 기척이 났다. 에드워드는 종이를 봉투에 쑤셔넣었다.

"일어나셨어요, 교수님?"

"에드워드냐?"

파이퍼는 느릿느릿 상반신을 일으켜 초점이 정확하지 않은 눈으로 에드워드를 보았다. "뭣하러 왔어?" 알아듣기 힘든 말이 술냄새와 함께 날아들었다.

"저녁 드실 시간이라서 알려드리려고요."

"안 먹어."

말을 내뱉자마자 파이퍼는 가슴을 움켜쥐고 심하게 기침을 했다. "괜찮으세요?" 전前 대학교수는 달려간 에드워드의 손을 난폭하게 뿌리치고, 상의 호주머니에서 작은 병을 꺼내 뚜껑을 비틀어 열었다. 손바닥에 부은 알약을 개수도 확인하지 않고 입에 털어 넣더니 머리맡의 맥주 캔을 들어 꿀꺽꿀꺽 마셨다. 입가에서 옅은 노란색 액체가 흘러 떨어졌다.

몇십 초가 지나갔다.

"식사는 나중에 가지고 올게요."

에드워드는 그 말만 남기고 2호실을 나섰다. 말로는 다 할 수 없는 피로감이 몰려왔다.

기술개발부에 들어온 지 몇 달이 지났다. 에드워드는 교수가 말짱한 정신으로 있는 모습을 단 한 번도 본 적이 없다.

시대의 총아라고까지 불린 파이퍼 교수가 왜 이렇게 몰락했는지, 파견 사원인 에드워드에게 말해주는 사람은 없었다. 사실상 책임자인 네빌은 물론 다른 멤버 역시 본인 앞에서는 비판 한번 입에 담지 않고 순종적인 부하를 연기한다. 하지만 한때 은사였던 사람을 경외하는 마음에서 그러는 것은 아니었다.

……아무래도 상관없다. 자신이 참견할 일은 아니다.

에드워드에게는 이 항행 시험이 UFA에서 맡은 마지막 일이다. 출입 허가증 유효기간은 남아 있지만, 일련의 일정이 끝나면 교수와 다른 멤버들과 얼굴을 마주칠 일도 없다.

젤리피시에 새로이 탑재되는 자동 항행 시스템을 구축하는 것이 에드워드가 기술개발부에서 맡은 주된 임무였다. 전체 설계도와 하드웨어가 미리 준비되어 있었다고는 하나, 다양한 잡무에 시달리면서 내부 제어 프로그램을 고작 몇 달 만에 갖추는 데는 엄청난 노력이 필요했다.

고생한 보람이 있는지 현재 시스템은 정상적으로 가동되고 있다. 이 상태라면 마지막까지 순조롭게 움직이리라.

통로 창문으로 눈을 돌리자 짙은 감색 어둠 속에서 별이 반짝이고 있었다.

자동차 불빛인지 점 같은 옅은 광원이 하나, 또 하나 어두운 지평선 옆을 흐르다가 사라졌다. 황야 위를 통과하는 이번 항로에서 인간의 기운을 느낄 수 있는 얼마 안 되는 광경이었다.

손목시계를 확인하자 오후 7시가 지났다. 에드워드는 창문에서 시선을 떼고 식당으로 향했다.


*


상공 이백 미터에서 맞이하는 아침은 춥다.

윌리엄이 침대에서 눈을 떴을 때 객실은 서리가 내린 게 아닐까 싶을 만큼 냉기로 가득했다.

덜덜 떨면서 몸을 일으켜 머리맡의 손목시계를 집었다. 오전 6시. 창밖은 어둡다. A주에서는 여간해서 볼 수 없는 두꺼운 구름이 하늘을 뒤덮었다. 상쾌하다고는 하기 힘든 아침이다.

2월 8일. 항행 시험은 딱히 큰 문제 없이 착실하게 마무리 단계로 나아가고 있었다. 내일을 예비 일정으로 빼놓기는 했지만, 사실상 오늘이 마지막날이다. 앞으로 몇 시간만 있으면 모든 여정이 끝난다. 이번 시험이 무사히 끝나고 고객에게 인정받으면 UFA는 거액의 이익을 얻는다. 기술개발부의 지위와 권력도 지금과는 비교도 되지 않을 만큼 강대해지리라. 윌리엄 자신도 예외는 아닐 것이다.

하지만 기쁨이나 흥분과는 동떨어진 답답한 감정이 지금 윌리엄의 가슴속을 좀먹고 있었다.

자신은 남의 공적에 기대고 있을 뿐이다. 그걸 잃으면 자신의 지위와 명예도 전부 모래성처럼 무너져 내린다. 업적이 커지면 커질수록 모든 것을 잃을지도 모른다는 공포 역시 헤아릴 수 없을 만큼 커진다.

윌리엄은 고개를 젓고 침대에서 빠져나와 방한복을 걸친 후 객실을 나섰다.

복도는 객실 이상으로 싸늘했다.

곤돌라의 객실에 수도 설비는 없다. 윌리엄이 사용하는 3호실 옆 선미 쪽에 공용 세면실과 화장실, 욕실이 있다. 추위에 몸을 떨면서 윌리엄은 세면실로 들어갔다. 볼일을 마치고 다시 복도로 나왔을 때…….

비로소 그는 알아차렸다.

파이퍼 교수가 사용하는 2호실 객실 문이 열려 있었다.

문틈으로 희미한 빛이 새어 나왔다.

문 아래쪽에 시선을 준 윌리엄은 소리 없는 비명을 질렀다.

쭈글쭈글한 오른손이 문과 벽 사이에 끼여 있었다.

*

필립 파이퍼 교수는 죽었다.

부릅뜬 두 눈, 치켜세운 눈썹, 쑥 내민 혀, 목을 파고든 왼손 손톱, 손톱에 긁혀 지렁이처럼 부어오른 자국…….

그것이 항공공학의 권위자였던 남자의 비참한 말로였다.

## 지 상 (I)

**1983년 2월 11일 07:30~**


A주 F서 형사과 소속 구조 렌 형사의 하루는 상사 마리아 솔즈베리를 전화로 깨우면서 시작된다.


공중전화 다이얼을 돌리고 호출음이 십여 번 울리고 나자 상대가 받았다. 오늘은 제법 빨리 일어났다.

"여보세요……."

"마리아, 일어나세요. 일입니다. 현장에 가야 해요."

"아아, 렌……."

졸린 목소리에 짜증의 미립자가 가득찼다. "뭐야, 아직 7시 반밖에 안 됐잖아. 잠 좀 자자……."

"대부분의 사람들은 벌써 집을 나섰을 겁니다. 이 시간까지 잠에 취해 게으름을 부리다니 그것참 대단한 신분이로군요. 수십 년 만에 대학에 재입학하는 게 어떠십니까."

"나 그렇게 안 늙었어!"

이런 유의 대화에도 완전히 익숙해졌다. 마리아의 잠을 깨우는 데 어떤 화제가 효과적인지 부임한 지 반년 사이에 렌은 충분히 파악했다.

"아이고야, 알았어. 현장은 어딘데?"

"차로 갈 겁니다. 현관 앞에 있으니까 이십 분 안에 나오세요. 아침 식사는 준비해놓았습니다."

"……그래."

한숨과 함께 통화가 끊어졌다. 렌은 전화 부스에서 나와 길가에 세워둔 애차에 올라탔다.

마리아가 자택 현관에서 나온 것은 삼십 분 후였다.

눈길을 사로잡는 여자라고 렌은 볼 때마다 생각한다.

길고 풍성한 붉은 머리칼. 신비하게도 각도에 따라 타오르는 듯한 루비 색깔로 빛나는 눈동자. 어지간한 정도가 아니라 빼어나게 단정한 이목구비. 양감이 느껴지는 가슴부터 잘록한 허리, 풍만하고 탄력 있는 엉덩이, 그리고 미끈하게 쭉 빠진 두 다리로 이어지는 라인은 드레스를 입히고 글라스를 쥐여주면 상류계급의 영애인가 착각할 만큼 미려하다.

하지만 지금 그녀는 드레스는커녕 평상복조차 제대로 갖추어 입지 못해 차마 눈뜨고 볼 수 없을 만큼 심각한 꼴이었다.

블라우스는 단추가 하나 떨어졌고 옷자락이 스커트에서 삐져나왔다. 습기를 머금은 해초처럼 후줄근한 정장. 펌프스에는 여기저기 흙이 묻었다. 머리카락은 마구 헝클어져 곱슬머리와 구분이 가지 않는다.

경찰관, 그것도 경감이라는 요직에 있는 사람의 행색이 이래서야 되겠나 싶지만, 마리아는 평소와 전혀 다름없는 차림새로 조수석에 올라탔다. "자, 가자." 거만하게 턱짓을 하는 마리아의 무릎에 렌은 샌드위치가 든 봉투를 얹어주고 애차에 시동을 걸었다.

"그런데……."

샌드위치의 마지막 한 조각을 입에 넣고 마리아가 바로 질문을 던졌다. "무슨 사건이야? 서에도 안 들르고 현장으로 바로 출근이라니 무슨 일이래?"

"젤리피시 추락 사고랍니다."

"젤리피시?"

"현장은 H산맥의 중턱. '젤리피시가 불타고 있다'는 신고를 받고 달려간 수색대가 전소한 기체와 시체 몇 구를 발견했다,

요약하면 그렇죠."

"아슬아슬하게 관할에 걸리네."

마리아는 인상을 찡그리는 것으로 모자라 끝내는 불경스러운 말을 내뱉었다. "십 킬로미터나 이십 킬로미터만 더 북쪽에 떨어지지 그랬냐. 정말 민폐네."

"평소 행실에 보답을 받은 거겠죠."

굳이 개성도 독창성도 없는 대답을 던졌다. 마리아는 흥 하고 코웃음을 쳤다.

A주의 인구밀도는 U국 동서쪽 해안선에 위치한 주보다 훨씬 낮다. 점점이 흩어진 마을과 간선도로에서 한 발짝만 벗어나면 주변에 바위와 흙과 모래 그리고 약간의 식물이 생식하는, 거대하다는 말로는 모자랄 만큼 넓은 황야가 펼쳐진다. 야생동물도 찾아보기 힘든 그런 벽지에서 사건이 발생하면 가장 가까운 경찰서에 현장검증과 수사가 맡겨진다.

렌과 마리아가 사는 지역에서 현장 부근의 산기슭까지 속도위반 직전의 속도로 달려서 한 시간 남짓. 렌의 조국에서는 짧은 여행이라 할 만한 거리다. 빠져들 것 같은 푸른 하늘, 저 멀리까지 펼쳐진 황야, 언제 끝난다는 기약도 없이 이어지는 간선도로. 달리고 또 달려도 바뀔 기색이 없는 광대한 풍경은 렌의 고향에서는 결코 볼 수 없는 모습이었다.

"그래서, 생존자는?"

"없는 모양이에요. 발견된 여섯 명 모두 사망했습니다. 각 시신의 신원은 현재 조사중입니다. 젤리피시 구입자 목록을 UFA에서 제출받았지만, 확인하는 데는 시간이 좀더 필요할 것 같습니다."

"대참사로군."

한숨을 내쉬며 마리아가 등받이에 몸을 묻었다. "게다가 젤리피시에서 사망 사고는 분명……."

"전례가 없습니다. 추락 사고라면 이게 세계 최초의 사례가 되겠죠."

"매스컴 놈들이 군침을 흘리며 달려들 만한 먹잇감이네. 아아, 오늘은 후딱 집에 가서 한잔 걸칠 생각이었는데. 아참, 추락 사고라면 경찰이 아니라 운수안전위원회 일 아니야?"

그런 태도로 잘도 경감까지 승진했군요, 마리아.

이런 진부한 대사는 입에 담지 않는다. 대신에 다른 말을 꺼냈다.

"평범한 추락 사고가 아닌 모양입니다. 보도관제가 필요할 지도 몰라요."

"엥? 그게 무슨 소리야?"

"시신 중 한 구는 머리와 팔다리가 절단됐답니다."

"……허."

"밥이 연락을 줬어요. 다른 시체에도 명백히 타살로 보이는 흔적이 있다고. 서두르죠, 마리아. 살인이라면 형사과인 우리가 맡아야 할 일이니까요."

*

현장 부근의 산기슭에 도착하자 흰색 젤리피시 한 척이 렌 일행을 기다리고 있었다.

"……잠깐. 왜 공군이 나서는 건데?"

마리아는 'AIR FORCE'라는 로고가 들어간 기낭을 올려다 보며 약간 들뜬 목소리로 말했다. 젤리피시 실물을 지척에서 보는 건 처음인 모양이다.

"시신만이라면 몰라도 헬기로 젤리피시 잔해를 회수하기는 힘드니까요. 젤리피시에는 젤리피시로, 그런 셈이죠. 우리도 저걸 타고 현장으로 향할 겁니다. 군에는 협조를 요청해두었어요……. 어쩌세요, 마리아. 설마하니 탑승하는 게 무서운 건 아니겠죠?"

"그, 그럴 리가 있나. 알았어. 타면 되잖아, 타면."

마리아는 굳은 얼굴로 턱을 치켜들었다.

상사 뒤를 따라가면서 렌은 다시금 젤리피시를 올려다보았다.

우아하고 아름다운 모습이었다.

길이는 약 사십 미터, 높이는 약 이십 미터. 기낭이 하늘을 매끄러운 타원형으로 가렸다. 기낭 밑부분에서 교각 몇 개가 뻗어 나왔고, 각 교각의 끄트머리에는 고리 세 개를 가로, 세로, 수평으로 구십 도씩 엇갈리게 겹친 형태의 바구니 모양 틀이 달려 있다. 그 틀 안에서 양력 제어용 프로펠러가 천천히 돌아가고 있었다.

렌은 눈앞의 기체가 하늘로 떠오르는 모습을 머릿속에 그렸다. 다리가 달린 넓적한 구체가 푸른 공간을 천천히 헤엄친다. 과연 '해파리(젤리피시)'라니 이름 한번 잘 붙였다.

"마리아 솔즈베리 경감, 구조 렌 형사. 이쪽으로."

지휘관으로 보이는 동갈색 머리의 군인이 두 사람을 안내했다.

곤돌라 내부는 예상외로 넓었다.

군용기답게 거주 공간을 빼고, 물자와 인원 운송용으로 추정되는 공간을 넓게 잡아놓았다. 테니스코트 한 면 정도 크기의 구획 구석에 의자와 테이블이 있었다. 지휘관이 경례한 후 물러가고 렌과 마리아가 의자에 앉자 기다리고 있었다는 듯이 선내에 무선방송이 울려 퍼졌다.

〈이륙합니다.〉

창밖 풍경이 아래쪽으로 이동했다. 아무 충격도 전해져오지 않았다. 엘리베이터를 탔을 때만큼의 가속도도 느껴지지 않을 정도로 조용한 이륙이었다. 군 관계자들이 방한 도구를 착용하며 분주하게 움직이는 가운데 렌은 다시 이야기를 시작했다.

"지금으로부터 사십육 년 전, 1937년에 대형 여객선이 폭발하는 사고가 발생해 비행선, 즉 기낭을 이용한 항공기는 사회적으로 신용을 잃고 지상에서 급속히 모습을 감추었습니다.

사고가 발생한 지 삼십오 년이 지난 1972년에 필립 파이퍼 교수가 이끄는 연구팀이 '진공 기낭'을 개발한 것을 계기로 비행선은 다시 각광을 받기 시작합니다. 이 기술 덕분에 비행선은 가연성 가스라는 족쇄에서 해방되는 동시에 소형화도 가능해져 이윽고 인류 최초의 민간용 기낭식 부유정, 제품명 '젤리피시'의 탄생으로 이어지는데요. 마리아, 듣고 있습니까?"

"응?"

마리아는 창문에서 시선을 돌렸다. "아아, 물론 다 들었지.

그래서?"

"필립 파이퍼 교수, 그리고 당시 연구실 학생들은 이 기낭식 부유정의 실용화를 목표로 학내 벤처기업을 설립합니다. 얼마 지나지 않아 업계 유수의 항공기 제조 회사 UFA의 눈에 띄어 1973년에 흡수합병되죠. 그후 UFA의 기낭식 비행정 부문 기술개발부로 변신해 현재에 이릅니다. 다른 기업에 흡수됐다고는 하나 십 년이나 존속하고 있는 셈이니까 벤처기업으로서는 보기 드문 성공 사례라고 할 수 있는……. 마리아, 듣고 있습니까?"

"뭐?"

창밖의 경치를 신기하다는 듯이 바라보던 마리아가 창문에서 퍼뜩 얼굴을 뗐다. "아아, 응. 물론 다 들었지. 그래서?"

"무슨 관람차를 처음으로 탄 어린애도 아니고. 유원지에 놀러간 기분 내지 말고 좀더 진지하게 귀를 기울이세요. 정말이지 낫살이나 먹은 어른이."

"누가 '낫살'을 먹었대!"

마리아가 정확하게 몇 살인지 렌은 모른다. 석 달쯤 전에 "23.5555555세 생일을 친구가 축하해줬어"라고 했으니 아마도 서른 살을 살짝 넘겼으리라. 렌은 자기보다 고작 몇 살 많은 이 방약무인한 상사가 나이에 관해서는 민감하게 구는 모습이 귀여워 보였다.

"자, 필립 파이퍼 교수 팀의 진공 기낭 기술과 관련 특허를 손에 넣은 UFA는 삼십여 년에 걸친 비행선의 정체기를 박살 낼 기세로 기낭식 부유정 사업을 개척해나갑니다. 흡수합병한 지 삼 년이 지나 출시된 젤리피시는 부유층을 중심으로 당초 예상을 대폭 웃도는 매상을 달성했습니다. 이제 '젤리피시' 하면 기낭식 부유정 자체를 가리킬 만큼 높은 인지도를 얻는 데 성공했죠. 기낭식 부유정의 역사를 비즈니스 관점을 포함해 대강 설명하면 이렇습니다."

"대강이라니, 전혀 그렇게 안 들리던데."

마리아는 질린다는 목소리로 말했다. "뭐, 하지만 젤리피시가 유행하기 시작했을 무렵은 나도 기억나. 신문에도 자주 실렸고. 저런 걸 어디 놓아두려고 그러나 늘 의문이었지만."

"거물 배우가 크루저를 사는 것 같은 느낌이겠죠. 가격대를 백만 달러 아래로 유지한 것도 보급에 한몫한 듯해요."

"백만 달러라……. 내 월급 몇십 년 치야. 우리나라에 떼부자가 그렇게 많나?"

"J국 사람인 제게 묻지 마세요. U국민은 당신이잖아요."

하기야 마리아의 속된 감상에는 렌도 수긍하지 않을 수 없었다. 렌의 조국에는 여태 기낭식 부유정이 보급될 낌새도 없다. 그런데 U국에서는 민간용만 해도 이미 백 대 전후가 세상에 나왔다고 한다. 렌은 이 나라의 경제력을 체감한 기분이었다.

"젤리피시가 이렇게까지 보급된 데는 가격 이상으로 크기가 큰 영향을 준 것 같더군요."

"크기? 아무리 U국 사람이 큰 걸 좋아한대도 한계가 있을 텐데."

"반대입니다. 기껏해야 사십 미터 크기로 소형화됐으니까요. 비행선의 가장 큰 결점은 부력을 얻기 위해 거대한 기낭이 필요하다는 겁니다. 예를 들면 1929년에 세계 일주를 달성한 여객 비행선은 고작 이십 미터 크기의 곤돌라 위에 이백삼십칠 미터, 야구장 두 개를 합친 길이의 기낭을 달았다고 해요.

한편 젤리피시의 경우, 비슷한 크기의 곤돌라를 공중에 띄우는 데 필요한 기낭의 크기는 겨우 가로세로 사십 미터죠. 앞서 예로 든 비행선의 약 6분의 1입니다. 얼마나 작아졌는지 아시겠죠?"

"자릿수가 다르네. 하지만 진공 기낭은 요컨대 속이 텅 빈 풍선이잖아? 그걸로 어떻게 소형화에 성공한 거지?"

"마리아, '아르키메데스의 원리'는 아십니까?"

"알아. '좋은 아이디어를 내고 싶으면 알몸으로 욕탕에서 뛰쳐나가라'. 기발한 아이디어는 기발한 행위에서 태어난다는 뜻이잖아?"

"물체가 받는 부력은 그 물체가 밀어낸 유체의 중량과 동일하다'. 당신도 이해할 수 있도록 설명하자면 찌그러진 빈 캔과 찌그러지지 않은 빈 캔 중에 후자가 더 큰 부력을 받는다는 원리입니다. 무게가 같다면 부피가 큰 편이, 바꿔 말하면 부피가 같다면 가벼운 편이, 즉 밀도가 작은 물체가 뜨기 쉽다는 뜻이죠. 당신과 제 머리를 잘라서 물에 던지면 머리 부피는 거의 같으니까 받는 부력은 동일합니다. 즉, 당신 머리는 물에 뜨고 제 머리는 가라앉겠죠. ……어떻습니까, 아직도 모르시겠어요?"

"잘 알았어. 네 성질머리가 고약하다는 것도!"

"그거 다행이로군요. 자, 이상의 설명에서 결론 하나가 도출됩니다. '물체의 밀도를 영에 가깝게 만들면 만들수록 그 물체가 받는 부력을 유효하게 키울 수 있다'. 즉……."

"'무게가 없는 상태', 진공으로 만듦으로써 최대의 부력을 얻을 수 있다는 거로군."

마리아는 집게손가락을 턱 밑에 댔다. 그녀가 생각할 때 나오는 버릇이다. "따라서 그만큼 기낭의 크기도 줄일 수 있다. 하지만 렌, 그 정도는 진작에 누가 생각해냈을 법도 한데, 아니야?"

"맞습니다."

렌은 목소리에 힘을 주었다. 평소의 분별없는 언동으로 봐
서는 상상도 안 되지만, 일단 시동이 걸리면 마리아의 지성
은 결코 낮은 편이 아니다. "진공 풍선으로 하늘을 난다는 개
념 자체는 삼백 년도 전부터 존재했어요. 현대에 이르기까지
그 개념을 실현하지 못한 것은 오로지 대기압을 견딜 수 있는
'진공 풍선'을 만들 기술이 없었기 때문입니다."

지표의 모든 물체는 늘 대기의 압력을 받는다. 풍선이 쪼그
라지지 않는 것은 풍선에 채워진 가스가 안쪽에서 대기를 밀
어내기 때문이다. 진공상태로 만들기 위해 가스를 빼면 기낭
은 순식간에 대기압에 눌려 쪼그라진다.

하지만 풍선 자체를 대기압에 견딜 수 있을 만큼 튼튼하게
만들려면 기낭의 두께를 늘려야 한다. 당연히 중량이 커지므
로 기낭의 본분을 다할 수 없다.

"그렇지만 '진공 기낭'은 그 이율배반을 극복했어. 무슨 술
수를 부린 거야?"

"저도 완벽히 이해하는 건 아니지만, '질화탄소'라는 특수한
소재가 열쇠인 것 같더군요. 현재 알려진 물질 중에서 경도가
가장 높은 물질인데, 이걸 폴리아크릴로니트릴 계열 수지를

바탕으로 합성하면 다이아몬드 이상의 경도와 잘 갈라지지 않는 수지의 특성을 겸비하여 대기압을 견딜 수 있는 기낭을 만들 수 있다던가."

"으응?"

마리아가 눈썹을 치켜세웠다. "갑자기 골치 아파지는데."

"항공공학 분야에서도 처음에는 비난이 자자했나 보더라고요. 실제로 시작품이 완성될 때까지는 거의 아무도 믿으려 들지 않았다. 훗날 교수 본인이 저서에서 그렇게 술회했습니다."

"뭐, 그도 그런가. 만약 순 거짓말이었다면 우리가 이렇게 하늘을 날 일도 없었을 테지."

마리아가 창문으로 눈을 돌렸다. 출발한 지 몇십 분쯤 지났다. 눈 아래의 풍경이 확 달라졌다.

적갈색 황야 대신 상록수 숲과 부드러운 곡선을 그리는 강들이 시야에 들어왔다. 윤택함이 넘치는 풍경 저 앞쪽에서 눈에 덮인 산맥이 다가왔다.

〈고도 상승합니다.〉

선내 무선방송을 신호로 눈 아래의 숲이 멀어졌다. 창밖의 색채가 숲의 푸른색에서 눈의 흰색으로 바뀌더니, 마침내 순백색 눈경치의 한구석에 검게 허물어진 형체가 나타났다.

사고 현장이었다.

*

"그 자식들, 도대체 무슨 수작이야!"

돌아오는 헬리콥터에서 마리아는 눈앞의 좌석을 걷어찼다. 앞에 앉은 젊은 감식관이 인상을 찌푸렸다. "잘도 사람을 면전에서 바퀴벌레 취급했겠다. 내가 누군지 알고. 경찰이라고, 경찰! 두고 봐. 공무집행방해죄로 싹 다 감방에 처넣어버릴 테니까."

군은 경찰 이상의 국가권력입니다만. 렌은 그런 반박을 하지 않았다. 열받은 마리아에게 반박을 시도한들 시간 낭비다.

"서장님을 통해 항의할 수 있도록 당장 준비하겠습니다."

"그 얼간이가 뭘 할 줄 안다고. 불륜 현장을 부인에게 적발당한 후로 부인 말에 벌벌 기는 양반이잖아?"

"항의 건은 사모님께 부탁하는 편이 낫겠군요."

마리아가 분통을 터뜨릴 만도 하다. U국 출신이 아닌 렌이 보기에도 군의 이번 태도는 명백하게 강압적이었다.

추락 현장은 H산맥 중턱, 등산로도 없는 함지陷地였다.

깎아지른 듯한 암벽에 둘러싸인 사방 일이 킬로미터의 설원. 먼 옛날 발생한 지반침하의 흔적으로 추정되는 그곳에 군에게 빌린 방한복으로 갈아입고 내려서자, 뺨을 찌르는 냉기

45

와 허리까지 쌓인 눈이 렌 일행을 맞이했다.

설원 서쪽 암벽 곁에 주검으로 변한 기체가 있었다.

무참한 모습이었다.

젤리피시에서 느껴지던 매력은 온데간데도 없었다. 곤돌라는 숯덩이로 변했고, 진공 기낭이 불타서 노출된 골조 몇 개만이 호를 그리며 쥐색 하늘로 솟구쳤다.

암벽 위쪽 상공에서 날카로운 바람 소리가 메아리쳤다. 함지에도 바람이 불어쳤지만 높은 암벽에 둘러싸여 있어서인지 함지 바깥쪽만큼 바람이 거세지는 않은 듯하다. 군의 기낭식 부유정도 함지에 들어온 뒤로는 크게 흔들리지 않고 무사히 착륙했다.

문제는 그후였다. 군은 마리아와 렌을 무시하고 사고가 난 기체를 회수하는 작업에 착수했다.

형식적이나마 현장검증을 할 틈도 주지 않았다. "자, 잠깐! 이게 무슨 짓이야!" 마리아의 항의를 지휘관은 "명령이라서요"라는 한마디로 일축했다.

군인 십여 명이 기체 잔해를 옮기고, 불탄 곤돌라에 와이어를 연결했다. 군용 젤리피시가 하늘 저편으로 운반해 사라지는 모습을 렌도 어안이 벙벙한 표정으로 바라보는 것이 고작이었다.

뒤에 남겨진 것은 마리아와 렌, 먼저 와 있던 검시관과 감식관 몇 명, 대형 헬리콥터, 눈밭에 새겨진 군인들의 발자국, 그리고 시커멓게 불탄 시체 여섯 구뿐이었다.

그 강경한 태도는 뭘까. 시신에는 눈도 주지 않고 사고가 난 기체에만 볼일이 있다는 태도였는데. 군은 그 기체에 대해 뭔가 알고 있는 걸까?

무엇보다 이번 일을 정말로 '사고'라 볼 수 있을까?

"밥, 다시 확인하겠습니다만."

프로펠러의 폭음에 묻히지 않도록 렌은 검시관에게 소리를 질렀다. "'시신에 남은 외상의 일부는 추락의 충격에 의한 것이 아니다'. 이 결론, 잘못된 거 아니겠죠?"

"정확한 건 부검을 해봐야 알 수 있겠지만."

밥 제럴드 검시관이 고함을 질렀다. 갈색 눈동자에 숱 많은 백발, 중키에 통통한 체격. 한동네에 사는 인자한 아저씨 같은 인상을 주는 남자다. "왜, 그 토막이 난 시체 있잖아. 그냥 추락한 것만으로는 절단면이 그렇게 깔끔할 리 없어. 뼈가 산산조각 났겠지."

"기체 밖에서 작업하다 사고를 당해 떨어지면서 프로펠러에 빨려들었을 가능성은요?"

"그것도 아닐걸. 그 큼지막한 프로펠러에 빨려들었다면 온

몸이 통째로 갈렸겠지. 하지만 시체는 절단된 곳 말고는 깨끗했어. 뭐, 깨끗하다고는 해도 노릇노릇 잘 구워졌지만."

밥은 짓궂은 개구쟁이 같은 웃음을 지으며 기내 안쪽으로 시선을 돌렸다. 숯덩이가 된 시신 여섯 구는 안쪽 칸막이 너머에 누워 있다.

노년에 접어든 검시관은 마리아의 술친구이자 렌과도 몇 번이나 만나 익숙한 사이다. 온후한 겉모습과는 정반대로 사람 앞에서 태연하게 과격한 말을 꺼내는 것이 옥에 티였다.

"묘하지 않습니까?"

수첩에 눈길을 떨어뜨린 채 중대한 의문을 입에 담았다.

"시체 여섯 구에서는 불에 탄 것과 신체 절단을 포함한 약간의 외상을 제외하면 눈에 띄는 손상이 확인되지 않았다고 하셨는데요. 추락하면서 기체가 전소할 만큼 큰불이 났다면 안에 있던 승무원도 무사하지는 못했을 텐데요."

"좋은 의견이야. 맹세하건대 저건 추락사가 아니야. 추락해서 죽었다면 대부분의 시체에 함몰이나 골절 등의 큰 손상이 남아 있겠지. 하지만 그런 건 어디에도 없었어."

"즉 추락이 아니었다……."

마리아가 집게손가락을 턱에 댔다.

"기껏해야 불시착 정도였다. 젤리피시가 저기에 착륙했을 때 희생자들은 아직 살아 있었다."

주변 상황도 그 추측을 뒷받침했다.

설원 서쪽에 위치한 암벽은 중턱부터 꼭대기까지가 자연이 만든 처마처럼 남북 방향으로 백 미터쯤 툭 튀어나와 있다. 젤리피시 잔해는 그 '처마 밑'의 남쪽에 치우쳐 널브러져 있었다.

암벽에 눈에 띌 만큼 확실하게 충돌한 흔적은 없었다. 암벽 어디에도 접촉하지 않고 거기에 쏙 들어가도록 추락하다니, 어지간한 우연이 없는 한 불가능하다.

게다가 암벽에는 하켄이 박혀 있었다. 하켄에 묶인 와이어의 끝부분은 잔해 위에 포개어져 눈에 묻혀 있었다.

피해자들이 눈보라를 피하기 위해 젤리피시를 거기까지 이동시켜 하켄과 와이어로 선체를 고정했다고 보는 편이 훨씬 앞뒤가 맞다.

왜 불시착했는지는 불분명하다. 진공 기낭에 구멍이 나서 비행이 불가능해졌거나, 양력 제어 프로펠러에 문제가 생겼거나. 군이 기체를 가져갔으니 추측밖에 할 수 없다.

하지만 문제는 그다음이었다.

그들에게 무슨 일이 일어난 걸까. 구조를 기다리고 있었을 그들은 왜 죽었을까. 머리와 팔다리가 잘려나갈 만한 변고가 그들을 덮친 걸까?

침묵이 감돌았다. 프로펠러가 뿜어내는 폭음이 렌의 고막을 때렸다.

"도대체 무슨 일이⋯⋯."

무심코 중얼거렸다. "무슨 일?" 마리아가 대뜸 말을 꺼냈다.

"그야 두말할 것도 없지. 살인이야."

부모님은 내가 열 살 무렵에 돌아가셨다.

둘이서만 오붓하게 짧은 여행을 떠났다가 투숙한 호텔에 불이 나서 덧없이 목숨을 잃었다. 다른 가족이 없었던 까닭에 얼마 지나지 않아 나는 먼 친척에게 거두어져 낯선 땅에서 새로운 생활을 시작하게 되었다.

학교에서 나는 완전히 이방인이었다. 친구다운 친구도 없었다. 책상에 낙서를 당하고, 교과서를 도둑맞고, 부모님의 죽음이 입방아에 오르고, 때로는 어른들 모르게 두드려 맞기도 했다.

집에서도 마찬가지였던 것은 결코 아니다.

내 양부모님은 초로의 부부였다. 온후하고 겉과 속이 똑같은 사람이라 이웃과도 돈독하게 지냈고, 나 역시 학대를 당하거나 부모님이 남긴 보험금을 빼앗기지 않았다. 어려서 부모님을 여읜 사람들 중에서는 운이 좋은 부류에 속했는지도 모르겠다.

하지만 양부모님은 나를 잘못 건드리면 터지는 폭탄인 양 조심조심 대했다.

친척이라지만 핏줄로 따지면 바다에 잉크를 한 방울 떨어뜨린 정도였다. 그리고 그들도 나도 요령이 좋지 못했다. 어려서 가족을 여읜 나를 어떻게 다루어야 할지 그들은 가늠하지 못했고, 그들이 내게 어떻게 해주었으면 하는지 나 자신도 알지 못했다.

학교에서 어떻게 지내는지 양부모님에게는 이야기하지 않았다. 어쩌면 다른 경로로 그들의 귀에 들어갔는지도 모르겠다. 하지만 가족 사이에서 화제가 되는 일은 없었다. 서로 웃음을 주고받았지만, 식탁에서는 어쩐지 어색함이 감돌았다.

그래서 나는 대학 진학을 계기로 두 사람 곁을 떠나기로 결심했다. 이대로 같이 살아봤자 답답하여 숨도 제대로 못 쉴 것이 분명했다. 나를 배웅하는 양부모님의 얼굴에는 안도와

회한이 뒤섞인 표정이 맺혀 있었다.

그들에게는 딱 한 번 편지를 보냈다. 새로운 거처의 주소는 적지 않았다.

가슴이 아프지 않다면 거짓말이다. 하지만…….

그들 곁으로 돌아가서는 안 된다. 그 생각은 지금도 마음속 깊은 곳에 박혀 있다.

*

나는 젤리피시다. 언제부터 그런 생각을 품게 되었을까.

해류를 거스를 만한 힘도 확고한 골격도 없이, 건드리는 자에게 아픔을 주다가 고독하게 바닷속으로 녹아들어 사라진다.

남에게 손길을 줄 수도, 남의 손길을 받아들일 수도 없는 해파리는 그저 해류를 타고 흘러갈 뿐이었다.

*

어릴 적부터 나는 모형을 좋아했다.

틈만 나면 장난감 매장에 가서 진열장 유리 너머로 전함,

전차, 괴수 등 갖가지 모형을 구경하며 하루하루를 보냈다. 부모님을 여의고 양부모님 슬하에서 살게 된 후로 그러한 경향은 더욱 강해졌다.

모형 중에서 가장 내 눈길을 잡아끈 것은 비행기였다.

무엇이 계기였는지는 기억이 안 난다. 어느덧 나는 유려하게 쭉 뻗은 날개, 힘찬 프로펠러, 매끄러운 동체 등 비행기가 갖춘 수많은 기능미에 사로잡혔다.

어쩌면 어두운 바다를 떠도는 해파리가 끝없는 하늘을 갈망하는 것과 비슷했는지도 모르겠다. 내가 대학에서 항공공학을 전공한 것도, 이 무렵에 싹튼 비행기에 대한 애정이 밑바탕에 있었음은 부정할 수 없다.

그렇지만 내가 나고 자란 곳은 U국에서도 손가락에 꼽을만큼 촌구석이라 산림과 밭밖에 없다고 해도 과언이 아니었다. 장난감 가게의 규모도 구비된 상품도 뻔할 뻔 자였다.

그러므로 A주립 대학교 근교로 거처를 옮겨 주의 중심 도시 P시에서도 손가락에 꼽는 쇼핑몰에 처음 발을 들여놓았을 때 받은 충격은 지금도 기억에 생생하다.

텔레비전에서나 보았던 거대한 입구. 줄지어 늘어선 예쁜 점포들. 축제라고 착각할 만큼 북적대는 인파.

고향 상점가와는 너무도 다른 규모에 나는 혼란에 빠져 당초의 목적을 잊고 그저 멍하니 쇼핑몰을 이리저리 돌아다니다가 한심하게도 길을 잃었다.

 남에게 길을 물어볼 용기가 나지 않아 어찌할 바를 모르고 있을 때.

 "무슨 일이에요? 도와줄까요?"

 시원한 목소리가 내 귀를 간질였다.
 양 갈래로 땋은 검은 머리를 좌우로 늘어뜨리고 안경을 낀 소녀가 내게 부드럽게 웃음을 지었다.

 그것이 그녀, 리베카와의 첫 만남이었다.

## 젤리피시(II)

월리엄에게는 필립 파이퍼 교수의 주검 앞에 굳은 표정으로 서 있는 네 명의 모습이 마치 유치한 희극의 한 장면처럼 느껴졌다.


"뭐야, 이게."

린다가 얼빠진 목소리로 침묵을 깼다. "장난치지 마⋯⋯. 무슨 짓이야, 이게 무슨 해괴한 짓이냐고?"

2호실의 침대 시트며 바닥에는 토사물이 널려 있었다. 교수의 시신은 오물을 피해 방구석에 눕혀놓았다. 네빌이 눈을 감기고 입을 다물렸지만, 단말마의 고통이 스치고 간 흔적을 완전히 지울 수는 없었다.

위스키병이 침대 옆에 뒹굴고 있었다. 내용물이 흘러서 바닥에 웅덩이가 생겼다. 크리스가 병을 손수건으로 감싸서 집어 들고 조심조심 코끝에 갖다 댔다.

"아직도 냄새가 나는군. 병을 연 지 오랜 시간이 지난 건 아닌 모양이야."

크리스는 병을 내려놓고 옅은 군청색 눈으로 시신을 바라보며 갈색 곱슬머리를 쥐어뜯었다. 늘 얼굴에 맺혀 있는 악동 같은 웃음이 괴로움과 곤혹스러움에 가득찬 표정으로 바뀌었다. 엄청난 자산가의 아들임을 좋은 뜻에서도 나쁜 뜻에서도 전혀 내세우지 않는 남자지만, 은사가 변사했다는 비상사태에 직면하자 그 유쾌한 분위기가 싹 날아가버린 것 같았다.

윌리엄은 혼란이 가시지 않는 머리로 크리스가 한 말이 무슨 뜻인지 생각했다. 현재 오전 8시가 조금 지났다. 윌리엄이 교수의 시체를 발견한 건 오전 6시. ……그때, 교수는 죽은 직후였을지도 모른다는 건가.

"급성 발작이겠지."

네빌이 입을 열었다. 칙칙한 회색 앞머리를 오른쪽 절반만 가르마를 타서 뒤로 빗어 넘겼고, 뿔테안경 안쪽의 담갈색 눈에는 차가운 눈빛이 감돌았다. "술로 약을 삼키려고 했지만 결국 늦었다. 정황상 그렇게 보이는데."

작은 병이 쏟아진 위스키에 잠겨 있었다. 병 주변에 알약이 수없이 흩어져 있었다.

은사의 급사. 윌리엄도 교수가 술독에 빠진 이래, 이런 날이 오리라는 상상을 한 번도 하지 않은 것은 아니다. 하지만 그 사태가 하필이면 오늘, 항행 시험이 끝나기 직전에 발생할 줄 은 몰랐다.

왜. 어제까지만 해도 교수의 용태가 급변할 만한 낌새는 전혀 없었는데.

"이런 식으로 교수님이 돌아가시다니 심히 안타깝지만, 지금은 사인을 따질 때가 아니야. 서둘러서……."

"잠깐만요."

에드워드가 말을 꺼냈다. 연한 갈색 머리에 비취색 눈동자. 다섯 명 중에서 가장 어린데도 표정에 생동감이 모자란다. 기묘한 분위기를 풍기는 청년이다.

"정말로 단순한 발작이었을까요?"

한순간의 침묵이 다섯 명 사이를 빠져나갔다.

"네빌 말대로 교수님이 급성 발작 때문에 약을 드실 틈도 없이 돌아가셨다면, 교수님 시신은 침대 위나, 적어도 침대 근처에서 발견됐겠죠."

다들 얼굴을 마주보았다. 교수가 쓰러져 있던 문 옆은 침대와 거리가 있다.

"그렇다면 이랬겠지. 발작이 일어나서 약을 먹었다. 하지만 증상이 잦아들지 않아 도움을 요청하려다가 숨이 끊어졌다. 큰 차이는 없어."

"그럴까요?"

"뭐?"

"저도 의학 지식이 있는 건 아니니까 확언할 수는 없습니다만."

에드워드는 시신의 한 부분을 가리켰다. "평소 교수님이 드시던 약은 협심증 발작약이에요. 심장이 아플 때 이런 곳을 쥐어뜯을까요?"

교수의 목에는 지렁이처럼 부어오른 자국이 몇 줄이나 남아 있었다.

오싹함이 윌리엄의 등골을 기어올랐다. 네빌, 크리스, 린다도 에드워드의 말뜻을 알아차렸는지 얼굴이 굳어졌다.

교수는 약을 먹으려다가, 혹은 약을 먹었는데도 죽은 것이 아니다.

약을 먹은 탓에 목숨을 잃은 것 아닐까?

"에드."

정적을 견디다 못한 윌리엄이 소리치듯이 입을 열었다. "누가 교수님 약에 독을 넣었다, 그런 말이야?"

에드워드는 아무 대답도 하지 않았다. 하지만 표정에서 부정의 뜻을 읽어낼 수는 없었다.

어지러이 흩어진 약과 술병, 토사물, 목을 쥐어뜯은 끝에 일그러진 표정으로 죽은 교수. 그래, 이게 독살의 광경이 아니고 무엇이겠는가. 그리고 우리는 독을 간단히 손에 넣을 수 있다.

"자, 잠깐."

린다의 목소리가 떨렸다. "독이라니…… 어째서? 어째서냐고. 왜 하필 이럴 때 교수님을 살해하는 건데. 누구야? 독살이라면 누가 이런 짓을 한 거야?"

"그걸 왜 우리한테 물어?"

크리스가 쌀쌀한 목소리로 말했다. "교수님이 약을 드신다는 걸 우리 모두 알고 있었어. 설령 에드의 말이 옳다고 해도 누가 독을 넣었는지는 알 턱이 없지. 적어도 지금은.

예를 들어 범인이 독이 든 약을 하나만 넣어두었다면, 교수님이 오늘 이렇게 된 건 우연에 지나지 않는 셈이야.

무엇보다 독이 정말로 약병에 들어 있었다는 보장도 없잖아."

……술인가.

교수가 술고래라는 사실은 기술개발부 전원이 알고 있다. 시험기에 짐을 실을 때 에드워드가 아이스박스를 몇 개나 들여놓는 것을 보고 윌리엄은 어이가 없었다.

분명 그중 몇 병은 교수 집무실의 책상에서 가지고 왔을 것이다. 여기에 있는 사람이라면 어렵지 않게 그중 하나를 독이 든 술병과 바꿔칠 수 있다. 술병에 수작을 부린 흔적이 남아 있었더라도 술에 취한 교수가 알아차릴 리 만무하다.

"네빌."

린다가 당황한 듯 네빌을 보았다. "헛소리." 네빌은 한마디로 일축했다.

"독이 어쩌고저쩌고 해봤자 전부 아무 증거도 없는 억측에 불과해. 항행 시험을 속행한다. 모두 제자리로 돌아가."

"이, 이봐!"

윌리엄은 귀를 의심했다. "제정신이야, 네빌? 교수님이, 교수님이 돌아가셨다고! 사인 운운의 문제가 아니야. 한시라도 빨리 경찰을 불러야지!"

"지금 여기서 경찰을 부르든, 도착 지점으로 가서 신고를 하든 경찰이 오는 데 걸리는 시간은 큰 차이가 없어. 경찰을 빨리 부른다고 교수님이 살아 돌아오는 것도 아니잖아. 그렇다면 합리적으로 판단해 A주로 돌아가서 항행 시험을 완수하

제3장 젤리피시(II)

는 게 먼저겠지."

"흠."

윌리엄은 반론할 수 없었다.

지금 젤리피시가 정박한 곳은 체크포인트와 체크포인트 사이다. 마을이고 간선도로고 아무것도 없이 그저 널따란 황야한복판이다. 여기서 경찰을 부르면 몇 시간이나 기다려야 할지 모른다.

게다가 여기는 A주 밖이다. 가장 가까운 마을로 부랴부랴 날아간들 결국 일행이 사는 A주의 관할 경찰서로 신고가 이관될 것을 고려하면 네빌 말대로 A주로 되돌아가 항행 시험을 마치는 편이 여러모로 편하기는 하다.

하지만 사태는 사람의, 그것도 은사의 죽음이다. 합리성만 따져서 판단해도 될까……?

"애당초 우리가 지금 경찰에 넙죽 신고할 수 있는 상황이야? 항행 시험을 한다는 사실이 외부에 노출되면, 너도 무사하지 못할 텐데."

네빌의 냉철한 목소리는 윌리엄의 망설임을 꺾기에 충분했다.

"다행히 항행 시험 경로와 A주로 돌아가는 길은 별 차이가 없어. 돌아가서 어떻게 대응할지는 내가 생각할게. 너희들은 시험을 무사히 마치는 데만 집중해. 크리스, 넌 스폰서에게 연락하고."

"알았어."

크리스가 고개를 끄덕이자 네빌은 나머지 사람을 쏘아보았다.

"꾸물거리지 마. 예정보다 사십 분이나 늦었어. 각자 위치로 돌아가."


"야단났군요."

에드워드가 고개를 저었다. 발랄함을 찾아볼 수 없는 목소리가 지금은 곤혹스러움과 의심으로 흔들렸다. "이런 일이 벌어지다니……. 그리고 네빌은 왜……."

"빨리 조타실로 가."

윌리엄은 못 들은 척했다.

"알겠습니다."

에드워드는 무미건조한 대답과 함께 선수로 향했다. 은사가 죽었는데 애도도 하지 않느냐고 무언의 질책을 하는 것 같아서 윌리엄은 에드워드의 뒷모습을 제대로 바라볼 수 없었다.

3호실로 돌아가 침대에 털썩 드러누웠다.

교수가 죽었다……. 독살당했다.

아니, 아직 그렇게 단정하기는 이르다. 병으로 죽었는지 다른 이유가 있는지 의사가 판단한 게 아니니까. 하지만 윌리엄은 신이 교수를 데려갔다고 안이하게 믿을 마음이 들지 않았다.

교수에게는 목숨을 위협받아도 이상하지 않을 만한 이유가 있다. 그리고 그건 기술개발부의 다른 멤버들도 마찬가지다.

에드워드가 교수의 죽음에 의문을 제시했을 때, 왜 교수가 살해당해야 하느냐고 반론한 사람은 없었다. 네빌도, "왜 하필 이럴 때" 하고 외친 린다도 교수가 살해당할 이유를 파고들지는 않았다.

두려웠기 때문이다. 아마도 그 자리에 있었던 모두가.

누군가 자신들의 목숨을 노리고 있을지도 모른다는 가능성을 인정하기가.

이번 시험은 기술개발부의 명운을 건 프로젝트다. 시험기의 정보가 만에 하나 외부에 새어 나가기라도 하면 우리 멤버뿐만 아니라 U국 전체의 위기로 발전할 수도 있다. 만약 적국의 공작원이 우리 앞에 나타난다면. 윌리엄이 그런 망상을 품은 것도 한두 번이 아니다.

하지만 정말로? 첩보소설이나 영화에서밖에 보지 못한 '적국 공작원'이 우리를?

그야말로 삼류 소설이다. 하지만 그렇게 따지면 진공 기낭이라는 혁명적인 기술을 세상에 내놓아 항공기의 역사를 바꾸었다는 평가까지 받은 우리야말로 과학소설에나 나올 법한 존재가 아닌가.

스스로를 비웃었다. 은사가 살해당했는데 나는 눈물 한 방울 흘리지 않고 제 한몸의 안전만 생각하고 있다.

……에드워드, 네 생각이 맞아.

교수님이 죽었지만 눈곱만큼도 슬프지 않아. 그저 내가 앞으로 어떻게 될지 두려울 뿐이야.

하지만 이대로 A주에 도착해도 경찰의 보호를 받는다는 선택지는 분명 없을 것이다. 달콤한 희망은 네빌의 한마디로 무너졌다.

─외부에 노출되면, 너도 무사하지 못할 텐데.

경찰에 달려간다는 것은 이번 시험에 관한 자초지종을 털어놓는다는 뜻이기도 하다. 동시에 UFA의 다른 부서에도 비밀로 해온 기술개발부와 스폰서의 관계를 공개한다는 뜻이고, 자칫하면 경찰이 그 이상의 사정을 탐색할 위험성도 내포하고 있다.

가령 경찰이 우리 과거를 수사하기라도 한다면.

그녀에 관한 일이 폭로되면 우리는 틀림없이 파멸한다.

아니면 설마…….

바로 그게 목적인가? 교수를 죽인 건 적국 공작원이 아니라 그녀의?

그렇다면 범인은…….

윌리엄은 침대에서 몸을 일으켰다. 뺨을 두드리고 머리를 휘휘 내저었다. 자꾸 잡생각에 빠지면 안 된다.

3호실을 나서서 통로 창문에 시선을 주었다. 어느새 바깥에 낯선 풍경이 펼쳐져 있었다.

아래를 보니 땅을 뒤덮은 녹색 나무들이 완만한 기복을 되풀이하고 있었다. 구불구불 흘러가는 짙은 쥐색의 강, 지평선에 늘어선 하얀 산봉우리들. 방금 전까지 메말랐던 대지와는 딴판으로 풍요로운 광경이다. 해발 고도가 다르면 경치도 이렇게까지 달라지는 법인가 보다.

산봉우리가 서서히 다가온다. 윌리엄은 창밖 풍경을 잠시 바라보다가.

등을 움찔 떨었다.

잠깐…….

왜 산이 다가오는 거지?

갑자기 천장에서 경보가 울려 퍼졌다. 윌리엄은 허둥지둥 3호실로 뛰어들어 무전기를 집었다.

"에드워드, 무슨 일이야!"

〈모르겠습니다.〉

감정이 풍부하다고는 할 수 없는 청년의 목소리가 희미하게 떨렸다.〈모르겠습니다만…… 비상사태입니다. 예정된 항로에서 벗어났어요. 진행 방향, 서남서 10도. H산맥까지 약 삼 분…….〉

핏기가 가셨다.

설마, 자동 항행 시스템이?

〈수동 항행으로 바꿔!〉

윌리엄보다 먼저 네빌의 목소리가 무전에 끼어들었다. 그답지 않게 긴박감이 가득한 목소리였다.

〈안 됩니다, 스위치가 먹히지 않습니다.〉

혼란을 억누르고자 애쓰는지 에드워드의 목소리는 잠겨 있었다.〈항행 모드 전환 스위치, 작동 불능.〉

〈이쪽도 그래.〉

조타실로 뛰어 들어갔는지 크리스가 에드워드에게 뒤지지 않을 만큼 목소리를 높였다.〈긴급 정지 스위치 반응 없음!〉

〈왜…… 왜 이래? 어떻게 된 거야?〉

린다의 찢어지는 듯한 목소리가 멀리서 울려 퍼졌다.

윌리엄은 깜짝 놀라서 굳어버렸다.

제3장 젤리피시(II)

시험기가 제어 불능, 모드 전환도 자동 항행 시스템 긴급 정지도 안 된다고?

어째서 그런 일이. 말도 안 된다, 그럴 리 없다.

혼란에 빠진 윌리엄을 비웃듯이 창밖 풍경이 급속하게 표정을 바꾸었다. 푸른 나무가 사라지고 눈 덮인 산이 창문을 하얗게 채색하기 시작했다.

틀렸다, 지금은 원인을 고민하고 있을 때가 아니다. 이대로 가다가는……

멤버들이 항로를 원상 복구하기 위해 절망적인 노력을 하는 장면이 무전기를 통해 전해졌다. 에드워드가 딱딱한 목소리로 상황을 계속 보고했다. 제어장치를 파괴하라고 외치는 네빌을, 크리스가 욕설 섞인 말로 제지했다.

우리는 어떻게 되는 걸까. 아니, 그것보다……

만약 이 기계가 멋대로 움직이고 있다면……

우리를 도대체 어디로 끌고 가려는 걸까?


젤리피시가 기울었다.

하얀 암벽이 창밖에서 빠르게 덮쳐왔다.


윌리엄은 절규했다.

**4**
장

## 지상(II)

1983년 2월 12일 07:00~

머리맡의 전화기가 저주스레 벨 소리를 울려냈다. 마리아는 낑낑대며 침대를 기어 수화기를 집었다.

"여보세요……."

"마리아, 일해야죠. 빨리 일어나세요. 탐문하러 갑시다."

잘 잤느냐는 말 한마디도 없다. 여느 때나 다름없이 무뚝뚝한 인간이다.

벽시계로 눈을 돌렸다. 아침 7시. 평소 같으면 어지간한 일이 없는 한 아직 잠들어 있을 시간이었다.

"아, 좀…… 어제보다 삼십 분이나 이르잖아. 조금만 더 자자……."

"사망자가 여섯 명이나 나온 대사건이 발생했는데, 부하에게 잡일을 떠넘기고 꿀 같은 잠에 탐닉한 상사가 하실 말씀은 아닐 텐데요. 젊음에 대한 질투를 저한테 발산하셔도 난감할 따름입니다만."

"널 질투할 만큼 나이 안 먹었어!"

이 밉살스러운 부하는 걸핏하면 마리아의 나이를 입에 담는다. "아이고, 내 팔자야. 알았어. 어디를 탐문할 건데?"

"차로 모시러 가겠습니다. 아침은 준비했으니 식기 전에 나오세요."

자세한 설명은 이동하면서 하는 것이 효율을 중시하는 렌의 방식이었다. "……그래." 마리아는 수화기를 콱 내려놓고 속옷 차림으로 침대에서 기어나왔다.

옷을 갈아입고 현관을 나서자 도로 옆 늘 지정된 위치에 눈에 익은 자동차가 서 있었다. 마리아가 조수석에 앉자 구조렌은 무릎에 따끈한 샌드위치가 든 종이봉투를 얹어주고 군더더기 없는 손놀림으로 차를 출발시켰다.

샌드위치를 먹어치우고 발치의 쓰레기통에 쓰레기를 버렸다. 그러고 보니 몇 달 전 렌과 파트너가 된 후로 집에서 아침을 차린 기억이 없다. 이런 생활에 완전히 길들여졌음을 깨닫고 마리아는 무심코 인상을 찡그렸다.

"왜 그러세요, 마리아?"

렌이 덤덤한 목소리로 말했다. 이 귀염성이라고는 없는 이방인이 F서에 부임한 지 반년. 상사로서 몇 번이나 행동을 함께해왔지만, 마리아는 렌의 과거와 사생활을 아직도 잘 모른다. J국 사람 특유의 연한 꿀색 피부, 검은 눈동자, 아주 자연스럽게 정돈한 검은 머리. 주름 하나 없는 양복에 셔츠. 안경으로 포인트를 준 이지적인 얼굴은 형사라기보다 일류 사립대 출신의 변호사에 가깝다. 나이는 이십 대 후반이라 들었지만, 피부에 탄력이 있어 고등학생이라고 해도 통할 만큼 앳되어 보인다. ……딱히 부럽지는 않다. 눈곱만큼도.

"아무것도 아니야. 그런데 어디 가는 거야? 무슨 진전이라도 있었어?"

"희생자 중 한 명의 신원이 판명됐습니다. 필립 파이퍼. UFA 기낭식 부유정 부문 기술개발부의 부장입니다."

한순간 침묵이 차 안을 뒤덮었다.

"……어제 네가 말했던, 진공 기낭을 개발했다는?"

"UFA에 따르면 며칠 전부터 기술개발부 멤버들과 연락이 두절됐다는군요. 시신을 확인한바, 한 명의 치과 진료 기록이 교수, 정확하게는 '전' 교수의 것과 일치했습니다."

마리아는 천장을 올려다보았다. 젤리피시의 아버지가 젤

리피시와 함께 산에 추락해 사망. 매스컴이 군침을 흘릴 만한 먹잇감이다.

"잠깐……. 교수뿐만이 아니라 기술개발부 멤버들이라고 했지?"

"그들, 파이퍼 교수의 예전 제자들도 현재 연락이 두절된 상태라는군요."

"그렇다면 나머지 시신 다섯 구는……."

"그들이라고 보아도 무방하겠죠. 밥에게 부검을 서둘러달라고 했습니다. 전화로 듣기로 몇 명은 신체적 특징이 일치한 답니다."

"야단났네."

설마 젤리피시 개발자님 일행일 줄이야. 사태가 예상외의, 명백하게 성가신 방향으로 굴러가기 시작했음을 마리아는 느꼈다.

"그런데 마리아, 설마하니 '또 성가신 일이 늘었다'고 생각하는 건 아니겠죠?"

……이놈의 부하는 독심술사인가.

"그, 그럼. 난 늘 일을 열심히 하는걸."

"그렇군요."

아주 쌀쌀맞은 말투였다. 진짜로 본때를 보여줄까 보다.

*

"믿기지가 않는군요."

UFA 제3제조부 부장 케네스 노박은 침통한 표정으로 고개를 저었다. "교수님이 이렇게 돌아가실 줄이야……. 저희 회사에 큰 손실입니다. 다른 멤버들도 아마……."

UFA U국 본부 A주 공장. P시 교외에 위치한 광대한 공장이 파이퍼 교수 팀이 소속된 기낭식 부유정 부문의 본거지였다. 마리아와 렌은 공장 한구석에 있는 사무동의 응접실에서 교수 팀의 상사에 해당하는 인물에게 진술 청취를 시작했다.

눈앞의 남자를 다시금 관찰한다. 콧수염이 풍성하고 풍채가 좋다. 평소 같으면 대기업 간부다운 위압감을 풍겼겠지만, 지금은 큰 충격을 받은 듯 힘없이 소파에 몸을 묻었다.

"상심이 크시겠군요. 고인의 명복을 빕니다."

렌이 차분한 말투로 조의를 표했다. 이런 장면에서는 참으로 쓸 만한 부하다. "바로 본론으로 들어가서 죄송합니다만, 추락하기까지의 경위를 아시는 대로 설명해주시겠습니까? 사원 여행이라도 간 걸까요?"

"그런 이야기는 못 들었는데요. 기술개발부는 신규 개발 안건을 맡고 있었고, 이번 비행이 그 안건의 최종 시험이었어요.

75

제가 파악하고 있는 사항은 그게 다입니다."

"최종 시험?"

"신형 젤리피시의 항행 시험입니다. 기낭식 부유정뿐만 아니라 모든 기술 제품이 다 그렇지만, 한번 만들어놓은 게 영원히 팔리지는 않습니다. 크고 작은 다양한 개량을 거치며 늘 진화해야 하는 법이죠. 젤리피시를 판매한 지 어느덧 칠 년이 지났습니다. 차세대 기종이 시장을 확대할 기폭제가 될 예정이었죠."

"교수 팀은 차세대 기종을 항행 시험하기 위해 젤리피시에 탑승했다, 그런 말씀이시군요."

노박은 고개를 끄덕이고 머리를 끌어안았다.

"그런데 설마 이런…… 맙소사."

실제로 무슨 일이 있었는지는 제쳐놓고, 현재 상황만 보면 UFA는 차세대 기종을 시험하는 데 실패하고, 개발진을 통째로 잃은 셈이다. 대내외적으로 UFA의 젤리피시 사업은 큰 타격을 면하지 못하리라.

그렇다면 문제는…….

"항행 시험에 대해 자세하게 말해봐요. 세세한 경로랑, 차세대 기종의 특징도."

노박의 증언이 사실이면 사고가 난 기체는 아직 세상에 나오지 않은 신형 젤리피시였던 셈이다. 그것이 항행 시험 도중 설산에 불시착했고 탑승자들은 죽임을 당했다. 기체의 잔해는 군이 서둘러 회수했다. 시체를 방치하면서까지.

U국에서는 항공기 사고가 발생하면 보통 운수안전위원회가 조사를 담당한다. 그런데 렌 말로는, 이번 사고에서는 군이 강하게 끼어들고 나서서 위원회와 옥신각신하고 있다고 한다. 지금은 마리아와 렌이 그들보다 먼저 진술을 청취하고 있지만, 어떻게 보면 혼잡한 틈을 타서 기회를 잡았다기보다는 쓸데없이 괜한 일을 떠맡았다고 할 수도 있는데…….

이 사건, 역시 쉽게 풀릴 것 같지는 않다.

"저도 현장을 떠난 지 꽤 오래되어서요. 부끄럽지만 기술적인 부분을 포함해 상세한 사정은 잘 모릅니다. 사업부에 제출된 항행 시험 계획서를 드릴 테니 자세한 내용은 그걸로 확인하십시오. 필요한 사항은 거기 기재되어 있을 테니까요."

"부탁해요."

그쪽은 렌에게 맡기자. 학창 시절부터 '시험'이라는 이름이 붙은 건 영 거북하다.

"귀사에서 신고를 하게 된 경위는 어떠합니까?"

"시험 계획서에도 적혀 있지만, 2월 6일부터 9일까지 나흘간 항행 시험이 진행될 예정이었습니다. 그런데 9일이 지나

10일이 돼도 돌아올 낌새가 전혀 없었어요. 문제가 생겼을지도 모르겠다 싶었지만 기밀 사항이니까요. 두 분 앞에서 말씀드리기는 뭐하지만, 섣불리 경찰을 불러 일을 키웠다가 차세대 기종에 관한 정보가 유출되기라도 하면 어쩌나 걱정이 됐습니다. 어디서 일정이 지체되었을 가능성도 있으니까 하루만 더 기다려보기로 했는데…….”

“그다음날, 11일에 젤리피시가 추락했다는 소식이 날아들었다는 말씀이시군요.”

노박은 고개를 끄덕였다.

이번 사고는 텔레비전과 신문으로 이미 보도되었다. 하기야 어제만 해도 ‘수색중’이라는 명목으로 탑승자의 신원과 생사 여부는 공표되지 않았다. 교수 팀에 관한 정보는 조만간 발표해야겠지만, 사인은 렌의 말대로 섣불리 공표하면 안 된다.

“차세대 기종에 관해 제일 잘 아는 사람은 누구예요? 서류에 기재되지 않은 내용도 포함해서 여러모로 자세한 이야기를 듣고 싶은데.”

“그게 말씀입니다…….”

곤혹스러움이 노박의 표정을 지배했다. “제일 잘 아는 사람이 바로 교수를 포함한 기술개발부 멤버였습니다. 제조부 사람도 어느 정도는 알겠지만, 구체적인 연구 개발에 관한 내용은……."

"자, 잠깐만."

마리아는 황급히 말허리를 잘랐다. "그게 무슨 소리예요. 같은 회사잖아요. 연구 내용을 모르다니 말이 돼요?"

"'연구 개발'과 '제조'는 완전히 별개입니다. 다른 항공기 제조사도 그렇고, 자동차 및 전자 제품을 다루는 업종에서도 연구와 제조는 보통 조직적으로 분리되어 있어요. 그리고 조직이 다르면 안에서 뭘 하고 있는지 밖에서는 잘 보이지 않죠. 설령 같은 회사라도 말입니다.

특히 기낭식 부유정 부문의 기술개발부는 원래 완전히 다른 회사였습니다. 같은 '기낭식 부유정 부문'이라고는 하지만, 실상은 다른 벤처기업이 UFA의 공장에 입주해 있었던 셈이나 마찬가지였습니다. 그들과 저희는 일터도 서로 떨어져 있었으니까요."

"흡수합병은 했지만 마음대로 하도록 내버려두었다는 뜻?"

UFA가 파이퍼 교수 팀의 벤처기업을 손에 넣어 기낭식 부유정 부문 기술개발부를 설립했음을 어제 렌이 이야기해주었다. 교수 팀이 UFA에 스르르 녹아든 줄 알았는데, 실제로는 그렇게 단순하지 않았던 모양이다.

"저희 같은 현장 사람이 회사 전체의 경영 방침에 관여할 수는 없으니까요."

노박의 목소리에 짜증이 약간 섞였다. "지금이야 젤리피시가 전 세계적으로 유명하지만, 당시는 저희 항공업계에서조차 그들을 의심하는 눈으로 보는 사람이 대부분이었습니다. 흡수합병되기 전에 그들이 저희에게 실험기를 제작해달라고 의뢰했을 때도 '비용은 청구하겠지만 성능은 보장하지 못한다'는 것이 저희가 제시한 조건이었다고 나중에 계약 담당자에게 들었습니다. 뭐, 실제로 비행하는 모습을 처음으로 봤을 때는 저도 깜짝 놀랐습니다만."

'실험기가 완성될 때까지는 거의 아무도 믿으려 하지 않았다' 그건가.

그 실험기를 실제로 제작한 곳이 UFA였다. 생각해보면 아무리 항공공학과가 기반이라지만 교내의 초짜 벤처기업이 거대한 비행정을 제작할 설비를 가지고 있을 리 없다. 교수 팀과 UFA의 밀월은 여기서부터 시작된 셈이다.

하지만 지금까지 이야기를 들어보니, 그 실태는 어디까지나 사무적인 관계에 지나지 않았던 것 같은데.

"당신처럼 높은 직급에 계시는 분도 그들이 무슨 연구를 하는지 자세하게는 파악하지 못했다는 말씀이십니까?"

"정기적으로 보고서는 올라왔습니다."

노박은 말을 흐렸다. "오랜 세월 그 길을 걸어온 사람이 아니고서는 기술 자료만 읽고 내용을 자세하게 이해하기가 불가능해서…… 특히 저 같은 비행기꾼이 보기에 그들의 연구는 솔직히 정체를 알 수 없다고 할까요, 기계 기술자가 화학 합성에 관한 실험 보고서를 읽는 듯한 기분이었습니다."

기계도 화학도 잘 모르는 마리아에게는 딱 와닿지 않는 비유였지만, '그들'이라는 말에 담긴 서먹함이 파이퍼 교수 팀에 대한 UFA 사원의 감정을 대변하는 것처럼 느껴졌다.

"게다가 상층부에 올리는 서류는 유리한 부분만 발췌한 개요에 지나지 않으니까요. 사고 원인을 파악하려면 성공 사례보다 실패 사례가 훨씬 중요합니다만, 그런 부정적인 정보는 형식을 갖춘 정기 보고서에는 결코 기재되지 않는 법입니다."

"알았어요."

귀찮은 서류를 날림으로 작성하는 마리아 입장에서는 참으로 설득력이 있으면서도 가슴이 뜨끔한 이야기였다. "나중에 그 '형식을 갖춘 보고서'도 보내줘요. 그리고 현재 살아 있는 사람 중에 젤리피시를 제일 잘 아는 사람을 소개 좀 해줄래요?"

*

"지금 보시는 것이 육성하기 직전의 진공 기낭입니다."

진공 기낭 제조과 주임 커티스 프리드모어가 제조 건물 내부를 가리켰다. 거무스름한 피부에 통통한 몸. 작고 동그란 두 눈이 어쩐지 애교 있게 느껴졌다.

어제 본 공군의 젤리피시와 똑같이 높이 이십 미터, 폭 사십 미터쯤 되는 하얀 기낭이 널찍한 건물 내부를 가득채울 것처럼 떡하니 자리를 잡고 있었다.

마리아 일행은 '부화동'이라고 불리는 이 거대한 단층 건물의 벽에 설치된 견학자용 회랑에 서 있었다.

높이는 약 십 미터, 난간은 낮다. 벼랑 끝을 걷는 것 같은 기분이다. 작업원 같은 몇몇 사람의 조그마한 모습이 건물 바닥에서 움직였다. 높이 자체는 어제 젤리피시와 헬리콥터를 탔을 때가 더 높았지만, 지면과의 거리가 실감나게 느껴지는 지금이 훨씬 더 오금 저렸다.

"저희는 저걸 '소체'라고 부르는데요. 아직까지는 수지로 만든 커다란 풍선에 지나지 않습니다. 이 상태에서 내부에 특수한 가스를 넣어 반응을 일으키면 소체의 경화硬化가 진행되어 대기압을 견딜 수 있는 진공 기낭이 완성됩니다."

"이야."

진공 기낭을 만들기 위해 가스를 넣는다는 건가. "안쪽에서 도금하는 식이라고 받아들이면 되나?"

"그렇다기보다 '결정을 키운다'고 하는 편이 맞겠죠. 염산에 수산화나트륨을 더하면 소금 알갱이가 생기는데, 그것과 비슷한 원리입니다."

"특수한 가스라고 하셨는데, 구체적으로는 무엇입니까?"

"미량의 시안화수소와 반응을 촉진하기 위한 무기 계열 촉매를 질소로 희석한 가스입니다. 이 가스와 기낭의 소재인 아크릴로니트릴 계열의 유기고분자가 접촉하면 사이아노기(-CN)끼리 중합반응을 일으켜 질화탄소 결정의 네트워크가 소체의 형상에 맞추어 형성되죠.

이러한 무기 계열 촉매, 유기고분자 및 반응 생성물의 결정 구조, 반응 기구, 그리고 기낭 제작 방법이 바로 파이퍼 교수의 연구 성과이자 젤리피시 관련 특허의 근간입니다. 교수의 논문을 드릴 테니 더 자세한 내용은 그걸로 확인하십시오."

갑자기 골치 아픈 이야기가 나왔다.

"렌, 시안화수소가 뭐야?"

"HCN. 청산가스입니다."

렌은 어처구니가 없다는 듯한 목소리로 답했다. "형사과 소속이면서 그 정도 기초 지식도 없습니까? 그러고도 잘도 경감이 됐군요. 승진 시험 해답 용지를 바꿔치기라도 하셨습니까?"

"안 그랬어!"

잔소리가 참 많은 부하다. 귀에 들어온 단어를 약간 변환하지 못한 것가지고 깐깐하게 굴기는. "그런데 청산가스?"

"젤리피시를 공장 생산하기 위해 넘어야 할 제일 큰 난관이었죠. 법적으로."

커티스는 쓴웃음을 지었다. "결국 농도를 최대한 낮추고 제독 설비를 갖추어서 안전 및 법률상의 과제를 해결했습니다. 만에 하나 누출돼도 중대한 피해가 발생하지는 않아요. 덕분에 기낭 육성 기간은 아주 길어졌죠.

교수 팀이 설립한 벤처기업을 흡수합병하고 제품을 출시하기까지 삼 년이 걸렸는데요. 제조 라인 완비, 특히 기낭 육성 공정을 검토하는 데 시간을 거의 다 잡아먹었다고 해도 과언이 아닙니다. 다른 파트의 제조 공정과 기체 디자인은 실험기를 제작한 시점에 대부분 완성된 상태여서 육성 공정을 담당한 저희 팀이 장난 아니게 압력을 받았죠.

지금도 육성 공정은 생산성 향상을 위한 과제예요."

"길어졌다고 하셨는데, 현재 진공 기낭을 육성하는 데 구체적으로 시간이 얼마나 걸리는지요?"

"이 주 정도입니다. 하지만 이건 어디까지나 소체에 가스를 주입하고 경화가 종료될 때까지 걸리는 시간이에요. 실제로는 여기에 곤돌라와 교각 등을 달아서 전체를 조립하는 공정, 기낭을 진공으로 만드는 공정, 완성된 기체를 검사하는 공정 등이 추가되니까 수주를 받아 판매하기까지는 아무리 짧아도 두 달은 걸립니다."

두 달이라는 시간이 여객기를 제조하는 기간으로 긴지 짧은지는 잘 모르지만, 진공 기낭을 만들기가 그렇게 쉽지 않다는 것은 이해했다.

"역시 예약을 하고 순번을 기다려야 하나 봐요?"

"많은 분들의 성원 덕분에요. 이번 사고가 어떤 영향을 끼칠지 불안하기는 합니다만······.

젤리피시는 특히 제조 공간이 양산의 가장 큰 난관입니다. 극단적인 이야기지만, 가령 제조에 일 년이 걸리더라도 장소, 돈, 노동력이 무한하다면 무한한 수의 기체를 단숨에 만들 수 있겠죠. 하지만 현실은 다릅니다. 돈과 노동력은 늘릴 수 있어도 장소는 어떻게 안 돼요. 기존 비행선보다 훨씬 작아졌다지만 공장 부지 면적은 유한하고, U국에 있는 빈 땅을 전부 살수도 없는 노릇이니까요.

공장에 있었던 전시기와 시험기도 제조 건물을 증설하느라

둘 곳이 없어져서 전부 국내 각 판매 대리점으로 옮겼을 정도입니다."

"그럼 교수 팀의 차세대 기종도?"

"항행 시험을 마치면 어디에 매각할 예정이었다고 들었습니다. ……결국 그런 일이 벌어지고 말았지만요."

잠시 침묵이 흘렀다.

"아주 소상하네요. 댁네 부장은 '저희는 잘 모른다'고 하던데."

"소상하기는요."

커티스는 다시 쓴웃음을 지었다. "방금 말씀드린 진공 기낭 육성 공정도 파이퍼 교수의 논문에 다 적혀 있는 내용입니다. 저희는 그저 제조 현장에 실제로 적용시키는 데 불과해요. 가스 농도처럼 제조상 변화를 줘야 할 부분도 있습니다만, 그건 본래 '연구 개발' 쪽 사람과는 관계없는 일입니다.

우리 '제조' 쪽 사람은 어디까지나 그들이 가져온 연구 성과에 맞추어 물건을 제조할 뿐, 그 성과가 어떻게 만들어졌는지 무엇을 목적으로 했는지까지는 잘 몰라요. 그게 실정이죠."

"교수 팀이 탑승한 차세대 기종에 대해서도?"

"저희 제조과가 제조하기는 했지만, 구체적으로 어떤 기능을 가지고 있는지는 모릅니다."

"좀더 자세히 알려줘요. 그들에게 어떤 의뢰를 받아서 무엇을 만들었는지."

"저는 기낭 육성 담당이라 그것밖에 모릅니다. 요 몇 년간 그들은 신소재로 진공 기낭을 개발하는 데 주력한 것 같습니다."

"신소재?"

"사고를 당한 차세대 기종을 제조하기 전에도 그들의 의뢰를 받아 시험기를, 정확하게 말하자면 시험기에 장착하기 위한 진공 기낭을 몇 번 육성한 적이 있는데요. 그때마다 저희가 늘 사용하던 소체가 아니라 그들이 직접 반입한 소체를 사용했습니다."

"잠깐, 잠깐. '반입'했다니 그게 무슨 뜻이죠?"

죄송하다고 사과하며 커티스는 제조 건물 안쪽으로 시선을 돌렸다.

"사실 저 소체는 UFA에서 제조하지 않습니다. 비밀 유지 계약을 맺은 화학 기업에 위탁해서 생산하고 있어요. 고객에게 판매하는 젤리피시의 진공 기낭에는 그 기업에서 생산한 소체를 사용합니다만…… 기술개발부가 의뢰한 경우는 달랐습니다."

"그들이 소체를 따로 준비했다?"

예, 하고 커티스는 고개를 끄덕였다.

"의뢰에 맞추어 그들이 늘 직접 여기로 반입했습니다. 어디서 조달했는지는 모르겠어요. 아마 다른 화학 기업에 맡겼겠지만…… 납품서와 라벨이 없는 탓에 긴급한 상황이 발생했을 때 어디에다 문의해야 할지 몰라서 난감했죠."

진공 기낭에 사용하는 소체의 출처를 같은 회사 사람에게까지 비밀로 했다. 더더욱 구린내가 풍긴다.

"긴급한 상황이 발생했을 때 난감했다니, 무슨 문제라도 있었나 봐요?"

"문제투성이였죠."

커티스는 내뱉듯이 말했다. "그들이 준비한 소체는 대부분 돼먹지 못한 물건이었습니다. 경화 과정에서 구멍이 뚫려 가스가 새어 나오는 건 일상다반사였어요. 아무리 농도를 낮추었다고는 하나 독가스가 새어 나오는 걸 그냥 내버려둘 수도 없잖아요. 무엇보다 기낭 육성은 낮밤이 없습니다. 경보가 울리면 한밤중이든 휴일이든 바로 호출이에요. 그래서 기술개발부에 항의하면 '문제에 대응하는 건 제조과의 업무'라고 지껄인다니까요. 연구 개발에 실패는 으레 따르기 마련이라지만, 솔직히 말해 정말 못해먹겠더군요."

"그 마음 이해가 가요."

긴급하게 소집되어 터무니없는 노동에 시달리는 건 형사도 매한가지다. 죽어도 일어나지 않을 당신이 할 말이냐고 따지듯이 렌이 차가운 시선을 던졌지만 마리아는 정중하게 무시했다.

그건 그렇고.

방금 커티스의 말투를 들어보니 적어도 현장에서는 젤리피시 기술개발부와 제조부 사이에 상당한 알력이 있었던 듯하다. 연구 개발과 제조는 완전히 별개라던 노박의 말이 마리아는 늦게나마 이해가 갔다.

"그들이 반입한 소체에 대해 또 아는 건 없으십니까?"

"색깔이 달랐던 건 확실합니다. 거무스름하거나 누르스름하거나…… 그때그때 달랐습니다만. 아아, 마지막 소체만큼은 통상품과 비슷한 색깔이었어요. 그것만은 보기 드물게, 그렇다기보다 유일하게, 별문제 없이 진공 기낭을 완성하는 데 성공했어요.

하기야 그들의 의뢰서에는 변함없이 성가신 요구도 딸려 있었지만요. 주입하는 가스의 온도를 이십 도 올리라니 그게 뭐 그렇게 쉬운 줄 아나. 아무튼 운전 조건을 조정하느라 애를 먹었습니다."

"마지막 소체?"

"두 달 전에 기술개발부가 마지막으로 의뢰한 건에 사용한 소체입니다."

커티스가 눈을 내리떴다. "그걸로 진공 기낭을 육성하여 시험기에 장착했는데…… 그런 일이 벌어졌으니 역시 어딘가에 결함이 있었던 거겠죠."

*

"결함이라고요?"

제3제조부 품질관리과, 줄리아 하워드는 파일을 뒤적이며 고개를 갸웃했다. 주근깨와 밤색 곱슬머리가 시선을 끄는 사원이다. "검사에는 딱히 문제가 없었던 것 같은데요."

"고객에게 팔 것도 아니니까 대충 넘어간 것 아니에요?"

"아니거든요."

줄리아는 무사태평한 말투로, 하지만 분명하게 부정했다. "사외용이든 사내용이든 '우리 조립 공장에서 밖으로 나가는 기체'라는 점은 변함없으니까요. 똑같은 검사를 똑같은 방식으로 하는 게 품질 검사의 기본이라고요."

젤리피시 조립 공장이었다.

가로세로 백 미터. 부화동보다 훨씬 널찍한 건물 안에서 젤리피시 두 척이 조립되고 있다. 납작한 공 모양의 진공 기낭이 천장에 매달려 있고, 곤돌라가 그 바로 밑에서 잭 같은 기계와 함께 위로 올라간다. 작업원들이 하나둘 하나둘 장단에 맞추어 지르는 소리가 울려 퍼진다. 건물 벽 앞에는 교각과 프로펠러 그리고 활 모양의 틀이 따로따로 놓여 있었다.

그러한 광경을 마리아와 렌은 조립 공장 구석에 자리한 집무실 창문으로 바라보았다. 건물이 너무 큰 탓인지 부화동 때와는 반대로 조립중인 젤리피시가 모형처럼 작아 보였다.

"검사라고 하셨는데, 구체적으로 어떤 항목이 있습니까?"

"어디 보자."

줄리아의 손가락이 "검사표"라고 적힌 종이 위를 미끄러졌다. "진공 작업 때 도달 압력과 시간, 방출 속도. 프로펠러 회전수, 잡음 유무. 각 볼트의 조임 강도와 외관 점검…… 아직 한참 남았는데 계속 읽을까요?"

"됐어요, 됐어."

옆에서 슬쩍 들여다보자 세세한 항목과 손으로 쓴 수치가 가득해서 보기만 해도 두통이 날 것 같았다.

파이퍼 교수 팀을 태운 시험기는 왜 H산맥의 그 장소에 추락했을까. 진공 기낭 제조에 큰 문제가 없었다면 젤리피시 전체를 조립하는 공정에서 결함이 발생했을 가능성도 있다.

처음에는 그렇게 생각했지만 사내용 시험기라고 조립 후에
검사를 소홀히 하지는 않은 모양이다.

　"아까 부화동 담당자께 들었는데, 파이퍼 교수 팀의 시험기
에는 신소재로 만든 진공 기낭이 사용됐답니다. 여기서 조립
할 때 뭔가 평소와 달랐던 점은 없었습니까? 아무리 사소한
점이라도 상관없습니다."

　"어, 그랬나요?"

　줄리아가 놀라서 소리를 지르더니 미안하다는 듯이 미간을
찡그렸다. "죄송해요. 제 업무는 집무실에서 서류를 확인하고
전표를 처리하는 게 전부라서, 작업중에 어떤 일이 있었는지
까지는 좀……."

　그것도 그런가. 뭐, 그건 나중에 현장 사람에게 물어보도록
하자. 주로 렌이.

　"하지만 그런가. 역시 그랬군요."

　한순간 대화가 끊겼다.

　"……'역시'?"

　예, 하고 줄리아가 고개를 끄덕였다.

　"그 시험기, 곤돌라도 교각도 겉 부분이 좀 달랐어요. 그래
서 진공 기낭도 어쩌면, 하고 생각하긴 했죠."

　응?

"잠깐. 겉 부분이 달랐다니 그게 무슨 뜻이에요?"

"다른 비행기도 그렇겠지만, 젤리피시 부품을 전부 UFA에서 만드는 건 아니에요. 곤돌라나 프로펠러 같은 커다란 부품은 하청업체에게 외주를 주죠."

아까 전 진공 기낭과 이야기의 흐름이 비슷하다.

"그 시험기는 기술개발부가 부품을 조달했다는 말씀이십니까?"

"좀 다른데요. 하청업체가 납입한 부품을 일단 기술개발부가 수령했어요. 나중에 다시 부품을 돌려받아 조립했죠."

시험기 부품을 기술개발부가 한 번 가져갔다?

"겉 부분이 '달랐다'고 하셨죠. 기술개발부가 일단 돌려준 부품에 가공이 되어 있었다는 말씀이십니까?"

줄리아는 고개를 끄덕했다.

"고무 같은 희한한 소재가 바깥쪽에 붙어 있었어요. 어두운 회색 같은…… 그건 뭐였을까요?"

\*

정오 가까이 되어서야 겨우 제조부에서 탐문을 마치고, 총무과에서 항행 시험 계획서와 정기 보고서, 진공 기낭에 관한 교수의 논문을 받은 후 마리아와 렌은 부화동에서 서쪽으로 걸어서 십 분쯤 걸리는 곳에 외따로 자리한 작은 건물로 향했다.

기낭식 부유정 부문 기술개발부.

이제 돌아올 사람이 없는데도 입구에 걸린 문패는 새것처럼 깨끗하여 썰렁함이 한층 부각됐다.

"마리아, 괜찮겠습니까. 사고조사위원회도 세워지기 전에 멋대로 움직이는 건."

"뭐야, 남이 열심히 일하는데 무슨 불만이라도 있어?"

"일하고 계셨습니까? 그저 군에 딴지를 걸기 위해 활동하고 있는 줄 알았는데요."

렌이 아주 놀랐다는 듯이 말했다. 하나하나 얄미운 부하다, 절반은 정답인 만큼 더 그렇다.

총무과에서 반쯤 억지로 빌린 열쇠로 문을 열고 들어갔다. 현관홀을 가로질러 정면의 문을 열자 중간 규모의 회의를 열 수 있을 크기의 방이 나타났다.

한복판에 긴 책상이 하나. 비커와 생전 처음 보는 유리 기구, 네모나게 생긴 묘한 기계들, 고무장갑과 종이 타월이 든 작은 상자 등이 어지러이 널려 있었다.

방문 옆에는 약품 선반. 좌우 벽 앞에는 덮개가 덮인 개수대 같은 설비―위아래로 움직이는 듯한 투명한 문이 정면에 달려 있다―가 하나씩 자리잡고 있었다.

"실험실인가."

약품 냄새가 코를 찔렀다. 고등학교 시절, 화학 숙제를 제시간에 제출하지 않아 남아서 실험을 해야 했던 악몽이 되살아났다. "렌, 뭐 좀 알겠어?"

"유기합성 실험실 같군요."

렌이 투명한 문으로 개수대를 들여다보며 말했다. "환류기와 감압증류기가 국소 배기 장치 속에 설치되어 있습니다. 아마도 소체, 정확하게는 소체를 구성하는 유기고분자를 합성하는 실험을 했겠죠."

"'기술개발부가 어디선가 반입한 소체'는 여기서 만들어졌다는 뜻?"

덮개가 달린 개수대―드래프트라고 하는 모양이다―구석에 날짜가 기입된 작은 케이스가 쌓여 있었다. 안에 무슨 조각이 들어 있다. 소체 샘플일까.

"젤리피시에 쓸 만큼 큰 소체를 만들기에는 설비 규모가 너무 작습니다. 합성법이 확정된 시점에, 실제로 소체를 제조하는 일은 하청업체에 외주를 줬겠죠."

소체를 제조한 하청업체 조사, 샘플 회수 및 분석. 우선순위가 높다. 할 일이 많아서 정말이지 기쁨의 눈물이 멈추질 않네.

약품 선반을 순서대로 살펴보던 마리아의 눈에 약병 하나가 들어왔다.

"'시안화나트륨'?"

"시안화칼륨, 그러니까 청산가리의 친척입니다. 독성도 별 차이 없을 거예요. 이름을 보면 아시겠지만 시안화수소도 이것도 사이아노기를 가지고 있습니다. 보존하기 번거로운 가스 대신, 이런 고체로도 소체를 경화할 수 있는지 검증했을 것으로 추정됩니다."

독가스에 독약이라. 젤리피시를 개발하려면 목숨을 걸어야겠네. 자세히 보니 방범 때문인지 약품 선반 문에는 커다란 자물쇠가 달려 있었다.

"그 밖에는?"

"더이상은 딱히. 다른 방에 자료가 남아 있다면 그들이 연구한 내용을 상세하게 알아볼 수 있을지도 모르겠군요."

"알았어."

마리아는 고개를 끄덕이고 실험실 문에 손을 댔다가 뒤를 돌아보았다.

긴 책상, 실험 기구, 약품 선반, 붙박이 개수대.

별다를 것 없는 실험실이다. 적어도 마리아의 눈에는 특별히 수상한 곳이 있는 것처럼은 보이지 않았다.

그렇지만…….

"왜 그러세요, 마리아."

"아아, 아니, 아무것도 아니야."

마리아는 고개를 젓고 렌과 함께 실험실을 나섰다.

당연하지만 2층 집무실에 사람은 코빼기도 보이지 않았다.

칸막이로 둘러싸인 개인 구획이 일고여덟 개. 몇몇 책상은 텅 비어 있는 듯하다.

벽 앞 화이트보드에는 수식과 화학식을 휘갈겨놓았다. 똘똘 뭉친 종이가 쓰레기통에 가득하고, 안쪽 공용 주방의 가스 레인지에는 주전자가 얹혀 있었다.

가까이에 있는 구획을 들여다보자 어려운 제목이 적힌 전문 서적과 끝부분이 닳은 공책 몇 권이 책상 안쪽에 죽 꽂혀 있었다. 책상 양끝에는 종이 다발이 높직이 쌓였고, 앞쪽에는 지저분한 컵과 펜 몇 자루가 놓여 있었다.

업무가 시작된 후의 한순간을 그대로 얼린 듯한, 아주 흔해빠진 일터의 풍경이다. 여기가 젤리피시 개발의 제일선이라니─그리고 직원이 모두 무참한 죽음을 당해 아무도 다시는 여기에 돌아오지 못하다니—좀처럼 믿기지 않을 만큼 평범한 광경이었다.

집무실 왼편 안쪽에 문이 있었다. "부장실"이라고 적힌 문을 열자 방금 전 방과는 달리 평범하다고 하기 힘든 광경이 눈에 들어왔다.

"……뭐야, 이거."

빈 캔과 빈 술병이 바닥 여기저기에 널브러져 있었다.

벽 쪽의 쓰레기통도 역시 빈 캔과 빈병으로 넘쳐났다. 쉬어 빠진 술의 강렬한 냄새. 살펴보니 방 안쪽 책상에도 술병과 캔이 산더미처럼 쌓여 있었다.

연구소의 한 방이라고는, 아니 애당초 일터로는 여겨지지 않는 꼬락서니였다.

"이건…….."

렌도 말문이 막힌 듯 눈살을 찌푸렸다.

"설마 마리아와 같은 부류가 이런 곳에 있었을 줄은 몰랐네요."

"난 업무 시간에 이렇게까지 마시지는 않아."

한 번도 안 마셨다고는 못 하지만.

……그건 그렇고.

"부장실"이라고 적힌 명판을 다시 보았다. 기술개발부에서 부장 직함을 달고 있는 사람은 한 명뿐이다.

파이퍼 교수가? 왜. 빈 용기를 언제부터 이렇게 쌓아놨는지는 모르겠지만, 척 보기에도 이 방의 주인은 알코올의존증 환자다. 젤리피시의 아버지가 어째서 이토록 술에 절어버린 걸까.

"모르겠습니다. 단순하게 생각하면 유명세 때문에 스트레스를 받은 탓이라고 볼 수도 있겠죠."

파이퍼 교수의 용태에 대해, 통원 이력을 포함해 회사 내외를 탐문. 할 일이 눈덩이처럼 불어난다.

"일단 이쪽은 미뤄놓고 집무실부터 조사하죠. 이 방에 차세대 기종에 관한 정보가 있을 것 같지는 않습니다."

"동감이야."

집무실 안쪽 구획을 렌에게 맡기고 마리아는 앞쪽 구획의 조사에 착수했다. 서류 뭉치를 하나씩 살펴보며 이거다 싶은 서류를 골라낸다.

"렌! 언제까지 이러고 있어야 해? 지겨워죽겠네!"

고작 오 분 만에 두 손을 들었다.

"어리광 부리지 마세요."

또 그러느냐는 듯이 렌이 말했다. "'착실한 작업이 수사의 기본'이라고 제게 으스댔던 분이 어디의 누구시더라?"

"하지만 뭐가 중요한 서류인지 하나도 모르겠는걸."

전문용어와 기호가 가득한 문서의 산에서 필요한 것만 골라내다니, 화성어 서류 뭉치에서 금성어 서류를 찾아내는 것이나 마찬가지였다.

"읽을 수 있을 만한 것만 골라보세요. 지금은 그 외에는 무시해도 됩니다."

"알았어."

종이 뭉치를 펄럭펄럭 넘기다 못 읽을 것 같다 싶으면 바로 다음 종이 뭉치로 넘어간다. 렌의 충고 덕분인지 적어도 작업 속도만은 훨씬 높아졌다.

종이 뭉치를 후딱 마무리하고 서랍에 손을 댔을 때, 책상 밑에 비닐끈으로 묶은 노트 다발이 놓여 있는 것이 보였다. 쓰레기로 내놓으려다가 그대로 남은 모양이다.

가까이에 있던 가위로 끈을 자르고 제일 위에 있던 노트를 끄집어냈다.

1981.10.01.~ / 네빌 크로퍼드(Neville Crawford)

꼼꼼하다기보다 신경질적인 글씨로 표지에 적혀 있었다. 노트를 펼치자 일별로 정리된 숙직 일지 같은 문장이 눈에 들어왔다.

1981년 11월 10일 샘플10/합성 실험(3)

원료: 아크릴로니트릴 10그램.

촉매: A 10밀리그램.

합성 개시 온도: 50도.

교반 속도: 1분에 60번.

10:00 합성 개시 → 10:45 돌비* 발생, 합성 중단.

〔고찰〕 돌비가 발생하기까지 시간은 더 걸리지만 실패. 생성 열량의 문제?


1981년 11월 12일 샘플10/합성 실험(4)

원료: 아크릴로니트릴 5그램. 그 외의 조건은 지난번과 동일.

10:00 합성 개시 → 13:20 합성 종료.

〔고찰〕 원료 사용량을 반감하여 돌비 억제. 역시 생성 열량의 문제인가. 유기합성은 본질적이지 않은 부분에서 휘둘릴 때가 너무 많다.


실험 노트 같다. 다른 페이지를 보자 문장에 화학식과 손으

---

\* 突沸. 액체가 끓는점이 되어도 끓지 않고, 끓는점 이상으로 가열된 후에 충격을 받거나 이물질 등이 첨가되어 갑자기 끓는 현상을 말한다.

로 그린 그림도 덧붙여져 있었다. 내용의 절반 이상은 물질명과 온도 등 정보의 나열이었지만, 인간의 온기가 느껴지는 부분도 많았다.

어째 제대로 건진 것 같은데. 내심 어깨를 덩실거리며 마리아는 노트를 넘겼다.

1981년 11월 13일 샘플10/경화 실험

원료: 합성을 마친 샘플10 100밀리그램, 시안화나트륨 10밀리그램.

용매: 물.

촉매: C-04 5밀리그램.

10:00 반응 개시 → 16:00 꺼내서 확인했지만 경화되지 않음.

〔고찰〕 실패. 조건을 변경하여 대응이 가능한지 검토 필요.

• 반응 온도가 너무 낮다? → 가열하여 재실험.

• 소금으로는 반응에 진전이 없다? → 실험실에서 시안화수소를 사용하는 건 위험이 크다. R는 어떻게 확인했을까? 죽기 전에 알아내야 했나.

노트를 넘기던 손이 멈췄다.

'죽기 전에 알아내야 했나'……?

단순한 실험 기록에는 어울리지 않는 꺼림칙한 문장. 그 앞의 "R는 어떻게 확인했을까?"라는 문장도 수수께끼 같지만, 문맥으로 판단컨대 'R'는 물질이 아니라 특정 인물을 가리키는 게 아닐까.

"R가 확인하는 데 사용한 방법을 R가 죽기 전에 물어볼걸 그랬다는 뜻?"

창문 맞은편 벽에 멤버의 행동 예정표로 보이는 칠판이 걸려 있고, 고무 자석으로 된 이름표 몇 개가 붙어 있었다. '필립 파이퍼Philip Phifer', '네빌 크로퍼드Neville Crawford', '크리스토퍼 브라이언Christopher Brian'. ……이니셜에 'R'가 들어가는 이름은 어디에도 없다.

어떻게 된 걸까……. 'R'가 누구지. '죽기 전에 알아내야 했나'라니……. 실험에 관해 묻는데 왜 이렇게 뒤숭숭한 표현이 나오는 걸까.

마리아는 등골이 오싹해지는 것을 느끼며 실험 노트를 읽어나갔다. 읽으면서 오른손 집게손가락을 무의식중에 턱밑에 댔다.

실험 노트에 적힌 내용은 한마디로 말하면 무참한 패배의 기록이었다.

'실패', '불가', '중단' 등의 부정적인 말이 노트 구석구석에 수없이 새겨져 있었다. 성공했다고 추정되는 문장이 드물게 눈에 띄어도 다음 날짜에서는 "기낭 경화 검토…… 실패. 제조부는 도대체 뭘 하는 걸까" 하고 짜증을 섞어 휘갈겨 쓴 문장에 부닥친다. 노트를 넘길수록 서술자의 초조함은 점점 커지다가 마지막 페이지는 "기낭 경화 검토…… 실패. 이런 쓸모없는 것들이!!" 하고 노골적으로 분노를 표출하는 말로 마무리되었다.

그러한 말 사이사이에 'R'에 관한 서술도 보였다.

R의 실험 자료, 다시 주목할 필요 → 모두 기억에 없음
R의 부모님께 전화를 걸어봤지만 연결 안 됨 → 짬이 나는 W의 파견을 검토
W의 연락. R의 부모님은 사 년 전에 타계, 자택은 주유소로 바뀜. 제기랄!

'R의 부모님'이라는 말로 보건대 역시 'R'는 사람 이름으로 받아들여도 무방할 듯하다. 'W'도 마찬가지로 사람 이름, 이쪽은 칠판에 붙은 이름표의 이름 중 '윌리엄 채프먼William Chapman'이겠지. 페이지를 넘길수록 이 노트의 서술자 네빌 크로퍼드가 'R'의 지식을 갈망하는 마음이 점점 커진다는 것이

잘 드러난다.

하지만 왜. 젤리피시 개발의 제일선에 있었을 네빌 크로퍼드가 왜 이렇게까지 남의 지식에 집착하는 걸까. 게다가 'W'를 'R'의 본가에 보내면서까지.

'R'는 누구일까. 네빌, 그리고 기술개발부의 다른 멤버와 도대체 어떤 관계였을까?

노트의 마지막 페이지에 적힌 날짜는 "1982년 7월 27일", 약 반년 전에 끝났다. 다른 노트를 뒤적여보았지만 전부 이것보다 예전 날짜뿐이다. 종이 뭉치 사이와 서랍도 뒤졌지만 이 날짜보다 나중에 적은 노트는 눈에 띄지 않았다.

부화동에서 커티스에게 들은 바로는, 그들은 두 달 전에 신소재로 진공 기낭을 개발하는 데 성공했다. 그 기간을 포함하는 실험 노트가 어디에도 없었다.

이게 어찌된 일인가 생각하다가 마리아는 자신의 불찰을 알아차렸다. 그들이 항행 시험에 실험 노트를 지참했다면 가장 새로운 노트는 사고가 난 기체에 있을 터다. 이런 곳에 있을 리가 없다.

그리고 사고가 난 기체는 군이 회수해 갔다.

곤돌라가 숯덩이로 변할 만큼 큰불이 났으니 노트가 무사할 것 같지는 않다. 하지만 한 페이지, 아니 페이지의 일부분

만이라도 남아 있다면. 그 조그마한 가능성을 확인하는 것조
차 지금은 불가능했다.

이 군바리 놈들. 때려눕혀서라도 회수를 막아야 했다.

몹시 후회하면서 마리아는 다음 구획으로 갔다. 책상에 놓
인 책꽂이에 손을 뻗는데 약간 빛바랜 사진이 눈에 들어왔
다. 틀 없이 투명한 유리 사이에 사진을 끼우는 방식의 사진
액자다.

기념사진일까. 밝은 햇살 아래 여섯 남녀가 붉은 황야에 서
있었다.

사진 한가운데 약간 덩치가 큰 오십 대 남자가 서 있다. 마
리아도 신문과 텔레비전에서 어렴풋이 본 기억이 났다. 진공
기낭의 아버지, 필립 파이퍼 교수다. 음침하니 뺨이 쑥 들어간
얼굴은 항공공학의 권위자라기보다 만화책 속 비밀 조직에
소속된 악당 과학자 같은 분위기를 풍겼다.

교수 주위를 네 남자와 한 여자가 둘러싸고 있다. 모두들
젊다. 이십 대 초중반이나, 십 대로 보이는 사람도 있다.

그리고 그들의 저 뒤편에 커다란 흰색 물체가 떠 있었다.

곤돌라와 해파리 촉수 같은 교각이 물체 하부에 달려 있다.
교각 끝의 프로펠러는 공중에 떠 있고, 곤돌라 바로 밑에 늘
어뜨려진 로프는 지면에 박힌 것으로 보이는 금속 지지대에

묶여 있었다.

사진 오른쪽 밑에 적힌 날짜는 1973년 6월 28일. 파이퍼 교수가 진공 기낭을 발표한 이듬해.

마리아는 비로소 사진의 의미를 이해했다. 실험기 완성 기념이다. 교수와 함께 찍힌 남녀는 당시 교수의 연구실에 소속되어 있던 학생들이 틀림없다.

……이게 인류 역사상 최초의 젤리피시로군.

먼 미래에 역사 교과서에 실려도 이상하지 않을 사진이다. 팔면 얼마나 받을 수 있을까, 불경스럽게도 그런 계산을 하면서 별생각 없이 사진 액자를 뒤집었다가 마리아는 무심코 손을 멈췄다.

다른 사진이 끼워져 있었다.

앞면의 젤리피시 기념사진과 등을 맞대듯 사진 한 장이 겹쳐져 있었다. 뒤판도 투명한 유리라서 마리아는 사진을 똑똑히 볼 수 있었다.

이쪽도 단체 사진이다. 녹음으로 가득한 산들과 호수를 배경으로 여섯 남녀가 나란히 서 있다. 평온한 분위기가 감도는 사진은 캠프의 한 장면처럼 보였다.

양면 액자라, 센스가 있는걸. 마리아는 감탄하며 사진을 바라보다 액자를 앞으로 돌리고 다시 뒤집었다.

뒷면의 캠프 사진에 담긴 사람들과 앞면의 기념사진에 담긴 사람들은 거의 같다. 하지만 캠프 사진에 교수는 없었다.

대신에 낯선 소녀 한 명이 찍혀 있었다.

동그란 안경을 쓰고 긴 흑발을 양 갈래로 땋아 좌우로 늘어뜨린 아담한 소녀. 섬세하면서도 영리해 보이는 얼굴. 아직 덜 여문 가슴은 곡선이 완만하고 청바지에 감싸인 두 다리는 늘씬하다. 정확한 나이는 알 수 없지만 고등학교에 막 입학한 것이 아닐까 싶을 만큼 어려 보인다.

다른 여자—이쪽은 어른의 성숙미를 풍기는 금발 여자다—는 앞쪽 기념사진에도 찍혀 있지만, 안경을 쓴 소녀는 뒤쪽 캠프 사진에만 존재한다.

연구실 멤버의 가족일까. 동료와 함께하는 여행에 나이 어린 가족을 동반하는 게 아예 없는 일은 아니겠지만.

행동 예정표로 눈을 돌렸다. 이름표 중에 여자 이름은 린다 해밀턴Linda Hamilton 단 하나뿐. 금발 여자가 이 사람이겠지. 사진에 적힌 날짜는 1970년 4월 30일, 앞쪽 사진의 삼 년 전이었다.

마리아는 사진 액자 네 귀퉁이에 박힌 나사를 풀고 사진 두

제4장 지상(II)

장을 꺼냈다. 캠프 사진을 뒤집었다. 왼쪽 아래에 적힌 글씨를
본 순간, 마리아는 등골이 얼어붙었다.


친목 캠프에서. 연구실 멤버, 그리고 R와


'R와?'

─R는 어떻게 확인했을까? 죽기 전에 알아내야 했나.

설마.

안경을 쓴 이 소녀가 네빌 크로퍼드의 실험 노트에 적혀 있
던 'R'?

아니, 잠깐만. 말도 안 돼. 네빌 크로퍼드가 'R'의 지식을 탐
냈다면 'R'는 진공 기낭에 대해 적어도 네빌보다 많은 경험과
지식을 쌓은 셈이다. ……그걸 이 소녀가?

물론 마리아도 한가락 한다는 남자들을 물리치고 젊은 나
이에 이례적으로 경감까지 승진한 몸이다. 여자라거나 나이
가 젊다는 이유로 남의 능력을 판단해서 안 된다는 것쯤은 안
다. 하지만 그런 마리아조차 무의식중에 'R'에게 품은 선입관
을 바로 떨쳐내기는 쉽지 않았다.

이 소녀가 'R'……?

증거는 없다. 그녀는 그저 연구실 멤버의 지인이고, 우연히

이니셜이 'R'일 뿐일지도 모른다.

그렇다면 이 사진은 왜 이런 곳에 감추어져 있었을까. 칸막이에는 사진을 붙일 공간이 얼마든지 있다. 남의 눈에 띄지 않도록 일부러 다른 사진 뒤쪽에다 끼워둘 필요가 어디 있는가.

이 사진에는 산에 놀러간 젊은 남녀의 평온한 한때가 담겨 있을 뿐이다. 이렇다 하게 수상한 물체는 보이지 않는다. 젤리피시 기념사진에는 존재하지 않으나 캠프 사진에는 존재하는 피사체는 배경의 차이를 제외하면 안경을 쓴 이 소녀뿐이다.

렌을 부르려는데 "마리아, 잠깐 이쪽으로 와보시겠습니까?" 하고 상대가 먼저 마리아에게 손짓했다.

"왜 그러는데?"

마리아가 다가가자 "이겁니다" 하고 렌이 정면을 가리켰다.

텔레비전과 비슷하니 투박한 모니터가 얹힌 네모난 유백색 상자. 묘한 버튼이 줄지은 판자 같은 물건이 코드로 연결되어 있다.

"컴퓨터?"

아무것도 없는 책상에 컴퓨터 한 대가 오도카니 놓여 있었다. 서류와 문구가 널려 있는 다른 구획과 비교하면 썰렁하게 느껴질 만큼 살풍경하다.

마리아도 컴퓨터를 처음 보는 것은 아니지만—월급을 가

불할 때 경찰서 사무실에서 몇 번 본 적이 있다―업무용 기기로서 아직 흔한 물건은 아니었다.

"항행 시험 계획서에 '자동 항행 기능을 신규 추가'라고 적혀 있더군요."

렌이 UFA 총무과에서 입수한 자료를 뒤적이면서 말했다.

"추측입니다만, 이건 항행 프로그램을 만드는 데 사용된 컴퓨터겠죠."

"렌, 컴퓨터 다룰 줄 알아?"

"조금은요."

"아무것도 안 나오는데."

모니터 전원 램프는 켜져 있지만, 화면은 시커멨다.

"그러니까 이상하죠. 이 컴퓨터, 알맹이가 모조리 삭제됐습니다."

"뭐?"

"데이터는커녕 오퍼레이션 시스템도 안 들어 있어요. 기동용 디스크가 있어서 그걸로 확인해보니, 내장된 디스크가 초기화됐더군요. 데이터 보존용 플로피디스크가 없는 걸 보면 이건 누군가가 의도적으로 그랬다고밖에……."

"렌, 부탁이야. 사람 말로 이야기해."

"'이 컴퓨터에 들어 있던 정보를 누가 모조리 지워버렸다'

는 뜻입니다. 분명 자동 항행 시스템의 프로그램을."

렌의 말을 이해하는 데 시간이 약간 필요했다.

"자동 항행 프로그램이 삭제됐다고?"

"시험 계획서를 읽어본바, 그것 말고는 기술개발부가 컴퓨터를 쓸 일이 없거든요."

"잠깐만, 왜 단정하는 거야. 다른 데 사용했을지도 모르잖아. 예를 들면 그래, 진공 기낭의 소재를 찾는다거나."

필요한 조건을 컴퓨터에 입력하고, 컴퓨터가 출력한 답을 인간이 검증한다. 연구 분야에서 컴퓨터는 그런 방법으로 사용할 것 같다만.

"현실의 컴퓨터는 만화나 과학소설과는 다릅니다."

렌은 마리아의 질문을 일축했다. "'이런 신소재는 없나?'라는 막연한 물음에 대답해줄 만큼 컴퓨터는 유연하지도 유능하지도 않습니다. 그런 일이 가능하다면 그건 인간이 미리 답을 내어놓고, 컴퓨터에게 응답하는 흉내를 내게 하는 데 지나지 않을 겁니다."

침묵이 흘렀다.

렌이 전하고자 하는 말이 마리아의 머릿속에 서서히 스며들었다.

차세대 기종은 추락한 것이 아니라 불시착했다. 그것이 현시점에서 현장과 시신의 상태로 도출해낸 결론이다. 하지만 젤리피시가 왜 불시착해야 했는지 그 이유는 아직 짐작도 가지 않는다.

가령 렌의 말대로 이 컴퓨터가 자동 항행 시스템을 만드는데 사용되었다면. 그 컴퓨터의 알맹이가 삭제됐다는 사실은 무엇을 나타내는가.

그때 마리아의 귀에 희미한 소리가 들렸다.

두 사람이 올라온 계단 아래, 문이 삐걱거리는 소리와 발소리.

마리아는 렌과 얼굴을 마주보자마자 행동에 들어갔다. 소리가 나지 않도록 조심조심 컴퓨터가 있는 구획을 나서서 집무실 문 옆쪽에 등을 붙였다.

발소리가 천천히 다가온다. 계단을 올라온다. 신발 밑창과 바닥이 마찰하는 소리가 희미하게, 정말로 희미하게 들린다. 걸음은 느리다. 마치 얼음 위를 걷기라도 하듯이 발놀림이 신중하다.

누구지?

UFA 사원일까. 하지만 이 건물은 기술개발부만 사용한다. 다른 부문이 사용하는 건물과도 멀리 떨어져 있다. 아무리 생각해도 그저 길을 잃은 사람이나 구경꾼이 이런 식으로 걸을

리는 없다.

마리아는 기척을 최대한 죽인 상태로 기다렸다. 침입자의 기척이 문 정면, 마리아와 렌의 지척까지 다가왔다. 발소리가 멈췄다. 한없이 긴 침묵이 일 초 또 일 초 흘렀다. 침묵의 박자를 얼마나 헤아렸을까, 침입자가 쏜살같이 실내로 뛰어들었다.

마리아는 혼신의 힘을 다해 침입자의 발목을 걷어찼다. 타이밍은 정확했다. 침입자는 머리로 아름다운 호를 그리다가 얼굴을 바닥에 쿵 찧었다.

렌이 뛰쳐나가 침입자의 등에 올라타고 팔을 꺾어 올렸다. 마리아는 겨드랑이에 멘 총집에서 권총을 뽑아 침입자의 정수리를 총구로 꾹 눌렀다.

"너 누구야? 솔직하게 말해. 안 그러면 머리꼭지에 원형탈모증이 생길 테니까."

"이것들이……."

침입자는 분하다는 듯이 말을 내뱉더니 마리아의 총을 밀어올리듯이 고개를 들었다. 삼십 대 초반으로 보이는 다부진 인상의 남자다. 얼굴은 벌겋게 부어올랐고, 두 눈에서는 격한 분노의 불길이 일렁였다.

"얕보지 마라. 너희…… 너희가 시키는 대로 할까 보냐, 이

공산주의자들아!"

"어?"

마리아의 입에서 얼빠진 목소리가 새어 나왔다.

공산주의자 취급을 당했기 때문이 아니었다. 남자의 얼굴
과 목소리가 마리아의 기억을 자극했다.

"……너."

남자도 마리아에게 시선을 고정한 채 얼떨떨한 표정을 지
었다.

"어휴."

거참, 하며 렌이 남자를 놓아주었다. "어인 일로 이런 곳에
행차하셨습니까, 지휘관님."

남자의 몸을 감싼 것은 U국 공군 군복.

추락 현장에서 마리아와 렌의 항의는 들은 체도 않고 젤리
피시를 빼앗아 간 공군 지휘관이었다.

나중에 알았는데 그녀도 마침 쇼핑몰에서 아르바이트를 막 시작한 참이었다. 내가 횡설수설하며 모형 판매점을 찾고 있다는 뜻을 전하자, 그녀는 더욱 활짝 웃으며 자기 뒤편을 가리켰다.

―바로 여기랍니다, 손님.

고향에서는 상상도 할 수 없었던 멋진 색상의 배와 비행기 모형 들이 가게 앞에 전시되어 있었다.

그후로 그녀와 나는 모형 판매점의 아르바이트 점원과 단골손님 관계가 되었다.

다양한 이야기를 했다. 다른 손님 앞에서 나눌 수 있는 말은 많지 않았고, 지갑 사정이 좋지 않아 매일 모형을 사러 갈 수도 없었지만 그래도 나는 조금씩 리베카와 함께하는 시간을 쌓아나갔다.

　―비행기를 좋아하는구나.

　창피해서 얼굴이 붉어질 만한 만남이 있고 얼마쯤 지나서 그녀가 말을 걸었다.

　이 무렵에는 그녀도 다른 손님이 없을 때는 친구를 대하듯 말했다. 내가 비행기 모형만 구경하고 구입한다는 것을 그녀도 알아차렸으리라. 내가 그렇다고 대답하자 그녀는 기쁜 표정으로 자기도 그렇다고 대답했다.

　비행기를 좋아하는 여자애는 당시 U국에서도 보기 드문 존재였을 것이다. 적지 않게 놀라며 어떤 비행기를 좋아하느냐고 되묻자 리베카는 잠시 천장을 올려다본 후, 가게 앞에 전시된 모형 중 하나를 가리켰다.

　―이런 거.

　그것은 내가 상상했던 비행기와는 조금 달랐다. 날개도 없고, 프로펠러는 후방에 하나. 기체는 작은 곤돌라 같은 상자뿐. 그 대신에 커다란 달걀 같은 기낭이 전체의 대부분을 차지했다.

　비행선이었다.

이건 '비행기'가 아니지 않냐고 대꾸하려 했을 때, 다른 손님이 들어오는 바람에 그날의 대화는 그걸로 끝이었다.

며칠 후에야 이야기를 다시 들을 수 있었다.

—엔진의 힘으로 하늘을 날지는 않지만, 공중에 뜨는 탈것이라는 점은 똑같잖아?

—하늘과 하나가 되어 바람이 부는 한 어디로든 갈 수 있는…… 그런 느낌이 좋아.

왜 좋아하느냐고 물으면, 나도 잘 모르겠지만……. 넌 어때?

리베카는 약간 수줍은 듯이 미소 지었다.

그녀의 마지막 물음에 내가 어떻게 대답했는지는 기억이 잘 안 난다. 그날 내 지갑에서 비행선 모형 한 상자 가격의 돈이 사라졌다는 것은 확실하다.


그러므로 리베카의 전공이 항공공학과는커녕 공학부도 아니고, 이학부 화학과임을 알았을 때는 또다시 놀랐다.

그녀의 할아버지는 고명한 화학자로, 집에 간단한 실험실까지 마련해두었다고 한다. 리베카는 어릴 적부터 할아버지 집에서 실험하는 흉내를 내며 놀았던 모양이다. 모형 판매점에서 일하기로 한 것도 할아버지의 전문 분야였던 합성수지가 모형의 재료로 사용된다는 사실을 알게 된 것이 계기라고 그녀는 이야기해주었다.

　그러던 어느 날, 비행선 모형 앞에서 리베카가 내게 물었다.
　—이 모형을 만약 그대로 하늘에 띄울 수 있다면 근사할 것 같지 않아?
　질문의 의도를 헤아리기가 어려워서 나는 고개를 갸웃했다. 기낭에 수소를 채운다는 뜻일까. 위험하지는 않을까. 애당초 무게 때문에 제대로 뜨기는 할까. 내 의문에 그녀는 아니라며 고개를 저었다.
　—그러니까 위험한 가스를 사용하는 게 아니라…….
　하지만 그 남자의 방문이 그녀의 설명을 막았다.

　—리베카, 아직 안 끝났니.

　낡은 축음기에서 흘러나온 듯 흐릿한 목소리가 가게 출입구에서 들렸다.
　옅은 밤색 머리털에 녹색 눈동자, 종잡을 수 없는 분위기의 남자가 소리도 없이 우뚝 서 있었다. 상품 선반 안쪽에 내가 서 있는 줄은 모르는 것 같았다.

―응, 조금만 기다려, 사이먼.

리베카는 내게서 시선을 돌려 남자에게 웃음을 지었다.


내가 그 남자, 사이먼 애트우드와 처음 만난 순간이었다.

## 젤리피시 (III)

하켄을 암벽에 대고 망치로 내리쳤다. 몇십 번이나 때려서 하켄이 충분히 박혔음을 확인한 후 윌리엄은 와이어를 묶었다.

"크리스, 간다!"

목이 쉬어라 외쳤다.

"알았어!"

크리스의 대답을 신호로 혼신의 힘을 다해 와이어를 당겼다. 기체가 앞쪽으로 살짝 움직였다. 느슨해진 와이어를 재빨리 하켄에 감았다.

젤리피시의 중량은 겉보기와 달리 아주 가볍다. 진공 기낭의 부력이 기체의 중량을 상쇄해주기 때문에 혼자 힘으로도 간단히 움직일 수 있다.

그러므로 일행이 지금 힘을 써야 하는 것은 기체의 중량이 아니라 강풍 탓이었다.

양력 제어 프로펠러가 돌아가지 않는 젤리피시는 거대한 연이나 다를 바 없다. 납작한 공 모양이라 기류를 어느 정도 흘려 넘긴다고는 하나, 표면적이 광대한 진공 기낭이 받는 바람의 힘은 성인 혼자서 무한정 버틸 만한 수준이 아니다. 이것도 바람이 마구 몰아칠 때에 비하면 많이 잠잠해진 편이다. 지금 작업을 마무리해야 한다.

빌어먹을.

살을 에는 듯한 냉기. 하반신은 눈에 파묻혔다. 방한복에 스며든 땀이 식어서 마치 얼음물에 잠겨 있는 것 같았다. 반면 머리는 몹시 뜨끈뜨끈하다. 윌리엄은 숨을 몰아쉬며 다시 와이어를 움켜잡았다.


불가해하다고밖에 표현할 길이 없는 상황이었다.

젤리피시가 갑자기 침로를 바꾸어 H산맥으로 진입해 당장이라도 산에 부딪히는 게 아닐까 싶은 거리까지 다가가자 죽음의 공포가 윌리엄의 머리를 가득채웠다.

하지만 젤리피시는 그의 상상을 크게 벗어나서 움직였다.

기체는 다시 고도를 높여 설면을 미끄러지듯이 산맥 안쪽으로 나아갔다.

얼마나 날아갔을까, 젤리피시는 느닷없이 속도를 낮추어 이 움푹한 설원에 내려앉더니 움직임을 멈추었다.

윌리엄이 망연자실한 상태에서 깨어날 때까지는 십 분도 넘게 걸렸다.

깎아지른 듯한 암벽으로 둘러싸인 사방 일이 킬로미터 넓이의 평평한 함지. 여름철엔 아주 아름다운 초원이리라. 하지만 현재 창밖에 펼쳐진 것은 잔혹하리만치 새하얀 빙설뿐이었다.

암벽은 높고 험하다. 높이가 이십 미터 남짓인 젤리피시보다 두세 배는 높지 않을까. 게다가 윗부분이 툭 튀어나와 있어서 특별한 장비 없이 기어오르기는 불가능하다. 빠져나갈수 있는 빈틈도 시선이 닿는 곳에는 없었다.

젤리피시는 다시 날아오를 낌새가 전혀 없었다.

이따금 눈바람이 몰아칠 때마다 기체가 흔들리는 것이 전부였다. 곤돌라가 삐걱거리는 소리와 바람이 울부짖는 소리를 빼면 한없이 깊은 정적이 사방에 가득했다.

〈……리엄, 윌리엄. 들려? 무사하면 큰 소리로 대답해!〉

굳은 목소리가 잡음과 함께 들렸다. 윌리엄은 부랴부랴 무전기를 집어 들었다.

"응, 그럭저럭."

〈오오, 살아 있었구나! 이로써 전원, 일단은 무사해.〉

무사하다고?

아니, 우리는 무사하지 않아.

갇혔어. 이 눈의 감옥에.

*

중노동을 마치고 식당 의자에 앉은 순간 엄청난 피로감이 윌리엄을 짓눌렀다. 평소 입담을 발휘하던 크리스도 아무 말 없이 테이블에 푹 엎드렸다.

"빨리 옷 갈아입어. ……오늘밤은 아주 추울 거야."

네빌의 목소리와 표정에도 피로가 짙게 감돌았다. 에드워드는 옆 테이블 의자에 주저앉아 녹초가 된 눈으로 바닥을 내려다보았다.

"저기……."

린다가 누구에게랄 것도 없이 말을 꺼냈다. 힘쓰는 일은 거들지 않았지만, 불안해서인지 무서워서인지 목소리는 네빌보다 더 잠겨 있었다. "우리…… 언제 돌아갈 수 있어?"

대답은 없었다.

"저어, 다들……"

"무리야. 적어도 우리 힘으로는."

음울한 목소리와 함께 크리스가 몸을 일으켰다. "조타실에서 이것저것 만지작거려봤는데, 항행 모드는 수동 전환이 안 되고, 재기동 기능도 먹통이더군. 맹세하건대 저건 시스템 자체가 수정된 거야. 예비 디스크도 둘 다 소용없었어. 솔직히 말해 현재 우리가 어떻게 할 방법은 없어."

"그런……."

린다는 딱딱하게 굳은 표정으로 에드워드에게 신경질적인 소리를 질렀다. "야! 어떻게 할 거야. 어떻게 할 거냐고! 너야, 네가 그런 거야. 자동 항행 프로그램이니 뭐니 전부 네 담당이었잖아!"

"잠깐만요."

에드워드가 목소리를 높였다. "분명 제가 자동 항행 시스템을 짜고 항로도 설정했습니다만, 그렇다고 범인 취급하다니 너무하시네요. 집무실 컴퓨터에 손만 댈 수 있으면 누구든지 프로그램을 수정할 수 있었을 거라고요.

그리고 긴급 정지 스위치요? 그건 자동 항행 시스템과는 계통이 달라요. 젤리피시의 기계 구조에 소상한 여러분들이 저보다 훨씬 수상하게 느껴지는데요."

"나, 난 아니야. 난 컴퓨터는 건드린 적도 없는걸."

"그게 '못하는 척'이 아니라고 어떻게 증명하실 건데요?"

"둘 다 그만해."

윌리엄은 험악한 분위기를 견디다 못해 끼어들었다. "범인은 나중에 찾아도 돼. 여기서 탈출할 방법을 궁리하는 게 먼저야."

"그보다 구조될 때까지 어떻게 살아남느냐겠지."

크리스가 뒤이어 말했다. "이 주변 몇 킬로미터는 절벽으로 둘러싸여 있어. 기낭을 발판으로 삼아도 절벽 위로 올라가기는 불가능해. 설령 올라가더라도 등산 장비고 경험이고 아무것도 없이 한겨울의 설산을 기슭까지 강행 돌파하는 건 자살행위야."

"그, 그렇다면……."

"말했잖아. 구조되기를 기다리는 수밖에. 다른 젤리피시나 비행기, 뭐가 됐든 누군가 우리를 발견해준다면 다행이지. 아무도 알아차리지 못하는 최악의 상황이 발생하더라도 우리가 돌아오지 않으면 회사에서 경찰에 신고할 거야. 더이상 기업 비밀 운운할 상황이 아니니까."

"그…… 그렇구나, 그렇겠지."

린다가 웃음을 지었다. 밀려오는 불안감을 억눌러 감추듯 일그러진 웃음이었다.

"크리스, 스폰서에는 연락했나?"

"한 시간쯤 전에."

크리스의 대답에는 한순간의 공백이 있었다. "공공연하게 움직일 수는 없다고 했지만, 뭐 경찰이 수색을 개시하는 것보다 늦지는 않겠지."

"그런가요."

에드워드가 숨을 내쉬었다. 네빌과 크리스도 입매를 누그러뜨렸지만 그들의 눈에는 웃음기가 전혀 없었다.

"그렇다면 구조대는 언제쯤 올까요?"

"크리스의 말을 고려하면 빨라도 모레쯤이겠지. 동결을 방지하고 열원을 확보하기 위해 동력은 가능한 한 가동시켜놓겠지만, 구조대가 올 때까지 연료가 버틸 수 있을지 없을지 확실치 않아. 난방장치는 최대한 사용을 삼가. 다들 알겠지?"


3호실로 돌아온 윌리엄은 문을 잠그고 추위에 떨면서 옷을 갈아입었다.

손목시계의 시곗바늘은 오후 7시 30분을 가리켰다. 저녁은 휴식을 취하다가 한 시간 후에 먹기로 했다. 시간이 좀 뜨기는 하지만 지금은 그편이 낫다. 피로를 풀지 않으면 밥이 목구멍으로 넘어갈 것 같지 않았다.

하지만 막상 침대에 누워 눈을 감자 잠의 밑바닥에 푹 가라앉지 못하고 몇 번이나 의식을 되찾았다. 냉기 탓만이 아니었다. 겉발라놓은 안도감이 사람들과 헤어져 혼자가 된 순간 모래처럼 무너져 내렸다.

네빌은 빠르면 모레에는 구조대가 올 것이라 말했다. 하지만 정말로 제시간에 올 수 있을까?

고통으로 일그러진 파이퍼 교수의 얼굴이 기억의 문 뒤편에서 기어나왔다. 정말로 단순한 발작이었을까.

방금 전 식당에서는 모두 짠 듯이 언급조차 하지 않았던 교수의 죽음. 하지만 에드워드 말대로 사고나 병사가 아니라면, 자동 항행 시스템과 긴급 정지 스위치에 이상이 생긴 것도 고장이 아니라 누군가의 고의라면.

그자는 앞으로 무슨 짓을 할 생각일까. 구조대가 올 때까지 그자는 얌전하게 기다려줄까……?

감았던 눈이 어느덧 문을 응시하고 있었다. 윌리엄은 침대 속에서 추위와는 다른 뭔가에 몸을 떨었다.

결국 잠을 설쳤다.

한 시간 후 윌리엄이 다시 식당으로 돌아가자 다른 네 명은 이미 동그란 테이블에 둘러앉아 있었다. 아무 일도 없었음에 안도하며 윌리엄은 빈 의자에 앉았다.

각자의 앞에는 통조림과 포크가 하나씩. 테이블 한복판에 놓인 알루미늄 주전자에서 김이 피어올랐다. 그 옆에는 종이 컵 다섯 개가 포개어져 있었다.

"이게 전부인가. 참 초라한 만찬이로군."

"배부른 소리 하지 마. 이것만 해도 많아."

네빌이 잔소리를 하자 "나도 아니까 핀잔 좀 주지 마" 하고 크리스가 인상을 찡그렸다.

시험기가 불시착한 지 한나절 가까이 지났다. 한겨울 해는 짧아서 한낮에도 땅거미가 내린 것 같았던 창밖은 이미 깊은 어둠에 잠겼다.

계획상 일행은 오늘 안에 UFA에 돌아갈 예정이었다. 어제 까지 체크포인트에서 구입한 식료품은 거의 남지 않았다. 비 상사태가 잇달아 발생한 탓에 추가로 구매할 수도 없다. 곤 돌라에 상비된 비상식 이틀 치, 일행에게 남은 식료품은 그게 전부였다.

"거기 주전자는?"

"따뜻한 물이에요."

에드워드는 딱딱한 표정으로 말했다. "엔진의 열로 데웠어요. 여차하면 눈도 녹여서 쓸 수 있으니 물은 당장 부족하지 않겠죠. 동력이 유지되는 동안은요."

생활용수 배관은 보온이 되지 않는다. 동력이 끊기면 곤돌라 내부 기온이 내려가 순식간에 얼어붙는다. 열원의 정지는 죽음과 직결된다. 제한 시간은 결코 넉넉하지 않았다.

"따뜻한 물이든 뭐든 좋아. 이러다 얼어붙겠어."

린다가 종이컵을 집어 네빌과 자기 앞에 하나씩 놓았다. 다른 세 명도 종이컵을 집었다. 린다가 주전자를 들어 주둥이를 네빌의 종이컵으로 기울이자 네빌은 "필요 없어" 하고 싸늘한 목소리로 거절했다. 린다는 약간 마음이 상했는지 눈썹을 찡 그리고 자기 종이컵에 따뜻한 물을 따랐다. 주전자를 크리스에게 넘겨주고 온기를 음미하듯 종이컵을 손으로 감쌌다. 크리스, 에드워드, 그리고 윌리엄도 차례대로 종이컵에 따뜻한 물을 가득 따르고 손을 가져갔다.

"네빌, 안 마셔?"

"죽고 싶거든 실컷 마셔. 난 몰라."

"뭐?"

"난 그런 정체 모를 액체를 기꺼이 입에 댈 만큼 부주의한 멍청이가 아니야."

테이블에 긴장감이 감돌았다. 린다와 크리스가 컵 속을 빤히 들여다보다 핏기가 가신 얼굴로 에드워드를 응시했다.

큰일이네.

윌리엄은 심장이 쿵쿵 뛰었다. 네빌은 결코 해서는 안 될 말을 꺼냈다. 독이 든 물로 우리를 모조리 죽이려 한다는 뜻을 담은 만큼, 오늘 아침에 "독살이라니 억측에 불과하다"라고 한 본인의 말을 부정하고 멤버들에게 불신의 씨앗을 심겠다고 선언한 것이나 다름없었다.

"네빌, 그게 무슨 뜻인가요?"

에드워드의 목소리에서 억양이 사라졌다. "제가 여기에 뭔가 넣기라도 했다는 겁니까?"

"오호, 그랬냐?"

"알겠어요, 제가 먼저 마시겠습니다. 그럼 되겠죠."

에드워드가 종이컵을 입에 대자 네빌은 깔보는 듯한 시선을 던졌다.

"맘대로 해. 그 물이 정말로 안전하다고 믿는다면."

에드워드가 갑자기 움직임을 멈췄다. 표정이 사라진 얼굴로 시선을 컵에 떨어뜨렸다.

윌리엄은 등에 식은땀이 맺히는 걸 느꼈다.

젤리피시의 음용수는 저수조에서 배관으로 주방까지 끌어 온다. 에드워드가 데운 물도 저수조에 저장된 물일 것이다. 저수조에 직접 독을 타기라도 했다는 건가.

"잠깐. 그럴 리 없어. 이 물은 우리 모두 계속 마셨잖아!"

"독은 나중에 얼마든지 넣을 수 있어."

숨통이 꽉 막힌 듯한 소리가 린다의 입에서 새어 나왔다.

몇 시간 전까지 젤리피시는 엄청난 혼란에 싸여 있었다. 그 사이에 누가 어디서 뭘 했는지 윌리엄도 완전히 파악하고 있지는 못했다.

"왜? 빨리 마셔."

네빌이 명령했다. 에드워드는 손안의 종이컵을 바라보고, 이어서 분노로 가득한 차가운 시선을 네빌에게 뿜어냈다. 그리고 단숨에 물을 들이켠 후 내팽개치듯이 종이컵을 내려놓았다. 끝없는 침묵이 이어졌다.

일 분, 이 분, 삼 분…… 오 분이 지났다. 에드워드의 몸에 이상이 생길 낌새는 없었다.

"괜찮은가 보군."

크리스가 머뭇머뭇 입을 열었다. 누그러진 린다의 표정에 웃음과 울음이 뒤섞였다. 윌리엄도 참고 있던 숨을 뱉어냈다. 정작 에드워드는 아무 말도 없이 태엽이 풀린 장난감처럼 의자에 몸을 묻었다.

네빌은 콧방귀를 뀌며 자리에서 일어나더니 잠시 후 와인 병과 코르크 따개를 들고 돌아왔다. 주방에 보관되어 있던 걸 가져온 모양이다.

"뭐야, 물은 안 마시는 거야? 독이 들었는지 확인까지 시켜 놓고서는."

"마시고 싶으면 너희들이나 마셔. 몸을 덥히기에는 이게 훨씬 좋아."

크리스가 쳇 하고 혀를 찼다. 네빌은 개의치 않고 코르크 마개를 뽑아 진한 보라색 액체를 종이컵에 따랐다.

윌리엄은 완전히 미지근해진 물을 마셨다. 요 며칠 계속 마셔서 익숙해진, 희미하게 쇳내가 나는 맛 그대로였다. 빈 종이 컵에 다시 물을 따랐다. 아무리 그래도 네빌에게 와인을 달라고 청할 만큼 후안무치하지는 않았다.

"있지, 앞으로 어떻게 할 거야?"

"아까 내가 그랬잖아. 구조될 때까지 기다리는 수밖에 없다고."

"그게 아니라. 우리 이제부터 어디서 자느냐고."

"어디냐니, 그야…… 객실밖에 더 있나."

"그러니까."

"린다. 우리 모두 한방에서 지내야 한다는 거야?"

연료를 아끼기 위해 난방장치 사용을 삼가야 한다면, 모두 한곳에 모이는 것이 합리적이기는 하다. 객실에는 2층 침대가 하나뿐이지만, 바닥은 나머지 세 명이 이불을 덮고 잘 수 있을 만큼 넓다.

하지만 린다의 대답은 윌리엄의 예상과 달랐다.

"아니야, 이 답답아. 모두 함께 지내다니 싫어. 살인자와 같은 방에서 자다니 생각만 해도 끔찍해."

식당 공기가 단숨에 얼어붙었다.

"왜? 왜 다들 아무 말도 없어? 교수님이 변사를 당한 것도 모자라 이런 곳에 조난까지 당했잖아. 이건 정상이 아니야, 누군가의 소행이 틀림없다고."

"진정해, 린다. 누군가라니 그게 누군데? 우리 중에 범인이 있다고 아직 결정된 건……."

"항행 시스템이나 긴급 정지 스위치를 다른 사람이 어떻게 손댄다는 거야! 누구야, 누가 이런 짓을 했어. 빨리 나와!"

아무도 대답하지 않았다.

이는 아까 윌리엄이 품고 있던 불안 그 자체이자, 범인을 제외하고는 모두가 똑같이 느끼고 있을 공포이기도 했다.

이번 일은 누구의 소행일까. 우리는 앞으로 어떻게 될까. 구조될 때까지 정말로 아무 일도 없이 살아남을 수 있을까?

"린다, 그럼 어떻게 하자는 겁니까?"

에드워드가 질문을 던졌다. "이 곤돌라에 객실은 세 개밖에 없습니다. 주방 문에는 자물쇠가 없고, 엔진실은 밖에서밖에 못 잠가요. 안에서 잠글 수 있는 곳은 조타실뿐이죠. 남은 한 명을 잠그지 않는 방에 내팽개치라는 건가요?"

"그건……."

린다는 창문으로 시선을 돌렸다. 깊은 어둠속에서 수많은 눈송이가 으스스하게 윙윙거리는 바람을 맞으며 춤추고 있었다.

무리다. 이렇게 심한 눈보라 속에서 밤을 보내는 건 그야말로 자살행위다.

"제 생각에는 오히려 개별 행동이 위험할 것 같은데요. 저희를 여기로 몰아넣은 게 누구든 간에, 그자가 잠긴 방문을 열지 못할 거라 누가 장담할 수 있겠어요?"

이 곤돌라는 가족이나 친지가 사용할 것을 상정하여 설계됐다. 문에 설치된 자물쇠는 방안에서 비틀개를 돌려서 잠그는 간단한 방식이다. 자동 항행 시스템도 수정한 인간이 과연 여벌 열쇠를 준비하지 못할까.

에드워드는 굳이 언급하지 않은 모양이지만, 린다의 제안에는 심리적인 장애물이 하나 더 있다. 객실에 방치된 교수의 시신이다. 각자 안전한 곳에서 쉰다고 해도, 한 명은 반드시 교수의 시신과 함께 지내야 한다. 시신은 밖으로 옮기면 그만이겠지만, 교수가 거기서 죽었다는 심리적인 혐오감은 지우기가 쉽지 않다.

"그럼 네 생각은 어떤데?"

"모두 한 객실에 뭉쳐서 교대로 한두 명씩 수면을 취하죠. 깨어 있는 사람이 세 명 이상이면 범인도 쉽사리 손을 쓰지는 못할 겁니다."

타당한 제안이다. 크리스도, 마지못한 티를 팍팍 냈지만 린다도, 에드워드의 제안에 고개를 끄덕였다.

"네빌. 너도 그렇게 하는······."

옆을 돌아본 크리스의 표정이 얼어붙었다. "네빌?"

대답이 없다.

네빌은 고개를 숙인 채 창백한 얼굴로 몸을 떨었다. 이마를 흐르는 땀. 눈을 부릅뜨고 입으로 거친 숨을 내쉬었다.

"네빌?"

"네빌."

"이봐······. 네빌, 왜 그래?"

"네빌, 네빌!"

모두가 말을 마칠 틈도 없었다. 실이 끊어진 인형처럼 네빌이 의자에서 굴러떨어졌다.

바닥에 누워 두세 번 격하게 경련을 일으켰다. 누가 목이라도 조르는 것처럼 신음 소리를 토해낸다. 바닥에 쓰러질 때의 충격으로 안경에 금이 갔다. 안경 안쪽에서 두 눈이 빛을 잃어갔다.

"네빌!"

네 사람은 의자를 박차고 일어섰다. 네빌은 대답이 없었다. 몸을 부들부들 떨면서 약하게 헐떡이다 신음하기를 반복했다.

"아…… 뭐야, 이거…… 뭐냐고…… 도대체 뭐냐고 이게!"

"이봐…… 장난치지 마. 발작하는 지병이라도 있어?"

그럴 리 없다. 네빌에게 그런 지병이 있다는 말은 한 번도 못 들었다.

독?

설마 아까 마신 와인이?

"뭐하세요? 빨리 토하게 해야죠."

에드워드의 목소리가 고막을 두드렸다. "그리고 물을. 위를 세척해야."

크리스는 따귀라도 맞은 것처럼 눈을 크게 뜨고, 재빨리 주전자를 들었다. 린다는 새파랗게 질린 얼굴로 "거짓말…… 말도 안 돼……" 하고 계속 중얼거렸다.

윌리엄은 그러한 광경을 멍하니 바라볼 뿐이었다.


에드워드와 크리스의 노력은 헛수고로 끝났다.

한 시간 후, 네빌의 심장은 영원히 멈췄다.


*


생기 없는 침묵이 식당을 감쌌다.

크리스, 린다, 에드워드 모두 힘이 다한 것처럼 의자에 몸을 묻었다.

시곗바늘은 오후 10시를 지나갔다. 아무도 입을 열지 않았다. 네빌을 잃은 충격과 그 이상의 암담한 공포가 윌리엄에게서 일어설 기력을 앗아갔다.

틀림없다. 더이상 스스로를 속여도 소용없다.

누군가 우리 목숨을 노리고 있다. 범인은 교수를 죽이고, 우리를 이 설산에 가두었으며, 우리를 몰살하려 한다.

누가. 왜. 분명 우리는 목숨을 위협당할 가능성이 있다. 하지만 뭐가 진짜 이유인지는 아직 모르겠다. 적국 공작원이 정말로 우리 연구 성과를 빼앗으려는 걸까. 아니면…….

제5장 젤리피시(Ⅲ)

"싫어……. 제발, 이러지 마."

린다가 울다 지친 목소리로 말하며 고개를 저었다. "부탁이야, 용서해줘. 집에 보내줘. 죽기 싫어, 나 아직 죽기 싫다고."

"린다, 진정하세요."

이제 에드워드의 목소리에도 지친 낌새가 역력했다. "우리 중에 범인이 있다고 아직 확정된 건 아니에요. 지금 젤리피시에 타고 있는지조차 결코 확실하지 않습니다."

네빌이 마신 와인에 독이 들었는지의 여부는 확인이 불가능했다.

애당초 그 와인은 출발할 때 네빌 본인이 준비한 것이라고 한다. 연회석에서만 술을 입에 대는 네빌이 시험 항행에 술을 가지고 왔다는 사실이 윌리엄은 마음에 조금 걸렸지만, 가령 곤돌라에 싣기 전에 이미 독을 넣었다면 에드워드 말대로 범인이 젤리피시에 있다는 전제 자체가 무너진다.

하지만.

"그럼 그자는 지금 어디에 있다는 건데!"

린다가 언성을 높였다. "왜 우리는 이런 곳에 있어? 왜 자동 항행 시스템을 건드렸어? 그자가 독이 든 와인으로 우리를 몽땅 죽일 생각이었다면 굳이 설산에 가둘 필요가 어디에 있느냐고!"

이번에는 에드워드가 입을 다물 차례였다. 윌리엄도 바로 반론하지 못하고 크리스에게 시선을 보냈다. "말도 안 돼……. 어째서……." 크리스는 일행이 말다툼하는 소리가 귀에 들어오지 않는지 테이블에 팔꿈치를 괴고 왼손을 이마에 얹은 채 창백한 얼굴로 중얼거렸다.

"다들 모르는 척하지 마. 교수님이 돌아가시고, 이런 곳에 갇히고, 네빌도 죽었어. 이걸로 끝이라니, 낙관적인 데도 정도가 있어! 그래, 맞아. 이건 그 계집애, 리베카의……."

"린다!!"

린다가 몸을 움찔했다.

자신의 고함소리에 반쯤 얼떨떨해하면서도 윌리엄은 목소리를 쥐어짜냈다. "입 좀 다물어……. 아니면 내가 범인 대신 입을 막아줄까?"

린다의 눈동자가 공포로 굳었다. "……농담이야." 내뱉듯이 덧붙였지만 윌리엄의 심장은 미친듯이 날뛰기 시작했다.

망할, 못 들었겠지?

하지만 그의 기대는 배신당했다.


"리베카?"

에드워드가 의아함과 깊은 의혹이 담긴 눈으로 세 사람을 쏘아보았다.

"잠깐만요. '리베카'라니 그게 누군가요?"

# 지상(Ⅲ)

"과연."

렌은 눈앞의 군인에게 몸을 돌렸다. "즉, 우리와 마찬가지로 파이퍼 교수 팀의 집무실을 조사하기 위해 거기 가셨단 말씀입니까?"

"그래. 공작원이 침입하지는 않는지 감시도 할 겸."

U국 제12공군 소령, 존 닉센은 언짢은 기분을 목소리에 담았다.

약간 짧게 깎은 동갈색 머리. 키 180센티미터를 훌쩍 넘어 보이는 체격. 진회색 눈은 먹잇감을 노리는 육식동물처럼 매섭다. 군인답게 늠름한 분위기를 풍기는 남자지만, 덩치 큰 마초라기보다는 아주 세련되고 민첩한 표범에 가까웠다.

분명 전투원으로서도 실력은 일급이리라. 그런 만큼 경찰관이라고는 하나 자신보다 기량이 떨어질 마리아에게 그토록 꼴사납게 당한 것은 상당한 굴욕이었음이 틀림없다.

F서 응접실이었다.

기술개발부 집무실에서 한판 붙은 지 두세 시간쯤 지났다. 마리아와 렌은 정보 교환이라는 명목으로 이 군인에게 자세한 경위를 듣는 중이었다. 집무실 수색이 생각지 못한 형태로 중단됐지만, 마리아가 서에서 인원을 불러서 수색을 재개했다. 몇 시간만 더 있으면 일단락될 듯하다.

"UFA가 보유한 기낭식 부유정 제조 기술은 국방이라는 측면에서도 아주 중요해. 만에 하나 R국의 손에 넘어가기라도 하면 우리 U국에 큰 위협이 되겠지. 특히 이번에는 기낭식 부유정의 개발자인 파이퍼 교수 본인이 목숨을 잃었어. 교수 팀의 연구 성과를 보호하는 건 우리 공군에게도 최우선 사항이었어."

"사고가 난 기체를 공군이 회수한 것도 같은 이유입니까?"

"교수 팀이 UFA의 일원으로 젤리피시를 계속 연구해왔다는 건 우리도 알아. 그게 어떤 연구든 간에 진공 기낭의 최신 기술이 적국에 유출되는 사태는 반드시 피해야 했어. 잔해 한 조각이라도 말이야."

"그럼 경찰한테 한마디 귀띔이라도 해주지 그랬어."

마리아도 마리아대로 불쾌한 기분을 표출했다. "우리가 얼마나 고생한 줄 알아? 증거품을 싹 다 쓸어가서 사고의 전모를 알아내기는커녕 수사 방침도 못 정했다고. 한 번 더 다리를 걸어서 넘어뜨리고 싶은 기분이야."

설령 현장이 고스란히 보존되어 있더라도 마리아가 열심히 일할 가능성은 없겠지만, 렌도 이 자리에서 그런 말을 꺼내지는 않았다.

"기밀 보호가 최우선이었어. 이해해줬으면 해."

존의 관자놀이가 살짝 움찔거렸다. "우리도 당신들을 무시한 건 아니야. 그때 최대한 양보해서 시신은 인도한 거라고."

'필요 없으니까 시체를 두고 간' 것이 아니라 경찰을 배려했다는 뜻인가. 참으로 이해하기 어려운 마음씀씀이다.

"하지만 당신들의 주장도 지당해. 결과적으로 경찰 수사를 일시적으로나마 방해한 건 이 자리를 빌려 사과할게. 파이퍼 교수 팀의 집무실에 당신들 수사관이 있을 가능성도 상정해야 했어."

존은 불만을 억누르듯이 얌전하게 상체를 숙였다. 마리아가 도발하는 바람에 뻣뻣하게 나오지는 않을까 걱정했지만,

생각 외로 신사적인 남자 같다. 마리아도 이렇게 순순히 사과할 줄은 몰랐는지 "홍" 하고 머쓱한 듯이 고개를 획 돌렸다.

"그쪽이 회수한 유류품을 저희가 검사할 수는 없겠습니까?"

"절차를 밟을게. 기체 잔해 등 물리적으로 인도가 불가능한 건 우리가 보관하겠지만, 당신들의 수사를 거부할 생각은 없어. 이번 사고는 우리나라에도 큰 손실이야. 사태 규명에 필요하다면 우리도 협력을 아끼지 않을 작정이야."

손바닥을 뒤집듯이 협력 자세로 나왔다. 경찰과 빨리 손을 잡아 운수안전위원회와의 주도권 싸움을 유리하게 끌고 가려는 게 군의 꿍꿍이속이겠지만.

원래 군의 관여가 없는 상태에서 검사해야 마땅하지만, 이제 와서 문제시해봤자 아무 소용도 없다. "감사합니다." 렌은 정중하게 인사했다.

"정말 그뿐이야?"

마리아가 차갑게 타오르는 눈으로 존을 노려보았다.

"그뿐이냐니?"

"우리에게 숨기는 게 있지 않느냐는 뜻."

마리아가 아름다운 입술 가장자리를 끌어올렸다. "그 기체, 공군이 교수 팀에게 제작을 의뢰한 거 아니야?"

존의 표정이 한순간 경직되는 것을 렌은, 그리고 마리아도 놓치지 않았다.

"추락했다는 신고는 어제 새벽에 들어왔어. 당신들은 몇 시간 후에 사고가 난 기체를 회수했지. 그런데 시신의 신원은 기체가 회수된 후에야 파이퍼 교수 팀으로 판명됐어. '파이퍼 교수의 연구 성과를 보호하기 위해서'라고 했지. 당신들 그게 파이퍼 교수의 시험기인 줄 언제 어떻게 알았어?"

존의 뺨이 이번에는 눈에 띄게 경직됐다.

"젤리피시는 U국에만 해도 백 대가 출시됐어. 설마 그 백 대의 소재를 몇 시간 만에 전부 확인한 건 아닐 테고. 이 '몇 시간'에는 신고를 받고 수색대가 현장에 출동하고, 군에 협력 요청을 할 때까지 걸리는 시간도 포함돼. 그걸 빼면 실질적으로 공군이 대처할 수 있었던 시간은 두세 시간밖에 없었을걸. 그렇게 짧은 시간에 그게 교수의 시험기임을 확인하고, 회수용 젤리피시와 인원을 준비하고…… 일처리가 너무 빠른 거 아니야?

교수 팀의 관계 서류는 경찰이 얼추 확보했어. 보고 싶으면 숨김없이 털어놔. 당신들도 운수안전위원회와 으르렁대면서 우리하고까지 다투고 싶지는 않을 텐데. 뭐, 이야기하기 싫으면 안 해도 되고."

렌은 애써 무표정을 유지하며 몰래 호흡을 가다듬었다.

정말로 무서운 여자다.

공군의 움직임이 부자연스럽다는 것은 렌도 알고 있었다. 그들이 교수 팀의 죽음에 어떤 형태로 연관되었으리라는 것도 눈치는 챘다. 하지만 증거가 없었다. 그런데 존의 짤막한 설명에 감추어진 모순을 대번에 알아봤을뿐더러, 이렇게나 대담하게 공격에 나서다니. 평소 말과 행동에 분별이 없고 생활 능력도 빵점에 가까운 마리아가 이토록 젊은 나이에 경감까지 승진한 이유를 렌은 알 것 같았다.

긴 침묵이 찾아왔다.

마리아는 차가운 시선을 군인에게 퍼부었다. 이윽고 존의 입에서 자조로도 체념으로도 느껴지는 한숨이 흘러나왔다.

"이제부터 내가 하는 이야기를 비밀로 해줄 수 있을까? 당신들 둘만 알고 있으라고 하지는 않겠지만, 부주의하게 정보가 퍼지는 건 바람직하지 않아. 최소 범위에 묶어두었으면 하는데."

"약속할게. 서장한테는 아무 말도 안 할 거야."

존은 쓴웃음으로 답했다.

"우리 공군도 사고가 난 기체가 파이퍼 교수의 시험기라고 처음부터 확신한 건 아니었어. 다만 가능성이 높다고 걱정은 했지."

"교수 팀과 연락이 두절됐기 때문입니까?"

그래, 하고 존은 고개를 끄덕였다.

"교수 팀이 우리 의뢰를 받고 신규 기낭식 부유정을 개발했다는 당신들의 추측은 사실이야. 우리는 예전부터 군용기 제조 등으로 UFA와 거래 관계에 있었거든. 덕분에 교수 팀에게 신형 젤리피시 개발을 의뢰하는 건 그렇게 문턱이 높은 일이 아니었어."

무슨 기술이든 군사적으로 써먹을 수 있다 그건가. 진공 기낭 개발자들이 군의 의뢰를 마음속으로 어떻게 생각했는지 이제는 영원히 알 방도가 없다.

"제조부 사람은 공군이 낀 줄 전혀 모르는 모양이던데?"

"UFA에서 이 건을 알고 있는 사람은 상층부 극히 일부와 교수 팀뿐이야. 연구 개발에 직접 관여하지 않는 사람에게 알려봤자 정보가 누설될 위험이 커질 뿐이지. 그나저나 교수 팀도 개발에는 애를 먹은 모양이더군."

—어디서 조달했는지는 모르겠어요.

—긴급한 상황이 발생했을 때 어디에다 문의해야 할지 몰라서 난감했죠.

이리하여 교수 팀이 제조부에 소재의 출처를 감춘 이유가 밝혀졌다. 군사기밀이라면 함부로 정보를 입에 담지 않는 것도 당연하다.

"애를 먹었다니, 언제 교수한테 의뢰했는데?"

"오 년 전. 군사기술을 실용화하기 어렵다는 건 나도 잘 알아. 하물며 젤리피시는 세상에 나온 지 얼마 되지 않은 신기술이지. 개인적으로는 오 년이라는 개발 기간이 결코 길게 느껴지지 않았어. 항행 시험까지 계획이 진행됐다고 듣고 오히려 놀랐을 정도야. 그런데 항행 시험 직전에 그들과 연락이 끊겼어."

"뭐?"

마리아가 얼빠진 목소리를 흘렸다. 한다하는 렌도 답변이 한 박자 늦었다.

"잠깐만요. 직전이라고요? 종료 예정일이 지나서가 아니라?"

정황상 교수 팀과 외부의 통신이 두절된 건 그들이 사고를 당했을 때, 구체적으로는 항행 시험이 종반에 접어들었을 무렵이라고 생각했다. 그전부터 연락이 끊겼다니 어떻게 된 걸까.

이어지는 존의 말이 렌과 마리아의 혼란에 박차를 가했다.

"'직전'이야. 구체적으로는 그렇지, 지금으로부터 사흘 전인가. 그 전날, 나흘 전에는 그들의 대표자에게 '계획은 순조

152 제6장 지상(Ⅲ)

로이 진행중'이라는 취지의 연락을 받았지만…… 우리도 완전히 방심했어."

사흘 전? 교수 팀이 항행 시험에 나선 것은 2월 6일. 지금으로부터 엿새 전이다. 그런데 사흘 전 2월 9일? 이상하다. 이야기가 맞물리지 않는다.

"우리도 교수 팀의 행방을 추적하고자 준비를 하던 차에 사고 소식이 들어왔어. 최악의 사태도 상정은 했는데, 그에 가까운 사태가 발생한 셈이지."

"……그들에게 시험 계획서는 받으셨습니까? 이쪽으로 보내주셨으면 하는데요."

"준비하지."

뭔가 있다. 그것도 상상 이상으로 깊은 뭔가가.

"교수 팀의 행방을 쫓았다는 말씀이신데, 교수 팀의 동향을 늘 파악하고 있지는 않았던 모양이군요."

"삼백육십오 일 스물네 시간 내내 감시한 건 아니야. 우리 의뢰를 받고 군사기술 개발에 참여한 연구자는 교수 팀 말고도 국내에 몇만 명이나 돼. 그들에게 일일이 스물네 시간 감시를 붙일 만한 인력과 예산은 없어. 물론 신변 조사와 사상 검증은 했고, 연구를 시작하기에 앞서 기밀 유지 계약도 맺었지. 뭐, 군사기밀을 다룬다고는 하지만 그들은 어디까지나 애국심이 투철하고 선량한 일반 시민에 지나지 않아. 위험인물 취급하는 게 세간에 알려지면 군의 신뢰도에도 영향이 있어.

게다가 이런 기밀을 엄수하는 가장 좋은 방법은 '누설에 대비해 방비를 단단히 하는' 게 아니야. '기밀의 존재 자체를 모르게 하는' 거지. 감시 인력을 동원하는 자체가 기밀 사항이 있다고 적국에게 알려주는 꼴이나 마찬가지거든."

파이퍼 교수 팀의 집무실을 찾은 공군 관계자가 존 한 명뿐이었던 것도 그러한 이유인가. 뒤집어 말하면 사고 직후에 그들이 시험기를 서둘러 회수한 것은 그만큼 그들이 심하게 동요했음을 의미한다고도 볼 수 있다.

"그런데 존."

마리아는 늠름한 청년 장교를 무례하게 이름으로 불렀다.

"말하자면 파이퍼 교수는 그 분야에서는 국내외를 통틀어 유명 인사였잖아. 당신들이 말하는 적국이 노릴 가능성도 있지 않았나? 그 점은 어떻게 생각해?"

"실은 경호를 붙이고 싶다는 뜻을 몇 번 교수 팀에게 전했어. '연구에 집중이 안 된다'는 이유로 거절당했지만."

거절했다고?

"최근 몇 달간, 그러니까 그들이 신형 기종의 개발에 성공한 후에도요?"

"응. 아직 마무리가 남았다더군."

연구가 완성에 가까워진 후에도 군의 경호를 거절했다……?

"뭐야? 당신들, 군사기밀이 가득한 신형 기종을 개발한 교수 팀을 항행 시험을 진행하는 내내 무방비로 내버려뒀다는 거야?"

"그러니까 우리가 사태를 파악한 건 항행 시험 직전이었다고 아까도 설명했잖아. 항행 시험이 개시되면 각 체크포인트에 인원을 배치해서 경호할 예정이었어."

틀림없다. 경찰과 공군은 항행 시험 일정을 각자 다른 날짜로 알고 있다.

왜?

"우리도 수수방관했던 건 아니야. 그들에게 군용 통신기기를 제공하고, 유사시에는 우리에게 연락하라고 했어. 물론 이런 사태가 벌어진 이상, 경비에 만전을 기해야 했다는 비판은 감수해야겠지만."

존은 괴로움이 묻어나는 목소리로 말했다. 순수하게 파이퍼 교수 팀을 애도하는 마음인지, 군의 체면이 실추됐음을 한탄하는 마음인지는 알 수 없었다.

"교수 팀의 연구가 이런 형태로 실패한 이상, 신형 기낭식 부유정 개발 계획은 백지로 돌아가겠군. 속물 같다고 할지도 모르겠지만 우리도 적지 않은 자금을 그들에게 투입했어. 그걸 전부 물거품으로 만들 수는 없지. 하다못해 이번 사고의 원인이라도 규명해야 해. 안 그러면 계획을 재개할 길은 불투명해질 테고, 무엇보다 교수 팀이 눈을 제대로 감지 못할 거야. 당신들에게 모조리 털어놓는 것도 한시라도 빨리 신상을 규명하기 위해서야. 다시 한번 부탁할게. 협력해줘."

존은 다시 머리를 숙였다. 마리아는 마음이 불편한 듯 얼굴을 찡그리더니 이윽고 씁쓸하게 숨을 내쉬었다.

"존, 그전에 말해봐. 이번 일, 당신들은 어디까지 파악했어? 단순한 사고가 아니라는 것쯤은 이미 알 테고."

공군 소령은 약간 뜸을 들이다가 대답했다.

"현시점에서는 우리도 결론을 내기에 충분한 정보를 얻지 못했어. 상층부의 견해도 엇갈리는 실정이야. 하나 어디까지나 사견이지만 그건 추락이 아니야. 교수 팀은 불시착한 후에 사망했어."

렌과 마리아는 얼굴을 마주보았다.

"왜 그렇게 생각하시죠?"

"기체에 손상이 너무 적어."

존은 명쾌하게 단언했다. "가령 추락이라면 곤돌라나, 적어도 양력 제어 프로펠러를 지탱하는 교각에 중대한 손상이 생겼겠지. 하지만 회수한 기체는 불타기는 했지만 골격 자체는 깔끔했어.

교수 팀을 태운 시험기는 어떤 이유로 거기에 불시착할 수밖에 없었어. 그후 무슨 일이 발생했는지는 모르겠지만 기체가 불타고 교수 팀도 목숨을 잃었지. 지금 단계에서는 이 정도 추측이 한계야."

렌과 마리아와 다른 방향에서 이 청년 장교는 렌과 마리아와 거의 같은 견해에 다다랐다.

"'무슨 이유'에 대해서는 어떻게 생각하십니까? 적국이 개입했을 가능성에 대해서는요."

—살인이야.

불시착한 후 선내에서 승무원들끼리 목숨을 빼앗는 싸움을 벌였다. 그것이 현재 렌과 마리아가 내린 추론이다. 하지만 구체적인 전모는 아직 윤곽조차 보이지 않는다.

가령 파이퍼 교수 팀의 연구 성과를 노린 누군가의 소행이라면. 집무실 컴퓨터로 만들었을 자동 항행 시스템. 그걸 삭제한 것도 그 '누군가'의 소행일까.

"솔직하게 말하면 군 내부에서도 적국의 개입을 걱정하는 목소리가 커. 기체를 탈취하려는 R국 놈들의 습격을 받다가 추락한 게 아니냐는 거지. 이것도 개인적인 견해이기는 한데…… 그럴 가능성도 희박해."

"왜?"

"적국이 그럴듯한 움직임을 보이지 않았거든. 놈들이 차세대 기종을 강탈할 생각이었다면 경로는 어찌됐든 최종적으로 국경선이나 바다로 향해야 해. 젤리피시는 기구와 달리 접어서 상자에 담을 수 없어. 수십 미터 크기의 물체를 운반하려면 나름대로 지원이 꼭 필요하지. 한데 육해군과 연방수사국의 정보도 확인해봤지만, 적어도 요 며칠 국경 및 인근 해역에 적국의 것으로 추정되는 비행체는 관측되지 않았어."

"꼭 시험기를 빼앗을 목적이었다고 할 수는 없지 않아? 그저 교수 팀을 처리하면 그만이었을지도 모르지. 젤리피시를 만드는 방법만 알아내면 실물에 집착할 필요는 없을 테니."

"그렇더라도 장소가 문제야. 왜 그런 설산에서? H산맥은 겨울에 날씨가 자주 험악해져. 관측소에 따르면 교수 팀이 소식을 끊기 전후로 며칠이나 산기슭 일대에 눈보라가 몰아쳤다는군. 그런 산의 상공을 안 그래도 바람에 약한 젤리피시로 비행하다니, 공작원 본인에게도 자살행위야."

확실히 그 점은 렌도 마음에 걸렸다. 가령 누군가가 교수 팀을 설산으로 유도했다고 치자. 그렇다면 그자는 교수 팀을 살해한 후 어떻게 할 생각이었을까?

불시착한 시험기에서 멋대로 불이 날 리는 없다. 적국 공작원이 불을 질렀다면 그자는 일을 마친 후, 반드시 설산에서 탈출해야 한다. 악천후에, 등산로도 없이 절벽으로 둘러싸인 겨울 산에서.

현장 부근에서는 교수 팀 이외의 시신도 생존자도 발견되지 않았다. 공작원은 어떻게 그 절벽을 넘었을까. 주도면밀하게 등산을 준비하기라도 한 걸까.

그런데 왜? 남의 눈이 닿지 않는 곳에 교수 팀을 격리하고 싶다면 굳이 위험을 무릅쓰면서까지 산맥 안쪽으로 들어갈 필요는 없다. 기슭의 삼림지대로 충분하다.

"애당초 교수 팀의 젤리피시에 공작원이 언제 어떻게 탑승했는지도 문제야.

곤돌라 창문은 붙박이지. 출입문도 안쪽에서 잠그면 밖에서는 못 열어. 하늘을 나는 동안은 접근하기도 여의치 않아. 외부인이 침입하려면 젤리피시가 지상에 잠깐 착륙한 사이에 빈틈을 노리는 수밖에 없었을 거야."

교수 팀도 외부인의 침입에는 주의를 기울였으리라. 가령 우격다짐으로 문을 열게 만든다고 해도, 물리적으로든 심리적으로든 상당한 압박을 가할 필요가 있다. 존 말에 따르면 공군이 교수 팀에게 긴급 연락용으로 무전기를 제공했다고 한다. 그걸로 군에게 도움을 요청하지도 않고, 공작원이 시키는 대로 했다고는 보기 힘들다.

"그럼 존, 공작원의 소행도 아니라면 당신 생각은 어떤데?"

"자세하게는 모른다고 했잖아. 당신들은 그걸 수사하러 UFA에 갔던 거 아닌가?"

마리아가 아름다운 얼굴을 노골적으로 구겼다.

"난 정보를 내놨어. 이번에는 당신들 차례야. 공군의 사고 조사원으로서, 경찰에게 정보 제공을 요청한다. 이번 일, 당신들은 어디까지 파악했어?"

다시 침묵이 찾아왔다.

마리아는 얼굴을 찡그린 채 오랫동안 턱에 손을 대고 있다가 "오케이, 존" 하고 거드름 피우듯이 숨을 내뱉었다.

"당신 말도 일리가 있네. 알았어, 기브 앤드 테이크로 가자. 하지만 그전에 하나만 더 알려줘. 이쪽 정보를 내놓는 건 그 다음이야."

"뭔데?"


"당신들이 교수 팀에게 개발을 의뢰한 신형 젤리피시의 새로운 기능은 뭐야?"

존의 표정이 다시 굳어졌다.

"안 돼. 지금 그것까지 밝힐 수는……."

"그 기능이 신소재로 만든 진공 기낭과 관련이 있다는 건
알아."

마리아는 대담하게 카드를 꺼냈다. "그걸 개발하기 위해 교
수 팀이 지독한 실패를 되풀이했다는 것도, 겨우 두 달 전에
야 유일하게 성공했다는 것도. 이제부터 소체를 만든 하청업
체도 조사에 들어갈 거야. 당신들이 원했던 신소재의 정체도
조만간 밝혀지겠지. 지금 감춰봤자 시간 낭비야. 여기서 털어
놓으면 수사도 빨리 진행될 테니, 서로를 위해서 좋지 않을
까?"

와, 이 사람은 진짜.

또 긴 침묵이 흘렀다. 존은 악마 같은 웃음을 띤 마리아를
못마땅하다는 듯 노려보았지만, 결국 마리아가 이겼다.

"이렇게까지 말했으니, 그쪽 수사 상황은 전부 알려주는 거
겠지?"

"난 한입으로 두말하는 여자 아니야. 앞으로 입수하는 정보
도 전부 알려줄게."

서장이 들으면 졸도할 만한 대사를 마리아는 태연하게 입

에 담았다. 존은 힘이 쭉 빠진 것처럼 표정을 풀었다.

"좋아, 당신들을 믿겠어. 우리가 교수 팀에게 개발을 의뢰한
기능은…….

레이더로 탐지할 수 없는 기낭식 부유정. 이른바 스텔스 젤
리피시야."

*

"스텔스?"

과연, 설마 했는데 그랬구나. 공군의 안색이 바뀔 만도 하다.

"재료부터 신규 개발했다면, 전파를 흡수하는 방식입니까?"

"응. 진공 기낭의 성질상, 형상 제어 방식이 힘들 거라는 건
우리도 예상했거든."

"자, 잠깐만 있어봐."

마리아가 난처하다는 듯이 끼어들었다. "느닷없이 외계어
로 말하지 마. 지금 이야기 뭐야? 알아듣도록 설명해."

"마리아, '스텔스'가 군사 용어로 무슨 뜻인지는 아시죠?"

"어? ……아, 으, 응, 그 정도는 알다마다."

"모르시는 것 같으니 설명하겠습니다."

이런, 이런. 렌은 과장되게 고개를 저었다. "전쟁 영화에서 레이더로 적의 모습을 포착하는 장면이 흔히 나오는데, 스텔스란 레이더 탐지를 무효화하여 빠져나가는 기능을 가리킵니다. 당신도 이해하기 쉽도록 수준을 어린아이 정도로 낮추어 표현하자면 '투명 인간 같은 기능'이랄까요. 어떻습니까, 이해하셨어요?"

"잘 알았어! 네가 쓸데없는 말이 한마디 많다는 건!"

"투명이라는 말은 약간 오해를 초래할 수도 있겠군."

청년 장교의 입에 쓴웃음이 번졌다. "레이더에는 가시광선이 아니라 그보다 파장이 더 긴 전파가 사용돼. 이 전파를 주변에 방출하면 전파가 도달하는 범위 안에 있는 물체가 전파를 반사하지. 이 반사파를 수신해, 날아온 방향과 시간으로 물체의 위치를 알아내는 게 레이더의 기본 원리야.

자, 이상의 설명을 토대로 물체가 레이더에 탐지되지 않으려면 어떻게 해야 할까?"

존이 학생을 시험하는 교사 같은 말투로 물었다. 마리아는 노골적으로 눈살을 찌푸리며 오른손 집게손가락을 턱에 댔다.

"즉…… 전파가 반사되지 않으면 되겠네, 또는 반사돼도 수신 지점까지 도달하지 않으면 돼. 맞아?"

"맞아. 반사파가 수신되지 않으면 레이더에게 그 물체는 존재하지 않는 거나 마찬가지야. 그걸 실현하는 방법은 크게 두 가지. '전파를 스펀지처럼 흡수하는 재료를 사용'하거나 '반사파를 후방으로 산란시키는 구조'로 만들거나.

하지만 후자인 '형상 제어 방식'은 진공 기낭에 적용하기가 어려워. 진공 기낭은 대기압을 상쇄하기 위해 공 모양이나 그에 가까운 모양으로 만들어야 하거든. 따라서⋯⋯."

"전자인 '전파 흡수 방식'을 적용하기 위해 날아온 전파를 빨아들이는 재료를 찾아내는 걸 신형 젤리피시의 개발 방침으로 삼은 거구나."

교수 팀이 왜 개발에 오 년이나 되는 세월을 필요로 했는지 렌은 이해가 갔다. 진공 기낭의 원재료와 제조 방법은 대체할 여지가 별로 없다. 그런 상황에서 스텔스 기능을 겸비한 소재를 찾아내라니 개발자들도 난감했을 것이다.

"스텔스 기능이 있는 소재는 우리도 전투기에 쓰려고 별도로 개발했어. 그걸 붙이면 현재 기술만으로도 스텔스 기능이 있는 젤리피시를 만들 수는 있지. 하지만 젤리피시, 특히 진공 기낭은 표면적이 거대해. 전면에 스텔스 소재를 붙이면 작업 공정도, 비용도, 중량도 장난 아니게 늘어나. 그보다는 애초에 스텔스 기능이 있는 진공 기낭을 사용하는 편이 훨씬 효율적이지."

"응? '전면'이라고 했지. 곤돌라나 교각 등 진공 기낭 이외의 부분은……."

"당장은 아까 말한 전투기용 스텔스 소재를 돌려서 쓰기로 했지. 진공 기낭과는 관계없는 부분의 소재까지 교수 팀에게 개발시키는 건 명백히 비효율적이니까. 이번 시험기에는 우리가 극비리에 제공한 전투기용 스텔스 소재를 교수 팀이 직접 장착하기로 되어 있었어."

―일단 기술개발부가 수령했어요.

―고무 같은 희한한 소재가 바깥쪽에 붙어 있었어요.

그렇구나. 공군이 사고가 난 기체를 막무가내로 회수한 건 전투기용 스텔스 소재가 기체의 일부에 사용됐기 때문이기도 했다.

"군용기로서 젤리피시의 가장 큰 장점은 저소음이야. 여기에 스텔스 기능이 더해지면 야간 보급과 보병 동원에서 큰 우위를 점할 수 있지. 그런데 전부 물거품으로 돌아갔어."

렌은 주먹을 움켜쥐는 존에게 "그 마음 알고도 남습니다" 하고 예의상 인사를 건넸지만, 더이상 동정할 마음은 들지 않았다.

강력한 군용 무기를 개발한다, 즉 적을 많이 죽이는 기술을 만들어낸다는 뜻이다. 방금 전 그 말이 바꾸어 말하면 '적을 죽이기 힘들어졌다'는 뜻이라는 걸 그는 어디까지 자각하고 있을까. 하지만 지금 논의할 일은 아니다. 직업군인인 존 역시 충분히 잘 알고 있을지도 모른다. 교수 팀이 사망한 사건의 진상을 규명한다, 지금은 그것이 세 사람이 공통으로 지향할 목적이었다.

"내 이야기는 끝이야. 당신들 이야기를 들려줘."

교섭하는 단계는 지나갔다. 교수 팀의 집무실 컴퓨터가 초기화되어 있었다고 렌이 말하자 존의 눈이 휘둥그레졌다.

"UFA 내부에 이미 스파이가 잠입했다는 건가?"

"꼭 그렇다고는 할 수 없죠. 지금까지 당신의 이야기를 들어본바, 오히려 반대 상황으로 추정됩니다."

"반대?"

예, 하고 렌은 마리아를 힐끗 본 후 다시 존에게 시선을 돌렸다.

"침입자는 애초에 존재하지 않는다, 다시 말해 범인은 기술개발부 중 한 명일 가능성이 높지 않을까 싶은데요."

시신의 상태—추락의 흔적이 남아 있지 않고 한 구는 머리와 팔다리가 절단되어 있었다는 사실—를 전하자 이번에야말로 존의 표정이 경악으로 물들었다.

"절단됐다……?"

"모르셨습니까?"

"시신은 경찰에게 맡겼으니까. 타살 의혹이 있다는 이야기는 들었지만…… 확실히 이상하군. 놈들의 수법이 아니야……. 아니, 그렇다면, 하지만……."

"자세한 사정은 아직 몰라. 당신들이 유류품을 싹 쓸어간 덕분이지. 하지만 이것만큼은 확실해. 내 감이지만 내기해도 좋아. 이 사건, 군사기술에만 관련된 일은 절대로 아니야. 더 깊은 이면이 있어. 그것도 파이퍼 교수 팀과 연관된 뭔가."

청년 장교는 굳은 표정으로 미동도 하지 않았다.

"유류품에 관해서는 바로 조치를 취할게."

이윽고 억누른 목소리로 말하며 존은 품에 손을 넣어 렌과 마리아 앞에 사진 몇 장을 늘어놓았다. "여기서 보여줄 필요가 있겠나 싶었지만, 상황이 바뀐 것 같군."

"이건……?"

"유류품의 일부야. 타다 남은 여행 가방 중 하나에 들어 있었어. 파이퍼 교수의 것으로 추정돼. 내가 UFA를 찾아간 건 교수 팀의 집무실에 이것과 같은 물건이 남아 있는지 조사하기 위해서이기도 해."

사진에는 노트로 추정되는 종이가 찍혀 있었다.

표지를 찍은 사진이 한 장, 가로줄이 그어진 페이지를 찍은 사진이 한 장. 다른 사진은 표지와 페이지를 몇 부분으로 나누어 접사한 사진 같았다.

"실험 노트? 남아 있었구나!"

마리아가 흥분한 듯 몸을 내밀었다가 "어?" 하고 눈썹을 찡그렸다.

"뭐야 이거. 복사본이잖아."

촬영된 종이는 노트 원본이 아니었다. '노트 표지를 복사한 종이'와 '노트 한 페이지를 복사한' 종이가 각각 한 장씩이었다.

"닉센 소령님, 이건 도대체……."

"아니, 우리가 복사한 게 아니야."

렌과 마리아가 의아해하자 공군 소령은 대답했다. "이 '노트 복사본'이 유류품이야. 원본은 적어도 원형을 유지한 형태로는 유류품에서 발견되지 않았어."

노트 복사본이 파이퍼 교수의 여행 가방 속에?

다시 사진을 보았다. 가로줄이 그어진 페이지에는 날짜와 화학반응식, 숫자, 무슨 설명도인 듯 손으로 그린 그림 등이 빼곡하게 들어차 있었다. 그러면서도 난잡하다는 인상은 없었다. 섬세하고 예쁜 글씨 덕분이리라.

한 번 더, 이번에는 처음부터 훑어보았다. 사진을 찍을 때 빛 조절을 잘못했는지, 아니면 복사에 문제가 있었는지 군데 군데 희뿌옇게 흐려져 읽기 힘든 부분도 있었다. "NaCN+■ ■", "촉매를 혼합", "경도: ■ ■" 같은 글자가 눈에 들어왔다. "부풀려서 안으로", 그리고 눕힌 C 자의 뚫린 부분을 화살표로 표시한 그림도 그려져 있었다.

틀림없다, 진공 기낭 실험 노트다. 글씨체로 추측건대 여자가 쓴 것 같지만 기술개발부 집무실에서 본 린다 해밀턴의 노트 글씨체와는 명백히 달랐다. 누가 쓴 걸까. 페이지에 적힌 날짜는 1970년 3월 23일. 꽤 오래됐다. 십삼 년이나 전에 쓴 노트를 일부러 복사까지 해서 가지고 다녔다?

"복사본은 이 두 장뿐입니까? 다른 페이지나 다른 노트 표지는?"

"없어. 타다 남은 여행 가방이 몇 개 더 있지만, 그런 종이는 들어 있지 않더군."

"당신들, 유류품에 멋대로 손을 댔어?"

"교수 팀의 실험 노트를 찾으려고 그랬어. 교수 팀이 목숨을 잃었지만, 하다못해 노트가 남아 있으면 우리가 연구를 이어나갈 수 있으리라 판단했지. 필요한 기록은 남겨놨어. 경찰 수사에 지장을 주지는 않을 거야."

"그래서 노트는 찾았어?"

"불탄 종잇조각으로 추정되는 물건은 찾았지만, 글씨를 식별할 수 있는 상태는 아니었어."

"그렇구나."

마리아는 어깨를 축 늘어뜨리고 기운 없이 사진 한 장을 집어 들었다. "이게 그 젤리피시에 남아 있던 귀중한 단서……."

마리아가 갑자기 말을 끊었다. 렌은 옆에 있는 상사를 바라보고 숨을 삼켰다.

마리아의 표정이 확 달라졌다.

"말도 안 돼……. 설마…… 이거!"

사진을 쥔 손을 희미하게 떨고, 비명과도 비슷한 목소리로 소리치며.


"리베카 포덤Rebecca Fordham 1970.01~"이라고 적힌 표지 복사본을 마리아는 응시했다.

**막간(III)**

　사이먼이 나타난 그날 이후, 모형 판매점에서 리베카를 만나지 못하는 날이 많아졌다.

　우울한 나날이 계속됐다.

　그녀도 학교에는 제대로 다닐 터였지만, 그렇다고 정문이나 화학과 건물 앞에서 줄곧 기다릴 수도 없다.

　무엇보다 대학 캠퍼스에서 그녀에게 말을 걸 용기가, 하물며 그 남자에 관해 대놓고 캐어물을 용기가 내게는 없었다.

　'그놈은 누구야.'

　'너랑 무슨 관계야.'

추하고 역겨운 질문을 가슴속에 품은 채 시간은 흘러갔다.

그러던 어느 날, 우연히 볼일이 생겨 평소보다 늦은 시간에 모형 판매점으로 향하자 리베카가 어머, 하고 상품 선반 뒤편에서 모습을 나타냈다.

오랜만에 리베카와 가게에서 얼굴을 마주쳤다. 나는 어쩐지 거북한 기분에 사로잡혀 애매하게 인사한 후, 그녀를 외면하듯 새로 나온 모형 상자를 집었다. 그러자…….

—무슨 일이라도 있어?

그녀가 내 얼굴을 들여다보았다. 어쩐지 기운이 없어 보이네.

아무것도 아니니까 신경쓰지 마. 나도 모르게 딱딱한 말투로 거리를 두자 리베카는 알았어, 하고 상처 입은 듯이 고개를 돌리고 다시 상품 선반을 점검하기 시작했다.

엄청난 죄악감에 사로잡혔다. 리베카야말로 바쁜 모양이네. 망설이고 망설인 끝에 나는 빈정대는 것으로밖에 들리지 않을 말을 입 밖에 내고 말았다.

심장이 얼어붙었다. 잇따른 대실패였다. 미움받는다. 어슴푸레한 절망감이 등골을 기어올랐다.

하지만 그녀의 반응은 예상외였다.

리베카는 눈을 깜박깜박하더니, 꽃이 활짝 핀 것처럼 표정을 누그러뜨렸다.

　—혹시 걱정했었어?

　예상치 못한 반응에 내가 우물쭈물하자, 그녀는 안경 너머
로 다정한 눈빛을 보내며 고맙다고 말했다.

　—실험이 바빠져서 근무시간을 뒤로 옮겼어. 그러니까 괜
찮아.

　뭐가 괜찮은지 잘 알 수 없었지만, 그녀의 말을 들은 순간
마음속 깊은 곳에 쌓여 있던 앙금이 단숨에 가셨다. 그렇구나,
하고 내가 드디어 웃자 리베카의 미소도 더욱 따뜻해졌다.

　사이먼 애트우드는 고등학교 선배이며, 그날은 그 인연으
로 사이먼이 소속된 지인의 연구실에 인사를 하러 갔었다는
이야기를 그녀에게 들었다.

　—지금 한창 재미있는 참이야.

　연구에 대해 이야기할　때 그녀는 언제나 천진난만한 어린
아이 같았다.

　그녀의 이야기는 어려웠다. 생무지나 다름없는 날 위해 그
녀 나름대로 풀어서 설명해주려는 마음씀씀이가 전해졌고 내
용도 어렴풋하게나마 상상은 갔지만, 흥이 올라 전문용어가
연달아 튀어나올 때도 있어서 당시의 나로서는 그녀의 이야
기를 도저히 백 퍼센트 이해할 수 없었다.

그래도 그녀의 이야기를 듣는 것은 즐거웠다.

　어려운 이론을 설명하는 그녀의 눈동자에는 이지적인 빛이 감돌았다. 실험의 실패와 성공을 이야기하는 그녀의 목소리에는 슬픔과 기쁨이 고스란히 묻어났다. 만화경처럼 변하는 표정만 보아도 리베카가 들려주는 연구의 세계가 얼마나 멋진지 나도 공감할 수 있을 것 같았다.

　그녀에게 연구란 특정한 상대에게 마음을 기울일 틈도 없는 중요한 일임을 나는 뼈저리게 느꼈다.


　반대로 내가 들려줄 수 있는 이야기는 서글플 만큼 적었다.

　친구도 없고, 좋아하는 것이라고는 모형이나 모형에서 파생된 기계와 전자 공작* 정도다. 바닥이 뻔히 보이는 내 이야기에 리베카는 웃으며 귀를 기울였지만, 그녀만큼 깊은 이야기를 할 능력이 없어 화제는 일찌감치 다 떨어지고 말았다.

　—난 해파리 같은 존재니까.

　제대로 된 이야깃거리가 없는 것이 창피하여 어느 날 리베카에게 그런 말을 꺼냈다. 과잉된 자의식을 고스란히 드러냈지만 그녀는 싫은 내색 하나 없이 가르쳐주었다.


* 반도체소자를 이용한 공작을 가리킨다.

—알아? 해파리는 영하의 바닷속에서도 헤엄칠 수 있어.

설령 얼어붙어도 따뜻해지면 다시 살아난대.

그러니까 해파리라고 아무 쓸모도 없는 건 아니야.

그렇게까지 자학하지는 않았어. 겸연쩍음을 숨기려고 나는 말을 이었다. 그러니? 그녀는 장난스럽게 고개를 갸웃하며 웃었다. 눈물이 핑 돌 만큼 다정한 웃음이었다.


하지만 그녀의 웃음은 결코 나만을 향한 것이 아니었다.

가게에 다른 손님이 오면 리베카의 웃음은 그쪽을 향하고, 나와 그녀 둘만의 짧은 시간은 끝난다.

그녀는 누구에게나 차별 없이 다정했다.

그녀에게 나는 지인이기는 해도 결코 특별한 존재는 아니었다.

## 젤리피시 (IV)

**1983년 2월 8일 22:40~**

"'리베카'가 누구냐니까요?"

서릿발 같은 에드워드의 목소리에 윌리엄은 침묵을 고수하는 수밖에 없었다.

크리스도, 실언한 린다 본인도 창백한 얼굴로 입을 다물었다.

들었다. 다른 사람에게 결코 들켜서는 안 되는 그 이름을 들키고 말았다.

"'리베카 탓에 앞으로도 좋지 않은 일이 일어날 것이다'. 아까 하신 말씀이 제게는 그런 의미로 들렸는데요. 도대체 뭐죠? 리베카에게 무슨 원한이라도 샀습니까? 대답하세요, 리베카는 도대체……."

"그만해, 에드워드."

크리스가 침묵을 깨뜨렸다. "우리는 그런 여자 몰라. 린다가 잘못 말했거나 네가 잘못 들은 거야."

"얼버무리지 마세요. 그런 변명이 통할 줄……."

"닥쳐!"

성난 목소리가 식당을 흔들었다. 아랫사람을 질책하는 수준을 넘어섰다. 정곡을 찔려 떨리는 목소리로 으름장을 놓는 꼴이라 보기 흉했다.

"둘 다 그만해."

수렁에 빠져들기 전에 윌리엄이 끼어들었다. "지금은 이런 말다툼이나 하고 있을 때가 아니잖아. 동료끼리 분열되다니 그야말로 범인이 바라는 바라고. 죽고 싶은 거야?"

에드워드가 입을 다물었다. 크리스도 미간을 찌푸린 채 등받이에 몸을 기댔다.

무거운 침묵이 흘렀다.

최악이다.

방금 전 크리스의 대답은 생각할 수 있는 범위 안에서 최악의 대응이었다. 에드워드가 리베카에게 품은 의혹은 강해지면 강해졌지 절대 사라지지는 않으리라.

"그나저나 이제 어떻게 하죠?"

시간이 좀 지난 후, 에드워드가 입을 열었다. "여기서 구조대가 오기를 기다릴 건가요?"

리베카에 관한 질문은 아니었지만, 그건 잠시만 보류해두겠다는 뜻이 냉기를 품은 그의 시선에서 명백하게 전해졌다.

"아니. 기다린다고 해도 계속 식당에 머물 수는 없겠지."

육체적으로도 정신적으로도 윌리엄의 피로는 극한에 다다랐다. "아까 네 말대로 한 방에 모여서 한 명씩 교대로 휴식을 취하자. 나머지 세 명은 주변을 경계하는 거야. 다들 일단 그렇게 하는 게 어떨까?"

"싫어."

린다가 단호하게 거절했다. "그건 싫어……. 혼자만 자다니……. 잠든 사이에 살해당하면 어쩌려고……!"

"린다……. 그러니까 그렇게 되지 않도록 나머지 세 사람이 주변을 경계한다고."

"범인이 한 명인지 아닌지 어떻게 알아! 세 명이 전부 범인이면…… 아니, 가령 두 명이라도 나머지 한 명이 살해당하면…… 그걸로 끝이잖아!"

윌리엄은 말문이 막혔다. 범인이 한 명인지 아닌지는 모른다. 그 가능성을 부정할 증거는 어디에도 없었다.

"야, 그럼 어떻게 하자고? 모두 함께 자기도 싫다, 혼자 자기도 싫다……. 다 함께 계속 깨어 있자는 거야?"

"그건……."

그건 불가능하다. 인간인 이상 기력에도 체력에도 반드시 한계가 온다.

혹시 하루 정도라면 의식을 유지할 수 있을지도 모른다. 눈보라가 그쳐 구조대가 올 수 있게 되면, 네빌 말대로 당장 모레 구조될 가능성도 있다.

하지만 오지 않는다면……. 눈보라가 그치지 않고, 회사도 가족도 상황만 살피고, 스폰서인 공군도 우리를 버려서, 하루가 지나도 구조의 손길이 미치지 않는다면. 그후로도 우리가 계속 버틸 수 있을까.

아니, 그전에 과연 범인이 느긋하게 기다려주기는 할까?

"그 문제는 일단 옆으로 미루어두죠. 한 명이든 여러 명이든 잠을 자야 하는 건 범인도 마찬가지니까요.

오히려 그렇지 않은 경우가 문제입니다."

"그렇지 않은 경우?"

"범인이 우리 네 명 중에 없는 경우요. 외부인이 항행 시스템과 긴급 정지 스위치에 손을 쓸 수는 없다고 하셨는데, 과연 정말일까요? UFA의 경비가 한 치의 빈틈도 없을 만큼 완

벽하다고…… 외부인이 침입할 여지가 바늘구멍만큼도 없다
고 확신하세요? 외부인뿐만이 아닙니다. 자동 항행 시스템과
긴급 정지 스위치에 손을 쓸 수 있었던 사람이 교수님과 네빌
을 포함한 우리 여섯 명뿐이라고 어떻게 단정하죠?"

식당이 고요해졌다.

"……잠깐. 우리 말고 누군가가 여기에 숨어들었다는 건가?"

누군지 따질 것도 없다.

"사이먼이?"

윌리엄의 말을 듣고 린다가 힉, 소리를 냈다.

설마 녀석이?

아니, 오히려 제일 먼저 골라야 했을 선택지다. 만약 리베카
의 죽음이 이번 사건의 원인이라면, 놈에게는 우리를 말살하
기에 충분한 이유가 있다.

"가능성 중 하나지만, 말도 안 되는 이야기는 아닙니다.

교수님도 네빌도 독살당했어요. 우리가 여기 갇힌 건 자동
항행 프로그램에 이상이 생긴 탓이고요. 극단적으로 말해 지
금까지 벌어진 일은 범인이 젤리피시에 탑승하지 않더라도
충분히 일으킬 수 있습니다."

에드워드가 무슨 말을 하려는지 윌리엄은 충격을 받은 동시에 이해할 수 있었다.

"범인이 여기에 먼저 와 있었다……?"

"이 설원을 구석구석까지 살펴보지는 않았잖아요. 설원 둘레가 오륙 킬로미터는 돼요. 그 어딘가에 범인이 몸을 숨길 수 있는 은신처가 없다고 누가 장담하겠어요?

무엇보다 지금 우리에게는 절벽 위를 확인할 수단이 없어요. 범인이 만약 함지가 아니라 바깥쪽에 숨어 있었다면. 아래에서 도구 없이 기어 올라가기는 불가능해도, 위에서 도구를 사용해 내려오는 건 충분히 가능하다고요."

얼음 같은 침묵이 사방을 감쌌다. 네 명의 입에서 옅은 입김이 띄엄띄엄 흘러나왔다.

"그럼 어떻게 하자는 거야?"

"가능성을 하나씩 지워가는 수밖에 없겠죠. 모두 함께 젤리피시를 돌아다니며 외부인의 흔적이 없는지 찾는 겁니다."

\*

선수에 위치한 조타실을 시작으로 식당, 주방, 객실, 세면실, 욕실, 그리고 엔진실까지 출입이 가능한 범위를 일단 둘러

보기로 했다.

방을 들여다보는 건 싫다고 린다가 강하게 반발했지만, "범인을 숨겨놨습니까?"라는 에드워드의 말에 결국 고집을 꺾었다. 청년은 짐을 검사하자는 제안까지 했지만, 여기에는 세 사람 모두 격하게 반대했다. 가방을 연 틈을 타 가짜 증거물을 넣을 우려가 있다는 주장에 에드워드는 반론을 내놓지 못했다.

세 객실 중 2호실에는 교수와 네빌의 시신이 있다. 그들의 죽음을 재확인하려니 마음이 무거웠지만, 결코 거기에 범인이 숨어 있지 않다고 단언하기는 어려운 상황이었다.

네 사람은 수색을 마치고 식당으로 돌아왔다. 하지만……

"없군."

"그러게."

윌리엄은 어깨의 눈을 털었다. 사람 모습은커녕 기척도, 누군가 있었다고 추정되는 흔적조차 찾지 못했다.

천장 위와 바닥 아래를 포함해 덮개를 열 수 있는 곳은 전부 들여다보았지만, 전기 코드와 배관으로 가득하여 사람이 들어갈 수 있을 만한 공간은 없었다.

범인이 곤돌라 밖으로 달아난다면 경로는 두 군데뿐이다. 식당과 주방 사이에 있는 정규 출입구 혹은 엔진실 안쪽에 있는 비상구.

하지만 정규 출입구는 안쪽에서 빗장형 레버를 물리적으로 조작할 필요가 있다. 외벽의 스위치로도 문을 여닫을 수 있지만, 안쪽의 레버를 푸는 것이 전제조건이다. 아까 확인했을 때 곤돌라 출입구의 레버는 내려져 있었다.

한편 엔진실 안쪽 비상구는 예비실 문과 합쳐서 이중문이라 할 수 있는데, 둘 다 안쪽에서 잠겨 있었다. 바깥쪽에는 열쇠 구멍도 없으므로 밖으로 달아난 후에 잠그기는 불가능하다.

그리고 창문은 전부 붙박이.

죽은 사람을 제외하면 지금 이 곤돌라에 있는 사람은 윌리엄 일행 네 명뿐이다. 그렇게 결론을 내리지 않을 수 없었다.

"잠깐…… 어떻게 된 거니, 에드워드."

"외부인이 숨어 있다는 건 어디까지나 가설에 불과해요. 그 가능성을 지운 것만으로도 전진했다고 생각합니다만."

린다는 불쾌한 듯이 입을 다물었다.

전진이라……. 그 한 걸음이 정말로 우리의 안전으로 이어진다는 보장은 없다. 이번 수색으로 '곤돌라 안에 숨어 있는 외부인도, 밖으로 달아난 외부인도 없었다'는 사실을 확인했을 뿐이다. 살아남은 네 명 중 누군가가 모두를 여기로 몰아넣고 교수와 네빌의 목숨을 빼앗은 걸까. 정작 중요한 부분은 여전히 오리무중이다.

실은 외부인 범인설이 완전히 부정된 것도 아니다. 지금 곤돌라에 외부인이 없다는 사실이 밝혀졌다고 해서, 앞으로도 외부인이 오지 않으리라는 보증은 어디에도 없다.

모두가 잠든 후, 그자가 창문이라도 깨고 곤돌라에 침입한다면. 그때 나는 과연 어떻게 될까?

"그렇구나……. 뭐야, 그런 거였나."

크리스가 갑자기 어울리지 않게 건조한 웃음소리를 흘렸다.

"크리스?"

"미안, 깜박하고 뭘 놓고 왔네. 가지고 올게."

"깜박했다고요?"

에드워드의 목소리에 의심이 깃들었다. "이런 상황에서 멋대로 움직이는 건……."

"무슨 잔소리가 그렇게 많아? 담배야, 담배. 하다못해 담배 한 대쯤은 피우자."

"잠깐만! 혼자 가면……."

"'여기에는 우리 네 명뿐'이잖아? 너희 세 명이 똘똘 뭉쳐 있으면 나도 안전해."

"그게 아니라……."

린다는 공포에 물든 눈으로 윌리엄과 에드워드를 쳐다본 후 크리스에게 매달리는 듯한 눈빛을 던졌다. "날 혼자 두지 말라는 거야!"

—범인이 한 명인지 아닌지 어떻게 알아!

위장을 비틀어 끊는 듯한 고통이 윌리엄을 덮쳤다. 방금 전 수색은 결국 린다의 불신감을 조장하는 데 그친 모양이다.

아니, 정말로 그럴까. 린다는 정말로 그저 의혹과 의심 때문에 겁을 먹은 걸까.

"그럼 다 함께 가죠."

"야단스럽기는. 기껏해야 사오 분이면 되는데 보호자를 붙이다니, 내가 무슨 어린애냐. 린다, 그렇게 걱정되면 무전기라도 켜놔. 그럼 서로 상황을 알 수 있잖아."

뿌리치듯이 매정하게 말하고 크리스는 식당 밖으로 사라졌다. 말릴 틈도 없었다.

남은 세 명은 같은 극끼리 반발하는 자석처럼 서로 거리를 두고 의자에 앉았다.

린다는 사나운 개와 같은 우리에 갇히기라도 한 양 겁에 질린 얼굴로 무전기를 꼭 움켜쥐었다.

에드워드는 불신과 체념으로 가득하지만 어쩐지 감정이 결여된 눈으로 멍하니 주변을 둘러보았다.

탁한 침묵이었다. 섣불리 대화를 시도하면 또 린다를 자극할지도 모른다. 윌리엄은 지금 이 자리에서 린다와 옥신각신

할 생각이 없었다. 이 상황에서 다시 소란이 벌어지면 이번에야말로 상호 불신이 연쇄 작용을 일으켜 결정적인 파국이 찾아올 것이다.

그런데 진짜 범인은 누구일까.

크리스? 린다? 에드워드?

크리스. 평소 업무에서도, 벤처기업 시절 재정적인 측면에서도, 이번 항행 시험에서도 기술개발부의 사실상 넘버 투는 바로 이 남자다. 이번 상황은 결코 우발적인 일이 아니다. 꽤 오래전부터 계획을 세웠을 것이다. 항행 시험 전체를 조감하며 통제할 수 있는 위치였던 네빌이 죽은 현재, 남은 네 명 중에서 가장 수상하게 느껴진다.

린다. 이쪽은 반대로 얼핏 보기에는 제일 범인과 거리가 먼 느낌이다. 지금 겁에 질린 모습도 그렇거니와, 평소 그녀의 언동과 이상하기 짝이 없는 이번 상황은 아무래도 아귀가 맞지 않는다.

하지만 그게 정말로 린다의 전부라고 과연 말할 수 있을까. 내가 보아온 그녀가 진짜 그녀라고 어떻게 장담한단 말인가. 무엇보다 기술개발부의 실질적인 기둥인 네빌과 크리스에게 제일 쉽게 접근할 수 있었던 사람은 그녀다.

에드워드. 기술개발부에서 제일 말단이자, 기간제로 고용된 파견 사원. 이번 사태의 발단이 리베카라면 그는 억울하게 말려들어 여기에 갇힌 피해자다.

하지만 정말 그럴까. 자동 항행 프로그램을 제일 쉽게 수정할 수 있었던 사람이 바로 이 녀석이다. 게다가 윌리엄은 그의 신원을 모른다. 네빌이 이 녀석을 어디서 데려왔는지도 불분명하다. 그가 정말로 리베카와 아무 관계가 없다고 어떻게 단정하겠는가.

아니, 애당초 이번 일은 정말로 리베카가 원인일까…….

"윌."

에드워드의 억양 없는 목소리를 듣고 윌리엄은 퍼뜩 정신을 차렸다.

"왜 그러세요? 제가 범인일지도 모른다고 생각하셨어요?"

정곡을 찔리는 바람에 윌리엄은 대답이 궁했다. 에드워드의 입매가 살짝 풀어졌다.

"상관없습니다. 그럴 만도 하죠. 남은 네 명 중에 리베카의 죽음에 관여하지 않은 사람은 저뿐일 테니까요."

"그야 그렇지만…….."

"윌!"

린다가 고함을 질렀다.

아차!

제7장 젤리피시(Ⅳ)

핏기가 가셨다. 윌리엄은 자신이 엄청난 실언을 했음을 깨달았다.

"그렇군요."

에드워드가 입꼬리를 움직여 웃는 건지 화가 난 건지 모를 표정을 지었다. "당신들은 리베카라는 사람을 죽인 거예요."

윌리엄은 눈앞에 칠흑의 장막이 드리워지는 듯한 감각을 맛보았다.

"아, 아니야! 그런 말은 한마디도……."

"잡아떼도 소용없습니다."

에드워드는 장갑을 낀 오른손으로 방한복 호주머니에 들어 있던 것들을 꺼내 테이블에 펼쳐놓았다. 뭔가의 복사본으로 보이는 종이 두 장에 시선을 떨어뜨린 순간, 윌리엄은 심장이 얼어붙었다.

"리베카 포덤 1970.01~"이라고 적힌 노트 표지.

화학식과 숫자, 그림이 빼곡하게 들어찬 노트 한 장.

"교수님 방 책상에 놓여 있더군요. 처음에는 뭔지 몰랐지만…… 당신들에게 아주 중요한 물건 같네요."

윌리엄과 얼굴이 창백해진 린다를 번갈아 주시하면서도 에드워드는 어디까지나 감정이 실리지 않은 목소리로 말했다. "리베카라는 사람에 대해 숨긴다고 범인이 고마워하며 당신들을 봐줄 것 같지는 않은데요. 오히려 범인의 동기가 리베카와 관련이 있다면 사실을 숨기는 건 범인을 찾는 데 방해가 될 뿐입니다. 아무것도 모르는 채 남의 일에 휘말려 죽기는 저도 싫다고요. 말하세요. 리베카는 누구입니까? 당신들과 무슨 관계고 왜 리베카를 죽였습니까?"

끝이다. 이제 더이상 숨길 수 없다. 우리의 죄는 모조리 탄로난 것이나 마찬가지였다.

"그건……."


"말할 필요 없어, 윌리엄."


어느 틈에 돌아왔는지 식당 입구에 크리스가 서 있었다.

"크리스."

말이 도중에 끊겼다.

크리스의 상태가 묘했다. 앞머리에서 작은 물방울이 똑똑 떨어졌고 얼굴은 혈색을 잃었으며 눈동자에는 으스스한 빛이 감돌았다.

그리고 그가 손에 든 물건.

"저기 크리스? 도대체……."

린다도 당황한 듯했다.

"말해봤자 어차피 바로 잊어버릴 테니까."

크리스가 두 팔을 움직였다. 방아쇠가 달린 긴 통, 산탄총이었다.

"크리스, 너 이 자식!"

"원망하기 없기다."

크리스는 산탄총을 겨누며 즐거운 듯이 중얼거렸다. "걱정마, 아픈 건 잠깐이니까. 너희 모두 확실하게 저세상으로 보내줄게."

**지상(IV)**

리베카. 'R'?

"잠깐만 존, 뭐야! 이런 건 제일 먼저 냉큼 내놨어야지, 이 망할 군인아!"

"뭐라고!"

존은 어이가 없다는 표정을 지었다. 렌도 의표를 찔린 표정으로 바라보았다.

"마리아, 진정하세요. 도대체 뭡니까?"

"뭣이고 나발이고 들어봐."

네빌 크로퍼드의 실험 노트, 그리고 캠프 사진에 적혀 있던 'R'에 대해 두 사람에게 설명하자 부하는 냉랭하다는 표현으로는 모자랄 만큼 따끔하게 질책했다.

"마리아. 당신이야말로 그렇게 중대한 사실을 왜 감췄습니까? 정말이지 경감이라는 직책이 아깝습니다."

"말하려고 했는데 네가 불렀잖아!"

"잠깐, 잠깐만 있어봐."

공군 소령이 혼란스러워하며 끼어들었다. "즉, 당신이 말한 사진 속 소녀가 이 표지에 적힌 '리베카 포덤'이라는 거야?

그렇다면 당신이 지금 말한 네빌 크로퍼드의 노트에 적힌 내용이 의미하는 바는…… 설마……."

"단언은 할 수 없습니다. 적어도 지금 단계에서는요."

노트 복사본을 촬영한 사진 중, 가로줄이 그어진 페이지를 크게 찍은 한 장을 렌은 조용히 응시했다. "그렇지만 그게 사실이라면 모든 것이 크게 바뀝니다. 이번 사건의 양상도, 이 복사본의 의미도. 닉센 소령님. 이 복사본 두 장, 구체적으로 어떤 형태로 발견됐습니까? 트렁크에서 발견했다고 하셨는데요."

"겉면에 아무것도 안 적힌 봉투가 짐과 함께 트렁크에 처박혀 있었어. 이 두 장은 봉투 속에서 찾아냈지. 봉투에 다른 건 안 들어 있었고."

"그렇습니까."

렌은 고개를 끄덕이고 말했다. "소령님, 재차 요청하겠습니다. 지금 즉시 이 복사본을 포함해 운반 가능한 유류품을 전부 이쪽으로 보내주십시오. 그리고 이 건은 부디 내밀하게 진행하시기를 추천합니다. 만일 이게 공개되면 UFA와 공군, 자칫하면 U국 자체의 위신이 떨어질지도 모릅니다."

\*

존이 초췌한 얼굴로 돌아가자, 응접실에는 마리아와 렌 둘만 남았다.

"저기, 렌."

저도 모르게 마리아의 입에서 중얼거림과 비슷한 물음이 흘러나왔다.

"네 생각은 어때? 복사본이랑 'R'. 네빌 크로퍼드가 적은 말의 의미. 교수 팀이 죽은 이유. 그 외 여러 가지."

렌은 대답하지 않았다. 안경 안쪽의 예리한 눈동자가 같은 물음을 마리아에게 되던졌다.

정말이지, 나도 참 부하 복이 많다니까.

"짐작이 가면 분명하게 말해봐. 나라고 완전히 믿는 건 아니니까.

진공 기낭을 진짜로 발명한 건 파이퍼 교수 팀이 아니라, 그 사진 속의 소녀 리베카라는 사실을."

복사된 노트 표지에 적힌 글씨는 가로줄이 그어진 페이지에 적힌 글씨와 글씨체가 똑같았다.

그건 객관적으로 보면 리베카 포덤이 1970년에 진공 기낭에 관한 실험을 했다는 사실을 나타내는 데 지나지 않는다. 그리고 리베카 포덤도 파이퍼 교수 연구실에 소속된 멤버였음을 암시하는 데 지나지 않는다. 하지만 기술개발부 집무실에 리베카 포덤이라는 이름표는 어디에도 없었다.

렌이 입수한 시험 계획서에도 교수 팀의 논문에도 그 이름은 일절 눈에 띄지 않는다. 그리고⋯⋯.

─R는 어떻게 확인했을까? 죽기 전에 알아내야 했나.

진공 기낭 연구의 제일선에 있었을 네빌 크로퍼드가 신소재 진공 기낭을 연구하다 벽에 부딪혀 'R'의 지식을 집요하게 원했다는 또 하나의 사실.

이 'R'가 바로 리베카 포덤이고, 사진 속 소녀라면.

─친목 캠프에서. 연구실 멤버, 그리고 R와.

'R'는 파이퍼 교수 연구실의 멤버가 아니다. 그것이 의미하는 바는…….

마리아 스스로도 아직 믿기 힘들었다. 아무리 보아도 십 대로 보이는 그 소녀가 항공기의 역사를 바꿀 만한 대발명을 해냈다니.

"현시점에서는 어디까지나 추측에 지나지 않습니다."

엄격한 부하는 칼같이 서론을 깔았다. "그렇지만 그렇게 생각하면 앞뒤가 맞는 점이 하나 있죠. 왜 전문 분야가 다른 항공공학자가 진공 기낭을 발표했을까."

"전문 분야가 다르다고?"

"UFA 제조부의 프리드모어 씨도 말했다시피, 교수 팀의 가장 큰 연구 성과는 진공 기낭 제작 방법, 좀더 자세하게는 원료인 유기고분자, 반응에 이용하는 무기 계열 촉매, 반응-생성물 결정구조, 반응 기구입니다. 그런데 엄밀하게 말하면 이건 '진공 기낭'이 아닙니다. '진공 기낭을 만들기 위한 소재와 그 합성법'이죠. 교수 팀이 거두었다는 이 성과는 '항공공학'이라기보다 오히려 '합성화학' 분야에 가깝습니다.

항공공학이란 뭉뚱그려 말하자면 '항공기'를 개발하는 학문입니다. '항공기에 사용되는 소재'를 개발하는 학문이 아니에요. 종이비행기를 예로 들면 좀더 멀리까지 날아가도록 비행기 모양, 접는 방법, 날리는 방법 등을 연구하는 게 항공공학입니다. 종이 자체를 만드는 건 원래 그들이 할 일이 아니에요."

―그들의 연구는 솔직히 정체를 알 수 없다고 할까요.

―기계 기술자가 화학합성에 관한 실험 보고서를 읽는 듯한 기분이었습니다.

"그럼에도 파이퍼 교수 팀은 '종이'를 만들어냈습니다. 더할 나위 없이 튼튼한 종이를. 어째서일까요?"

종이 장인이 그들 곁에 있었기 때문이다.

그 장인이 바로 사진 속 소녀 리베카 포덤이었다.

"리베카와 교수 팀의 연결 고리는 모르겠습니다. 교수의 제자들과 나이 차이가 그렇게 많지는 않았음을 고려하면, 그들 중 하나와 개인적으로 알고 지냈을 가능성도 있겠죠. 교수는 그녀가 신소재를 만들어낸 것에 힘입어 '진공 기낭'을 세상에 발표했어요. 하지만 그 이면에서 비극이 발생했습니다."

리베카가 죽었다. 네빌 크로퍼드의 실험 노트에 따르면.

왜 그녀는 목숨을 잃었을까. 사고일까, 병일까……. 아니면…….

지금은 알 수 없다. 다만 '죽기 전에 알아내야 했나'라는 표현에서 그녀를 애도하는 마음이 눈곱만큼도 느껴지지 않는다는 것만은 확실했다.

"그녀와 교수 팀이 어떤 관계였든 간에, 그들이 리베카에게 약간이라도 경의를 품었다면 그녀의 명예를 위해 자신들이 진공 기낭의 진짜 발명자가 아니라는 사실을 처음부터 공표했겠죠. 하지만 제가 자료를 훑어본바, 그들이 그 같은 발언을 했다는 기록은 하나도 없었습니다."

교수 팀은 리베카를 어둠에 묻었다. 묻어버리고 그녀의 연구 성과를 자신들의 것으로 삼아 발표했다. 그들은 시대의 총아가 되었다. 진공 기낭은 항공기의 역사를 바꾸었고, 유수의 항공기 제조사 UFA가 그들을 초빙했으며 공군이 그들의 기술에 눈독을 들였다.

공군의 요청이 렌이 예로 든 '종이비행기를 접는 방법'의 범위에 머물렀다면, 그들도 대처할 방도가 있었으리라. 하지만 공군의 의뢰는 '종이' 자체를 새로 만들어야 실현할 수 있었다.

네빌 크로퍼드가 실험 노트에서 초조해했던 진짜 이유가 이제는 손에 잡힐 듯이 환히 보인다. 종이를 뜨는 방법도 잘 모르는 사람이 투명한 종이를 만들어야 했다. 그것도 국가권력을 거래처로 삼아.

마리아는 기술개발부 실험실을 보았을 때 느낀 위화감의 정체가 무엇인지 이제 명확하게 이해했다. 실험대도 개수대도, 학교 화학 실험실처럼 처음부터 붙박이로 만든 것이 아니라, 전부 나중에 들여놓은 것이었다. 그들이 정말로 진공 기낭 소재 개발자라면 처음부터 마련해놓았어야 마땅하다.

분명 군의 의뢰를 받은 후에 서둘러 준비했으리라. 젤리피시 기체를 개량하는 일은 있어도, 진공 기낭 소재 자체를 다시 개발할 일은 한동안 없으리라고 대수롭지 않게 여긴 것이 틀림없다. 인과는 돌고 돈다라는 말은 참 명언이다.

그렇다면 그들이 서로 죽고 죽이는 상황에 처한 건 이른바 신소재 개발을 둘러싼 내분이 원인이었을까.

개발이 벽에 부딪혔지만 사태를 타개할 전망도 보이지 않고 공군이 의혹을 품을지도 모른다는 우려가 날마다 커지는 가운데, 차라리 진실을 밝혀야 한다고 주장하는 사람과 끝까지 숨겨야 한다고 주장하는 사람들 사이에 심각한 대립이 발생해…… 아니다.

"이러니저러니 해도 교수 팀은 신소재 개발에 성공했잖아. 아니면 항행 시험에 나설 리가 없는걸."

그들도 당면한 위기는 극복했을 것이다. 적어도 진실을 밝혀야 할 이유는 사라졌을 테니 대립도 없었을 텐데…….

"글쎄요. 그건 좀 성급한 판단 같습니다만."

"뭐?"

"벽에 부딪힌 연구가 뭔가를 계기로 단숨에 진전된다, 그런 사례가 많은 건 사실입니다. 그러나 교수 팀이 진공 기낭을 발명한 게 아니라고 친다면, 소재 개발에는 생무지였을 교수 팀이 스텔스 기능을 갖춘 진공 기낭을 개발한다는 이중으로 난감한 과제를 네빌 크로퍼드의 실험 노트에 적힌 마지막 날짜, 작년 7월 27일 이후로 단기간에 순조롭게 해결할 수 있었을 것 같지는 않네요. 초짜의 발상이 문제를 해결하는 건 픽션의 세계에서나 가능한 일입니다."

"교수 팀이 개발에 성공하지 못했다는 거야? 잠깐만. 그럼 그 시험기는 뭔데? 새로운 기능이고 뭐고 없이, 기존의 젤리피시를 겉모습만 바꾸었다는 뜻?"

"자동 항행 시스템을 추가하고 곤돌라 내부 설비를 변경했을 테니 일단 '차세대 기종'으로서 체면은 지켰겠죠. 스텔스 기능을 갖춘 진공 기낭을 군용이라면 모를까 민간용 젤리피시에 적용할 수도 없었을 테니까요.

하지만 정작 스텔스 진공 기낭을 그들이 진짜로 개발했다는 증거는 현재 전혀 없습니다."

—아아, 하지만 마지막 소체는 통상품과 비슷한 색깔이었어요.

'비슷한' 정도가 아니라 기존 소체를 그대로 재탕했다는 건가.

하지만 왜. 렌의 추측이 옳다면 그들은 왜 본질적으로는 기존과 다를 바 없는 기체를 신규 시험기라고 속이는 어리석은 행동에 나섰을까. 그들의 거래처는 공군이다. 쉽사리 속여넘길 수 있는 상대가 아니다. 자살행위나 다름없는 그런 짓을 어째서.

자신이 생각의 함정에 빠졌음을 깨닫고 마리아는 황급히 고개를 저었다. 그들이 개발에 성공했다는 증거는 분명 없다. 하지만 실패했다는 증거도 발견되지 않았다. 애당초 리베카가 진공 기낭의 진짜 발명자가 맞는지, 덧붙여 노트 복사본에 남아 있던 리베카 포덤이라는 이름과 네빌 크로퍼드의 실험 노트에 적힌 'R'와 마리아가 발견한 사진 속 소녀가 동일 인물을 가리키는지도 아직 확증을 얻지 못했다.

"렌, 앞으로 해야 할 일을 열거해봐. 서장한테 보고하는 건 무시해도 돼."

"리베카 포덤의 신원 확인 및 파이퍼 교수 팀과의 배후 관계 확인. 교수 팀이 소체를 조달한 하청업체 조사. '사고'에 이르기까지 교수 팀의 행적 확인. 모든 시신의 신원 확인 및 사인, 사망 추정 시각 확정. 공군이 보관중인 유류품 인수 및 검사. 공군이 보관중인 기체 검사. 기술개발부 집무실에 남아 있던 각종 서류 조사. 실험실에 남아 있던 샘플 분석……. 중요한 안건은 이 정도일까요."

정말이지 할 일이 너무 많아서 눈물이 앞을 가린다.

"리베카의 신원 확인을 최우선시해. 실험실 샘플은 존에게 맡기고. 우리가 분석하기보다 군에 맡기는 게 빠를 거야."

렌은 알겠다고 대답하고 응접실을 나섰다. 홀로 남은 마리아는 의자에 몸을 푹 기대고 얼룩이 가득한 천장을 올려다보았다. 그리고 "아이고, 내 팔자야!" 하고 불타오르는 듯한 빨간 머리를 쥐어뜯었다.

*

"리베카의 신원을 알아냈다고?"

다음날 아침, 여느 때와 다름없이 전화벨 소리에 깨어나 렌의 자동차 조수석에서 샌드위치를 먹어치운 마리아는 부하의 보고를 듣고 괴상한 목소리로 고함을 질렀다.

"잠깐만 렌, 무슨 마법을 부린 거야. 악마한테 혼이라도 팔았어?"

"당신이라면 모를까, 제가 그럴 리가 있겠습니까."

렌은 숨쉬듯이 폭언을 내뱉었다. "복사본에 적혀 있던 날짜,

1970년 3월 23일부터 진공 기낭이 발표될 때까지로 기간을 한정하여 A주 근교에서 발생한 사망 사건을 샅샅이 훑었습니다."

렌은 운전대를 조작하며 한 손으로 가슴주머니에서 신문기사 복사본을 꺼냈다. "당신이 본 사진 속 소녀가 리베카라면 건강 상태는 캠프에 갈 수 있을 정도로 양호했던 셈입니다. 그런 사람이 죽었다면 갑자기 심각한 병에 걸렸거나, 사고, 자살…… 또는 살인이겠죠."

한순간 침묵이 차 안을 감쌌다.

"어쨌거나 젊은 여자가 변사를 당했다면 크든 작든 신문에 기사가 났을지도 모르겠다 싶었는데, 제 짐작이 맞았습니다."

기사 날짜는 1970년 7월 18일, 실험 노트에 적힌 날짜에서 몇 달 뒤였다.


A주립 대학교에서 여학생 사망. 실험중 사고인가

17일 밤, A주립 대학교 이학부 실험실에 리베카 포덤 씨(19)가 쓰러져 있는 것을 학생들이 발견했다. 신고를 받고 구급차가 출동했지만 사망이 확인되었다.

포덤 씨는 A주립 대학교 이학부 1학년. 현장에 실험 기구와 시안화나트륨병이 남아 있어 경찰은 실험 도중에 실수로 청산가

스가 발생하여 포덤 씨가 중독사한 것으로 보고 자세하게 조사하고 있다. (후략)


리베카 포덤. 노트 표지 복사본에 적혀 있던 이름과 똑같다. 그리고 시안화나트륨을 사용한 실험. 틀림없다, 진공 기낭 소재를 합성하는 실험이다. 게다가 A주립 대학이라면 분명…….

"파이퍼 교수 팀이 일찍이 재적했던 대학입니다. 이 기사에 나온 소녀가 그 노트를 작성한 사람이라고 봐도 무방하겠죠."

열아홉 살. 이 기사에 나온 소녀가 그 사진 속 소녀라고 아직 확인된 건 아니지만, 정말로 고등학교를 졸업한 지 얼마 안 된 새내기였나.

"그런데 마리아. 이 기사를 보신 기억은 있습니까? 십 대 여대생이 사고로 죽었다는 뉴스가 당시 U국에서 어느 정도 주목을 받았는지 저는 몰라서요."

"듣고 보니 그런 뉴스를 본 것 같기도 하지만, 솔직히 기억은 안 나."

경찰관이 되고 나서 안 사실이 있다. 이 나라에서는 수많은 젊은이가 매일같이 사고나 범죄에 휘말려 목숨을 잃는다. 그들의 죽음이 세간을 뒤흔드는 일이 없지는 않으나 상당히 드물며, 다음날에는 다른 뉴스의 파도에 삼켜져 사라진다.

"무엇보다 십삼 년 전이면 난 아직 초등학생이었는걸. 피해자 이름과 현장 위치 같은 세세한 정보는 머릿속에서 완전히 사라졌어."

"그때부터 서른 번이나 유급했습니까? 공부하느라 참 고생이 많으셨군요."

"유급이고 재수고 단 한 번도 한 적 없어!"

점수 미달로 추가시험은 밥 먹듯이 치렀지만. "그나저나 A주립 대학교는 우리 서 관할 밖이잖아. 내게 묻기보다 관할서에 문의하는 편이 빠를걸."

"이미 연락해놨습니다. 당시 담당자가 내일 오후까지 자리를 비운다니까 그전에 A주립 대학교를 둘러보도록 하죠."

"알았어."

정말이지 준비성이 철저한 부하라니까.

그건 그렇고 실험중에 사고?

"저기, 렌. 이공계 학부에 대해 잘 몰라서 그러는데, 대학교 1학년 여학생이 까딱하면 목숨이 위험한 실험을 혼자서 할 수 있나?"

"불가능하지는 않겠습니다만, 상식적으로 생각할 때 아주 부자연스럽죠. 적어도 제 모국에서는 그렇습니다. 학생이 실험실을 자유로이 사용하려면 실험실 관리 책임자의 허가가 있어야 합니다. 대학에 입학한 지 일 년도 안 된 학생이 위험한 실험을 허가받기는 보통 힘들죠.

그럼 리베카가 무단으로 실험을 강행했느냐 하면 그것도 좀 이상합니다. 다른 사람에게 들키지 않도록 조심했다 쳐도, 그 시간대에는 실험실이 잠겨 있을 테니까요.

게다가 근본적인 문제가 있습니다. 네빌 크로퍼드가 지식을 탐냈을 정도로 유능했던 리베카가 과연 그런 위험을 무릅쓸 만큼 무분별한, 그리고 예측 못 할 사태에 아무 안전 대책도 세우지 않는 사람이었을까요?"

등골이 소름이 돋았다. 그 말인즉슨…….

"단순한 사고가 아니었다는 뜻? 허참, 관할서 인간들은 뭘 한 거야?"

"모르겠습니다. 당신 말대로 수사가 아주 허술했든지, 아니면 그러한 정황이 부자연스럽게 느껴지지 않을 만한 무슨 사정이 있었든지.

아무튼 이 기사의 후속 기사는 찾지 못했습니다. 통화한 관할서 수사원의 이야기에 따르면 대외적으로는 그대로 사고사로 처리된 것 같답니다. 자세한 이야기는 당시 담당자에게 들으라더군요."

당시 수사 자료가 도움이 되면 좋겠지만, 그렇지 않다면 마리아와 렌이 직접 리베카의 사고사를 재조사해야 한다. 마리아는 어제의 예감이 최악에 가까운 형태로 현실로 다가오는 것을 치밀어 오르는 짜증과 함께 느꼈다.

*

"아아, 그 사고. 암요, 기억하죠."

다음 날 월요일, A주립 대학교 사무동 1층의 학생과.

리베카 포덤에 관한 자료가 있는지 마리아와 렌이 문의하자 둥글둥글한 몸집의 여직원은 한숨을 푹 내쉬었다.

"제가 여기서 일한 지 몇십 년째지만, 캠퍼스에서 사람이 죽은 건 그때 한 번뿐이었으니까요……. 그것도 1학년 여자애잖아요. 아직 앞날이 창창한 학생이 가엾게도……."

마리아에게는 날마다 파도처럼 밀려드는 뉴스 중 하나에 지나지 않더라도, 관계자에게는 평생 잊기 힘든 사건이었음이 틀림없다. 죽음과는 무관한 평화로운 대학 안에서 벌어진 사건이라면 더 그렇다.

"그래서 무슨 자료가 필요한데요? 강의 이수서같이 아무래도 상관없는 것들은 다 처분했어요."

"얼굴 사진은 있어요? 얼굴만 알아볼 수 있으면 입학 서류

든 뭐든 다 괜찮아요."

관할서도 리베카의 사진 정도는 가지고 있겠지만, 지금은
한시라도 빨리 캠프 사진에 관한 추측이 맞는지 틀린지 확인
하고 싶었다. 직원은 잠깐만 기다리라고 말하고 집무실에서
나가더니 잠시 후에 두툼한 서류철을 끌어안고 돌아왔다.

"홍보부에서 빌렸어요. 이거면 될까요?"

직원이 서류철을 펼쳐 한 군데를 가리켰다.

교내 소식지 과월호였다. 1970년 7월 20일, 사고가 나고 사
흘 후다. 여름 계절학기에 급히 발행한 모양이다.

이학부 1학년 여학생, 실험중에 사고사

신문기사보다 표제가 훨씬 크게 박혀 있었다. 직원이 짚은
곳 위에 그녀의 사진이 실려 있었다.

동그란 안경, 좌우로 땋아 내린 검은 머리, 영리하게 생긴
얼굴. UFA 집무실에서 본 사진 속 소녀가 거기 있었다.

'리베카 포덤 씨(19·이학부)'. 사진 바로 밑에 짧은 소개글
이 적혀 있었다.

의혹은 사실로 변했다.

틀림없다. 이 소녀가 'R'이다. 그녀가 바로 네빌 크로퍼드의 실험 노트에 적힌 'R'이고, 캠프 사진 속 소녀이며, 시험기 잔해에서 발견된 노트의 작성자다.

기사의 다른 부분으로 눈을 돌렸다. 사고를 바라보는 시선은 신문 기사와 크게 다르지 않다. 대신에 리베카 본인을 비롯해 학교와 관련된 정보에 지면을 많이 할애했다.

할아버지를 동경하여

리베카 씨는 본교 이학부 교수이기도 했던 할아버지 고故 니컬러스 포덤 씨의 영향으로 이학부에 진학했다. 포덤 씨는 강화 플라스틱 합성과 촉매 활성에 관한 연구에 힘써 수많은 업적을 남겼다. 리베카 씨는 어릴 적부터 그런 할아버지를 동경했다고 고등학교 시절 지인인 사이먼 애트우드 씨(21·공학부)는 회고했다. (후략)

재능이 초래한 비극

할아버지의 영향으로 어릴 적부터 화학 실험에 익숙했고, 고등학교 화학 성적도 '아주 우수'(친구의 정보)했던 리베카 씨는 입학한 해부터 연구실에 소속되어 강의를 들으며 화학합성에 관한 연구에 매진했다. 이번 사고는 관계자가 자리에 없는 사이에 실험을 진행하다가 발생한 것으로 추정된다. 재능 있는 젊은이의 죽음을 슬퍼하는 목소리도 많은 한편, 재능 있는 젊은이의 창의성을 보장한다는 핑계로 지도를 게을리한 것이 아니냐며 소속 연구실의 미흡한 관리 지도 체제를 비판하는 목소리도 높았다. (후략)

"저도 들은 이야기인데, 그 학생을 맡은 연구실 교수가 그 학생 할아버지의 친구였던 모양이에요. 죽은 친구 대신에 그 학생을 손녀처럼 귀여워했다더라고요. 그런데 사고가 나는 바람에 연구실은 해체되고, 그 교수도 해고된 끝에 자살했대요 글쎄…… 어휴, 너무 딱하지 않아요?"

─아니면 그러한 정황이 부자연스럽게 느껴지지 않을 만한 무슨 사정이 있었든지.

'무슨 사정'이 정말로 있었다. 화학합성에 대한 리베카의 지식과 경험은 대학교 1학년 수준을 훌쩍 뛰어넘었다. 실험실 관리 책임자는 리베카와 개인적으로 알고 지내는 사이였다. 특별한 사정이 두 가지나 된다. 게다가 리베카는 그 책임자, 소속 연구실의 교수에게 총애를 받았다고 한다. 그렇다면 실험실에 자유로이 드나들 수 있도록 허가를 받았다 하더라도 이상할 것 없다. 그렇지만…….

"연구실에는 리베카 말고 다른 학생도 있었을 텐데, 그 사람들은 어떻게 됐습니까?"

"연구실 규모가 작아서 다른 연구실로 뿔뿔이 흩어졌다고 들었어요."

"연구실 소속이었던 분들께 이야기를 듣고 싶은데요. 성함과 어느 연구실로 옮겼는지를 알 수 있을까요?"

"아무래도 그것까지는……. 사무 서류가 연구실 단위까지 세세하게 분류되어 있지는 않거든요. 누가 어느 연구실에 있었는지까지는 몰라요."

"그렇군요."

렌의 표정에는 변화가 없었지만, 목소리에는 낙담한 기색이 약간 섞여 있었다.

리베카가 매진했다는 '화학합성에 관한 연구'는 진공 기낭 재료를 합성하는 연구가 틀림없다. 렌은 그 사실이 주변에 어디까지 알려져 있었는지 확인하고 싶었던 것이다. 뭐, 다른 멤버의 연락처는 관할서에 문의하는 수밖에 없겠지. 할 일이 눈덩이처럼 불어난다.

"저기요, 아줌마."

마리아는 소식지의 한 문장을 가리켰다. "여기, 리베카의 지인이라는 '사이먼 애트우드'라는 사람은 알아요?"

*

여직원에게 몇몇 정보를 얻은 후, 마리아와 렌은 리베카가
사고를 당한 현장인 이학부 화학과 건물로 향했다.

지나가는 학생들이 차례차례 마리아와 렌에게 기이한 시선
을 던졌다. 사복을 입은 젊은 학생들이 대부분인 가운데, 양복
차림으로 돌아다니는 이인조는 확실히 눈에 띄는 모양이다.
참 고달픈 직업이다. 뭐, 남이 어떻게 보든 알 바 아니지만.

"이학부 3호관 5층, 507호 실험실이라."

무미건조한 건물 현관을 통과해 엘리베이터를 타고 위로
올라갔다. 마리아와 렌은 리베카가 생전에 소속되어 있던 벤
미건 교수 연구실의 예전 실험실 앞에 섰다.

문에 달린 유리창으로 안을 들여다보았다. 양쪽 벽 앞에 설
치된 드래프트, 중후한 실험대. 십삼 년 전에 비극이 일어났던
흔적은 어디에도 없다. 학생으로 보이는 방수 앞치마 차림의
청년이 긴장된 표정으로 유리 기구를 기울였다. 삼십 대 중반
으로 보이는 수염이 뻐죽뻐죽한 남자가 그 뒤에서 팔짱을 끼
고 있었다. 미숙한 학생을 지켜보는 지도 교관인가.

그때 수염 난 남자가 우리의 존재를 알아차렸다. 젊은 남자에게 뭐라고 지시한 후 복도로 나왔다.

"실례지만 무슨 일이시죠? 학교 관계자는 아니신 것 같은데."

남자가 수상하다는 눈으로 마리아의 머리부터 발끝까지 훑어보며 물었다.

"이거 실례했습니다."

렌이 정중하게 고개를 숙인 후, 신분증을 제시했다.

"F서에서 나왔습니다. 실은 사정이 있어서 십삼 년 전에 여기서 일어난 여학생 사망 사고를 조사하는 중입니다만."

그 순간 남자의 안색이 바뀌었다.

"……리베카의?"

작게 중얼거리며 렌의 신분증을 유심히 들여다보았다. 마리아는 무심결에 렌과 얼굴을 마주보았다.

"이봐요, 혹시 리베카와 아는 사이예요?"

"예."

남자는 한숨을 크게 내쉬었다. "미건 교수님의 연구실에 있었습니다. 조사를 하러 왔다고 하셨는데, 구체적으로 뭘?"


"정말로 좋은 애였어요, 리베카는."

A주립 대학교 이학부 화학과 조교수, 미하엘 던리비는 적막함을 띤 표정으로 이야기를 시작했다.

화학과 건물 한구석의 작은 회의실이었다. 마리아와 렌 앞에는 머그컵이 하나씩. 미하엘 앞의 호박색 액체가 든 비커에서 김이 피어올랐다. 화학자는 비커로 커피를 마신다더니 사실이었구나 싶어 마리아는 묘한 감동을 받았다.

"좋은 애? 계집애 주제에라거나 교수님의 편애만 믿고 너무 설친다거나 그런 생각은 안 들었나요?"

"전혀요."

무슨 얼토당토않은 소리냐는 듯이 미하엘의 눈이 휘둥그레졌다. "처음에는 그런 목소리가 없지 않았지만, 바로 잦아들었습니다. 만약 리베카와 직접 만날 수 있다면 그런 악의를 계속 품고 있기가 힘들다는 걸 바로 이해할 텐데요."

"남에게 원한을 살 만한 사람은 아니었다는 말씀이십니까?"

"예."

미하엘은 고개를 끄덕였다. "밝고 배려심이 넘치는 다정한 아이였어요. 연구에 뜨거운 열정을 품었지만 냉정하게 분석할 줄도 알았죠. 과학에 발을 깊이 들여놓은 사람 중에는 나사가 빠진 사람도 적지 않지만, 그 아이는 달랐어요. 지금까지 그 아이만큼 인간적인 매력과 과학자의 재능을 겸비한 사람은 본 적이 없습니다."

차분한 말투에서 그리움 이상의 감정이 배어났다.

"리베카를 사랑했나요?"

"아주 단도직입적으로 묻는군요."

기분이 상한 기색도 없이 미하엘은 미소 지었다. "예. 저를 포함해 연구실 사람 중에 리베카를 사랑하지 않은 사람은 없었을 겁니다. 하지만 아마도 연애 감정은 아니었을 거예요. 굳이 따지자면 여동생, 즉 가족 같은 감정에 가깝지 않았으려나. 그 엄격했던 영감님…… 미건 교수님도 리베카에게는 물렁하셨다니까요. 진짜 할아버지와 손녀를 보는 것 같아서 흐뭇했습니다."

"가족 같았다면 사적으로도 리베카와 가까이 지냈어요?"

"아쉽게도 그건 아닙니다."

미하엘이 쓴웃음을 지었다. "자기 친구의 손녀에게 엉뚱한 마음을 먹으면 가만두지 않겠다고 미건 교수님이 무서운 얼굴로 경고하셨거든요. 섣불리 교제하려고 들었다면 농담이 아니라 진짜로 연구실에서 쫓겨났을지도 모릅니다.

저희도 저희대로 '여동생'에게 그런 식으로 접근하는 건 꺼리는 분위기가 있었어요. 당연히 영감님 댁에 모여 파티를 한 적도 있었지만, 그런 기회를 제외하고 학교 밖에서 리베카와 개인적으로 친하게 어울린 사람은 적어도 저희 연구실에는 없었을 거예요."

"리베카 씨의 사생활, 더 넓게 말하면 연구실 밖의 생활은 잘 몰랐다는 말씀이십니까?"

렌이 핵심 중 하나를 짚는 질문을 던졌다. 그렇죠, 하고 미하엘은 중얼거렸다.

"리베카가 본가를 떠나 여기서 자취를 했고, 영감님이 여러 모로 돌봐주셨다는 건 리베카 본인이 이야기해주었습니다. 하지만 연구실 말고 다른 곳에서 리베카가 평소 어떻게 지냈는지까지는 안타깝게도 모릅니다. 영감님이 돌봐주시니까 괜찮을 거라고 반쯤 떠맡긴 것도 사실입니다만."

"리베카 씨가 연구실 멤버가 아닌 사람과 교제했을 가능성은요?"

"부정은 하지 않겠습니다. 실제로 연구실 사람들이 그런 이야기를 수군대는 걸 들은 적이 있어요. 리베카가 남학생과 함께 공학부 건물로 들어가는 모습을 봤다나 뭐라나."

항공공학과다.

파이퍼 교수의 연구실에 간 것이 틀림없다. 함께 있던 남학생은 분명 파이퍼 교수의 제자 중 하나이리라.

"이건 제 감입니다만, 당시 리베카에게 연구실 안팎을 불문

하고 특별히 친밀하게 교제하던 연인은 없지 않았을까 싶은 데요."

"그렇게 생각하는 근거라도 있으십니까?"

"리베카는 다정하고 착한 아이였지만, 당시는 연애보다 연구에 더 많은 열정을 쏟는 것처럼 보였습니다. 게다가 리베카에게 남자친구가 있었다면 적어도 영감님께는 본인이 직접 말씀드렸겠죠. 그런 이야기를 가족에게 감출 아이는 아니었으니까요. 하지만 영감님도 리베카에게 연인이 있다는 티는 내지 않으셨습니다."

"연구실에서 리베카 씨는 어떻게 지내셨는지요?"

"당시 리베카는 아직 1학년이라 저희처럼 매일 아침부터 밤까지 연구실이나 실험실에 틀어박혀 있지는 않았습니다. 강의와 아르바이트가 끝난 후에 연구실에 훌쩍 나타나서 사람들과 대화를 나누거나 실험을 하고, 데이터를 정리하다가 시간이 되면 돌아갔죠. 제가 기억하기로는 그게 다예요.

하지만…… 그래도 리베카가 있던 시절은 즐거웠습니다. 당시는 이공계 여학생이 지금보다 훨씬 드물었거든요. 리베카가 있다는 것만으로 햇살이 가득한 것처럼 연구실이 밝게 느껴졌어요. ……리베카에게 그런 일이 생기기 전까지는요."

미하엘의 음색이 달라졌다. 침묵이 감도는 가운데 렌이 입을 열었다.

"신문 기사에 따르면 리베카 씨는 실수로 청산가스를 들이마셔서 돌아가셨다는데, 구체적으로는 어떤 상황이었습니까?"

"실은 저희도 리베카가 목숨을 잃기 전후의 상황에 대해 신문이나 교내 소식지보다 더 많은 정보를 가지고 있는 건 아니에요. 리베카가 그때 무슨 실험을 하다 어떤 실수를 했는지, 정확한 사실은 지금도 모릅니다."

"응? 잠깐만요. 방금 '아침부터 밤까지 실험실에 처박혀 있었다'고 했잖아요. 당신들이 리베카를 발견한 게 아니에요?"

"저희가 발견하기는 했지만, 사고 당일 리베카가 거기서 실험을 한 줄은 연구실 사람 아무도 몰랐습니다."

"왜요?"

"학회 때문에요."

미하엘은 억양을 잃은 목소리로 답했다. "당시 M주에서 국제 학회가 열려서 리베카를 제외하고는 영감님까지 포함해서 모두 일주일쯤 연구실을 비웠습니다."

M주는 A주에서 비행기로 대여섯 시간쯤 걸린다. U국의 동쪽 끄트머리다.

"리베카는 학회 참가 신청을 못 한데다 아르바이트를 빼먹을 수 없다면서 A주에 남기로 했습니다. 사고는 마침 저희가 돌아오는 날에 발생했죠……. 밤에 공항에 도착했는데 저를 포함해 일이 밀린 몇 명이 학교에 들렀다가 리베카를 발견했습니다."

조교수의 얼굴에서 핏기가 가셨다. 잔혹한 줄 알면서도 마리아는 질문을 계속했다.

"당시 상황을 자세하게 설명해줄래요?"

"밤늦게…… 오후 10시쯤이었나. 연구실로 가보니 문이 열려 있었습니다. 불은 꺼져 있고 인기척도 없었지만 507호실, 그러니까 실험실 열쇠가 보관함에 없더군요. 이상하다 싶어다 함께 실험실에 갔는데…… 문에 달린 유리창 너머로 리베카가 쓰러져 있는 게 보였습니다.

방이 어두워서 얼굴은 잘 보이지 않았지만 키와 몸집으로 바로 리베카라는 걸 알았죠. 묘한 냄새가 희미하게 풍기기에 야단났다 싶어 방독마스크를 가져와서 문을 열려고 했는데…… 문손잡이는 돌아갔지만 무슨 영문인지 아무리 밀어도 문이 거의 움직이지 않았습니다. 나중에 이유를 알았지만, 그때는 이유를 고민할 여유가 없었죠. 어떻게든 리베카를 구해야 한다는 일념으로 모두 힘을 합쳐 문을 걸어차 부수고, 서둘러 리베카를 밖으로 꺼냈습니다. 창문도 활짝 열고 구급차를 불렀어요. 하지만…… 결국 늦었습니다."

침묵이 찾아왔다. 미하엘은 말문을 닫은 채, 커피에 입도 대지 않고 조용히 비커를 내려다보았다.

"문이 거의 움직이지 않았다니, 어째서요?"

"플라스틱 조각이 바닥과 문 사이에 끼여 있었어요. 저희 연구실의 전문 분야는 기능성 유기고분자, 이른바 다기능 플라스틱이라서 합성을 마치고 남은 샘플 등 플라스틱 조각이 쓰레기로 자주 나왔습니다. 그걸 담아둔 쓰레기통이 뒤집어져서 흩어진 플라스틱 중 하나가 문 밑에 끼인 모양이에요. 리베카가 쓰러지면서 쓰레기통에 부딪힌 게 아닐까 싶습니다만."

쓰레기로 버린 플라스틱이 흩어져서 문 밑에 끼였다……?

"창문은 잠겨 있었어요?"

"예. 똑똑히 기억납니다. 제가 열었거든요."

"당신들이 발견했을 때 리베카는 혼자였어요? 다른 사람이 쓰러져 있지는 않았나요?"

"그때는 리베카밖에 눈에 안 들어왔습니다만…… 다른 사람은 없었을 겁니다. 가스가 다 빠지지 않았을 우려가 있어서 리베카를 실험실 밖으로 옮긴 후에도 사람들이 실험실에 접근하지 못하도록 누구였더라, 아무튼 두 명 이상이 복도를 지켰습니다. 다른 사람이 실험실에서 기어나왔다면 반드시 알아차렸을 겁니다."

"독가스가 발생했다는 걸 잘도 알아차렸군요."

"화학 실험실에 사람이 쓰러져 있고 이상한 냄새가 나면, 제일 먼저 유독가스가 발생한 게 아닐까 의심해야 마땅하죠."

문 안쪽에 플라스틱 조각이 끼여 있고, 창문은 전부 잠겨 있었다. 방안에는 리베카 혼자였다. 이거 설마……

"리베카 씨가 무슨 실험을 했는지 모른다고 하셨는데요. 드래프트 내부는 어떤 상태였습니까? 실험중이라고 판단하셨으니 뭔가 실험 기구나 약품이 남아 있었을 텐데, 그걸로 어느 정도 추측할 수는 없었는지요?"

"……표현이 안 좋았네요. 무슨 실험을 했는지까지는 한눈에 알았습니다. 중화적정입니다. 뷰렛과 그 밑에 액체가 든 비커가 놓여 있었거든요."

"중화적정?"

"농도를 알 수 없는 액체에 농도를 알고 있는 다른 액체를 몇 시시 첨가하면 중화되는지 측정하는 실험입니다. 액체의 농도를 측정하는 기본적인 방법인데, 고등학교 화학 실험 과정에도 대부분 포함되어 있어요."

모르느냐고 묻는 듯한 시선이 날아왔다. ……전혀 기억이 안 난다.

"무슨 약품인지는 나중에 알았는데, 리베카는 그때 시안화나트륨 수용액에 염산을 첨가하고 있었습니다. 시안화나트륨 수용액의 농도를 측정했으리라는 것이 경찰의 견해였습니다.

제가 모르겠는 건 리베카가 뭣 때문에 그런 실험을 했느냐는 겁니다. 청산염에 강한 산을 첨가하면 청산가스가 발생한다, 화학 지식이 있는 사람에게 그건 상식입니다. 드래프트 안에서라고는 해도 고작 시안화나트륨 수용액 농도를 알아내기 위해 리베카가 그렇게 위험한 실험을 했다니 도저히 믿기지 않습니다. 수용액을 만들기 전에 시안화나트륨의 무게를 측정하면 될 일이거든요. 게다가 저희가 자리를 비운 사이에 그랬다니. 연구실 열쇠를 맡겼기로서니, 그런 바보 같은 짓을 리베카가……"

미하엘의 표정이 의혹과 그 이상의 괴로움으로 일그러졌다.

"리베카 씨치고는 실험이 너무 어설펐다는 말씀이십니까?"

"저희가 적절한 지도를 게을리한 것이 아니냐고 교내 소식지에 기사가 났지만, 당치도 않습니다. 리베카가 화학 실험을 하며 쌓은 지식과 경험은 당시 대학원생이었던 제 수준을 웃돌았어요. 다들 한자리에 모여 각자의 연구 주제를 놓고 토론을 할 때도 있었는데, 언제나 저희가 리베카에게 힌트와 영감을 얻었습니다. 리베카는 자기도 많이 배운다며 겸손하게 굴었지만요. 그랬던 리베카가 그런……."

미하엘은 같은 말을 되풀이했다.

—정확한 사실은 지금도 모릅니다.

경찰의 견해는 억측에 불과하다. 진실은 어둠 속에 묻혀 있다. 그에게는 분명 그것이 현실이다. 이 조교수에게 리베카가 사망한 사건은 결코 종결되지 않았다.

"조금 돌아가서 질문을 드리겠습니다. 연구 주제를 놓고 토론했다고 하셨는데, 당시 리베카 씨가 무슨 연구를 했는지 어느 정도까지 알고 계십니까?"

"대학 연구실 수준쯤 되면 각자 다른 주제를 심도 있게 파고들기 때문에 솔직히 옆자리 사람이 뭘 하는지 완벽하게 파악하기가 불가능할 때도 적지 않습니다. 제가 리베카의 연구 내용을 이해하고 기억한다고 해도 결국은 그 정도겠지만, 리베카의 연구 주제는 분명 강화 플라스틱수지 합성이었던 걸로 기억합니다. 촉매반응을 설명하는 이론이 너무 어려워서 저는 반도 이해하지 못했지만…… 시안화나트륨이 원료 중 하나였던 건 기억나네요. 그래서 경찰도 실험중에 사고가 났다고 판단한 거겠지만요."

역시 진공 기낭이다. 커티스의 설명과도 합치한다.

"리베카가 사망했을 때 연구는 어디까지 진행된 상태였으려나?"

"꽤 많이 진척됐다고 리베카에게 들었습니다. 하지만 자세하게는 모르고요.

하다못해 실험 노트가 남아 있다면, 리베카의 유지를 이을 수 있었을지도 모르는데."

전기 충격을 받은 듯 등골이 찌르르했다.

"실험 노트가 없어졌다……?"

"연구실에서 유품을 정리하다 알았죠. 이삼일 전에 새로 구입해서 백지나 다름없는 노트만 남아 있고, 예전에 썼던 낡은 노트는 온데간데없더군요. 경찰에도 문의해봤는데, 현장 유류품, 리베카의 가방, 리베카의 방 어디에도 그런 노트는 없다고 했습니다."

파이퍼 교수의 트렁크에 들어 있던 리베카의 실험 노트 복사본. 그 원본이 그녀가 죽기 전후에 사라졌다?

"단도직입적으로 여쭙겠습니다."

렌의 목소리는 냉기라도 두른 것처럼 무덤덤했다. "리베카 씨의 사고를 어떻게 생각하십니까? 불행한 사고였다고 보십니까?"

"아니요."

미하엘의 대답 사이에 큰 공백이 생겼다. "그럴 리 없어. 상식 밖의 실험으로 목숨을 잃고 노트까지 없어졌는데 불행한 사고라니, 그럴 리 없어. 그건……."

말이 끊겼다. 미하엘의 입에서 그다음 말은 나오지 않았다.

하지만 마리아도, 분명 렌도 그가 다음에 무슨 말을 하려고 했는지 알고 있었다.

리베카의 죽음은 사고가 아니라 살인이다.

"우리가 묻기는 뭐하지만, 당시 수사관은 뭐라고 했어요? 의심스러워하는 당신의 말을 귓등으로도 안 들었나요?"

"귀는 기울여주었습니다. 하지만 발견 당시의 상황이 상황인지라 어쩔 수 없다고 하더군요. '검증 결과 플라스틱 조각은 실험실 안에서 문 밑에 낀 것이 틀림없다. 이러한 물리적 증거가 있는 이상, 역시 피해자가 혼자 실험을 하다가 실수했다고 해석하는 수밖에 없다'. 그렇게 말했습니다."

플라스틱 조각을 실험실 밖에서 끼울 수는 없다. 그 사실이 그 밖의 자잘한 부자연스러운 점을 다 덮어버렸다는 건가.

"결국 저희 연구실은 해체됐습니다. 리베카가 실험실에 자유로이 출입할 수 있도록 허가해주었고, 그 실험실에서 리베카가 죽었습니다. 진상이야 어떻든 그 사실만으로도 영감님이 해고당하기에는 충분했죠. 다들 뿔뿔이 흩어졌고, 영감님은 차마 눈뜨고 볼 수 없을 만큼 초췌해져 마치 다른 사람이 된 것 같았습니다……. 결국은 스스로 목숨을 끊으셨죠. 그리고 저는 미련을 버리지 못하고 아직도 여기 있습니다."

자조로 가득한 웃음을 지은 후 미하엘은 갑자기 표정을 다잡았다.

"그러고 보니 아직 이유를 못 들었군요. 왜 십삼 년이나 지난 지금에야 리베카의 죽음을 조사하러 온 겁니까?"

"죄송합니다만, 지금 그 질문에 답변을 드릴 수는……."

"괜찮아. 가르쳐줄게요."

마리아는 가슴주머니에 손을 넣었다.

"마리아! 그건……."

렌의 제지를 무시하고 리베카의 노트 복사본을 찍은 사진 두 장을 미하엘 앞에 내려놓았다.

"어때요? 본 적 있어요?"

의아하다는 듯이 사진에 시선을 준 미하엘의 얼굴이 경악으로 물들었다. 호흡이 흐트러지고 사진을 쥔 손을 떨었다.

"이 글씨, 이 글씨는…… NaCN…… 동산화물 계열 촉매…… 1973년 3월. 틀림없어, 이건, 이건! 형사님, 어디서 이걸!"

"지금은 말 못 해요. 이게 나왔기 때문에 우리가 여기에 왔다, 그렇게만 알아둬요. 하지만 안심해요. 당신의 원통함은 반드시 풀어줄 테니까. 미건 교수, 그리고 리베카의 원통함도. 당신들의 인생을 망친 놈들의 소행을 우리가 모조리 밝혀내겠어요. 그러니까 조금만 더 기다려요. 알았죠?"

*

"거참, 댁들도 참 괴짜로군."

P시 경찰서 수사과 도미닉 버로스 형사의 졸려 보이는 눈에 호기심이 서렸다. "십삼 년이나 전에 발생한 사망 사고를 파내겠다니. 무슨 일이라도 있었나?"

"국가 기밀에 관련된 사항이라 죄송하지만 지금은 말씀드릴 수 없습니다."

렌이 선수를 쳤다. 에이, 야속하기는, 하고 도미닉은 유쾌하게 웃었다.

예상치도 않게 미하엘의 증언을 얻은 후, 마리아와 렌은 P시 경찰서를 방문했다.

도미닉 버로스 형사. 당시 리베카의 사고를 담당한 사람은 사십 대 후반으로 보이는 은발 중년 남자였다. 입은 걸었지만 다른 관할에서 온 마리아와 렌을 싫은 내색 하나 없이 맞이해 준 것을 보면 의외로 성격은 서글서글할지도 모르겠다.

"뭐부터 알고 싶나? 이 건을 어디까지 알고 왔어?"

"방금 전에 던리비 씨께 이야기를 들었습니다. 단순한 사고치고는 걸리는 점이 많다는 견해도 포함해서요."

"뭐야, 거기까지 알고 있었나. 그럼 할 이야기는 그렇게 많지 않은데. 피해자는 리베카 포덤, 당시 19세. C주 M고등학교를 졸업하고 A주립 대학교 이학부 화학과에 입학. 가족은 부모님뿐. 대학 입학을 계기로 부모님 슬하를 떠나 연립주택에서 자취를 시작했어.

사망 추정 시각은 시체가 발견되기 세 시간에서 다섯 시간 전. 오후 5시에서 오후 7시 사이야. 사인은 청산가스 중독. 위에서 독극물은 검출되지 않았어. 부검 결과로도 알 수 있듯이 리베카는 독가스를 마시고 죽은 게 확실해. 발견 당시 소지품은 시계와 지갑. 그리고 실험실 열쇠가 호주머니에 들어 있었어."

"오후 6시 전후라면 저녁녘이네. 목격자는 없었어요?"

"그때 여름방학이었거든. 계절학기 수업이 있었지만 낮에 끝났지. 그 시간까지 화학과 건물에 남아 있던 사람은 논문을 마무리하려고 실험에 박차를 가하던 학생들뿐이야. 열 명도

채 안 돼. 게다가 다들 실험을 하느라 바빠서 다른 실험실에
출입하는 사람에게는 눈길도 주지 않았어."

"사망하기 전에 리베카의 행적은요?"

"당일 아침 9시경에 집을 나서는 모습이 목격된 게 끝이야.
리베카는 계절학기 수업을 듣지 않았는지 당일 학교에서 목
격됐다는 정보는 없어. 아마 집을 나선 후 오전 강의 시간에
연구실로 가서 혼자 실험을 했겠지…… 그게 공식 견해야."

마리아는 정문 출입은 확인하지 못했느냐고 물으려다 생각
을 바꿨다. 마리아도 오늘 처음 알았는데, A주립 대학교 정
문은 출입이 아주 자유롭다. 통행증을 붙이면 자동차도 간단
히 통과할 수 있다. 경비원이 한 명 배치되어 있지만, 여름방
학이라고는 하나 계절학기 수업을 들으러 천 명 단위의 학생
이 드나드는 만큼 리베카 한 명의 목격 정보를 얻기는 힘들었
으리라.

"사고에 몇 가지 수상한 점이 있는데 하나씩 짚어보며 담당
자의 의견을 듣고 싶습니다.

우선 리베카 포덤의 지식과 경험에 비추어보건대 당시 실
시했다고 추정되는 실험은 너무나 치졸했고, 리베카 포덤의
실험 노트가 분실됐습니다. 그뿐만이 아닙니다. 시체를 발견
한 당시 실험실에는 불이 켜져 있지 않았습니다."

─방이 어두워서 얼굴은 잘 보이지 않았지만.

"당시 칠월이었지만 그 시간대쯤 되면 손 언저리가 어두워
졌을 겁니다. 리베카 포덤이 불도 켜지 않고 실험을 계속했다
고는 보기 힘들죠. 그런데 왜 실험실 불은 꺼져 있었는가.

다음으로 시체 발견 당시의 상황인데요, 드래프트는 작동
중이었습니까?"

"아니. 스위치는 꺼져 있었어. 드래프트 문도 열려 있었고."

"그렇다면 그것도 부자연스럽습니다. 드래프트는 안에서
발생한 가스가 실험실로 누출되지 않도록 막는 설비입니다.
설령 청산가스가 발생해도 드래프트가 정상적으로 작동하면
전용 배관을 통해 안전하게 가스를 건물 밖으로 배출할 수 있
고, 문을 닫으면 가스가 실험실로 새어 나오지 않죠. 실험자가
청산가스를 마실 위험성은 낮았을 겁니다. 그런데도 리베카
포덤은 드래프트를 작동시키지도 문을 닫지도 않았습니다.
왜일까요?"

도미닉의 얼굴에서 웃음기가 가셨다. "젠장." 그는 은발을
벅벅 긁으며 마리아와 렌에게 서류철을 던져주었다.

"우리도 그걸 몰랐던 게 아니야. 부검 결과를 잘 읽어봐."

시키는 대로 서류철을 넘겼다. 부검 결과를 정리한 페이지
를 읽으며 마리아는 얼굴이 굳어지는 것을 느꼈다.

"머리를 포함한 상반신 몇 군데에 타박…… 성기에 열상?"

"며칠이나 지난 상처가 아니야. 당시 검시관의 견해로는 사망 당일이나 기껏해야 전날 입은 상처일 거라더군.

리베카 포덤은 죽기 직전에 성관계를 맺었어. 그게 아니지, 성폭행이야."

실내가 고요해졌다.

성폭행……? 그런 일이…….

"어떻게 된 거야? 미하엘은 그런 말은 한마디도 안 했다고요!"

"수사상 비밀이었거든. 이 일은 관계자에게도 덮어놨어. 혹시나 진짜로 성폭행일 경우, 범인이 허점을 드러냈을 때에 대비해서."

"성관계를 맺은 상대가 누군지는 알아내셨습니까?"

도미닉은 고개를 저었다.

"용의주도한 놈이었는지 상대의 체액은 검출되지 않았어. 뭐, 설령 검출됐더라도 혈액형을 통해 수사 범위를 4분의 1 정도로 줄이는 게 고작이었겠지만. 하지만 누가 상대였든 만약 리베카가 성폭행을 당했다면, 아까 댁들이 언급한 수상한 점이 왜 발생했는지 설명할 수 있지. 뭔지 알겠나?"

도미닉이 내놓은 수수께끼의 해답을 마리아는 숨을 쉬듯

자연스럽게 내놓았다.

"자살……."

"실험이 치졸했던 것도, 드래프트가 작동하지 않은 것도, 처음부터 죽을 작정이었다면 하나도 이상할 것 없겠지. 실험실 불은 아마도 죽기 전에 남에게 발견될까 봐 껐을 테고. 실험 중에 사고를 당한 듯 위장한 건 자기가 죽은 진짜 이유를 가족같이 지내던 연구실 동료들에게 들키기 싫어서였겠지."

사고로 위장한 자살. 확실히 일리는 있다. 하지만…….

"실험 노트가 없어진 건 어떻게 설명할 건데요. 리베카가 문을 고정하는 데 자물쇠가 아니라 플라스틱 조각을 사용한 이유는? 자살을 방해받기 싫다면 안에서 문을 잠그는 게 확실하잖아요. 무엇보다 자살하는 이유를 들키기 싫다고 실험실에서 사고로 위장해 죽으면 연구실 동료들에게 피해를 줄 뿐만 아니라, 최악의 경우 연구실 자체가 없어질지도 모른다는 사실은 리베카도 잘 알고 있었을 거라고요!"

"그러니까 '일단'이라고 서론을 깔았잖아. 모든 의문을 깔끔하게 해소할 수 없다는 건 나도 알아.

노트는 더이상 필요 없으니 버렸을지도 모르지. 플라스틱 조각은 나중에 동료들이 성급하게 들어와서 독가스를 마시지 않도록 하기 위한 배려였을지도 모르고. 실험실을 죽을 곳으로 정한 것도 앞뒤를 잴 수 없을 만큼 충격을 받은 탓일지도 몰라. 설명은 얼마든지 갖다 붙일 수 있어. 무조건 단순한 사고로 판단하는 것보다는 낫겠지.

우리도 바보는 아니야. 발견자들이 증언한 대로 문을 단단히 고정하려면 플라스틱 조각을 방안에서 제법 깊숙이 끼워야 해. 실험까지 해서 확인했다고.

바닥과 문에 생긴 흠집을 근거로 찾아내보니, 문제의 플라스틱 조각은 L 모양 블록을 힘껏 눌러 납작하게 만든 것처럼 생겼더군. 얇은 쪽, L의 가로획 부분이 문에 끼어 있었는데 두께가 문과 바닥 사이 빈틈에 딱 들어맞았어. 어떤 우연인지는 모르겠지만 말이야.

딱 들어맞는다. 이게 골치가 아파. 바닥과 문 가장자리가 미묘하게 들쭉날쭉해서 어지간해서는 끼워지지가 않거든. 게다가 이 플라스틱이 더럽게 딱딱한 물건이라 밖에서 젓가락으로 집거나 끈으로 잡아당기는 정도의 힘으로는 절대로 끼워지지 않아.

구르다가 각도가 잘 맞아서 끼워졌든지 안쪽에서 힘껏 때려 박았든지, 플라스틱 조각은 실험실 안에서만 끼울 수 있었어. 플라스틱 조각 때문에 실험실 바닥에 흠집이 선명하게 생겼는데, 방 밖에서는 그런 흠집이 생길 만큼 플라스틱 조각을 문 밑에 깊이 끼우기가 불가능하다. 그게 우리가 내린 결론이야. 사고 혹은 자살, 적어도 둘 중 하나라는 말씀이지."

침묵이 찾아왔다.

"그럼 어째서……."

"그걸 어떻게 말하겠어."

도미닉은 거북하다는 듯이 말을 내뱉었다. "그때 그 사람들을 봤으면 내 마음을 이해할걸. 동생처럼 귀여워하던 아이를 잃은 충격으로 다들 죽을상이었다고. 거기에 대고 '사실 리베카 씨는 성폭행을 당했을지도 모르겠습니다. 그래서 자살했을 가능성도 있어요. 하지만 범인은 누군지 모르겠습니다. 체포할 수 있을지 없을지도 불투명합니다' 하고 상처에 소금을 문지르는 말을 할 수 있겠어?

애당초 리베카 포덤이 성폭행을 당해 자살했다는 확실한 증거가 있는 것도 아니야. 그렇게 생각하면 앞뒤를 맞추기가 쉬울 뿐이지. 단순한 억측이라고. 전날 밤 연인과 몰래 사랑을 나누고 다음날 진짜 사고로 목숨을 잃었을 수도 있어. 머리와 몸에 타박상을 입은 건 바닥에 쿵 쓰러진 탓일지도 모르지. 실험 내용도, 드래프트도, 조명도 박박 우기면 얼마든지 해석을 갖다 붙일 수 있어. 수사 회의에서도 결국은 사고로 결론이 났지."

도미닉의 마지막 말에서 씁쓸함이 고스란히 묻어났다.

그렇구나……. 은발의 중년 형사는 분명하게 말하지 않았지만, 리베카 일이 사고로 처리된 건 분명 체면 때문이다. 성폭행당한 탓에 자살했다면 우선 성폭행 사건으로 수사를 진행해 범인을 검거해야 한다. 하지만 명확한 증거가 없다. 설령 피의자를 확보하더라도 합의하고 관계를 맺었다고 주장하면, 피해자가 증언할 수 없는 이상 유죄를 입증할 방도가 없다.

괜히 들쑤셔봤자 경찰의 위신만 떨어진다. 체면을 중시하는 P서 상층부는 성폭행 자체가 없었다고 해석하는 방향으로 몰고 갔다. 도미닉의 의견을 꺾어버리는 형태로. 하지만…….

"저기, 도미닉. 문에 끼여 있었다는 플라스틱 조각, 아직도 보관하고 있어요?"

*

한없이 적나라하게 펼쳐진 황야를 석양이 진한 주황색으로 물들였다. 마리아는 조수석 시트를 한껏 뒤로 젖히고 반쯤 드러누워 수첩을 들여다보았다.

"저기, 렌. 이제 리베카를 해친 범인을 알아내기는 불가능할까?"

"성폭행범일 경우, 체액이나 피부 세포 등을 채취해 보관해놓는다면 혹시 가능할지도 모르겠네요."

렌은 자동차 운전대를 쥔 채 마리아를 돌아보지도 않고 대답했다. "생물의 유전 정보는 세포핵 속 데옥시리보핵산(DNA)이라는 물질에 담겨 있다고 합니다. 언젠가 기술이 발전하여 DNA를 분석할 수 있게 되면 혈액형보다 훨씬 세세하게, 지문과 같은 수준으로 사람을 가려낼 수 있을 거라는 이야기를 들은 적 있습니다."

지금은 몽상이라는 건가. 도미닉의 말을 듣자 하니 성폭행범의 체세포는 채취하지도 않았으리라.

"······있지. 오늘 아침까지는 이 사건이 파벌 싸움의 연장선상에 있는 것 아닐까 싶었어. 신형 젤리피시 개발을 둘러싸고 교수 팀에서 내분이 생겼을지도 모른다고 생각했지."

렌은 대답이 없었다. 마리아는 개의치 않고 말을 이었다.

"하지만 오늘 다양한 진술을 듣고 나니, 내가 얼마나 어리석었는지 알겠더라. 좀더 단순하고 근본적인, 하지만 훨씬 강한 동기가 있다는 걸 깜빡했네."

본인이 어리석다는 사실을 이제야 알았습니까, 정말로 구제불능이로군요. 부하의 입에서 그런 폭언은 나오지 않았다. 렌은 그저 차분하게 한마디를 꺼냈다.

"복수 말씀이십니까?"

"응."

파이퍼 교수 팀 일당이 리베카를 더럽히고 죽음으로 몰아넣은 후 연구 성과를 빼앗았고, 리베카를 사랑한 사람이 만약 그 사실을 알아차렸다면.

"그 추론에는 중대한 결함이 있습니다."

렌의 목소리는 평소와 다름없이 냉정했다. "복수하기 위해 파이퍼 교수 팀을 살해했다면 범인은 적어도 교수 팀이 리베카를 죽음으로 몰아넣었다고 확신할 만한 뭔가를 가지고 있어야 합니다. 범인은 어떻게 그걸 얻었을까요. 리베카가 성폭행당했다고 가정하겠습니다. 하지만 그 사실을 관계자에게는 덮어놓았습니다. 그저 직감만으로 그러한 결론에 다다라 대량 살인을 저지르겠습니까?"

"뭐긴 뭐겠어. 리베카의 실험 노트지."

차 안에 정적이 감돌았다.

"도미닉은 '리베카 본인이 버렸을 가능성이 있다'고 했지만 말도 안 돼. 교수의 트렁크에 리베카의 노트 복사본이 들어 있었잖아. 복사본이 있으니 원본도 존재했을 테고, 원본을 복사한 사람도 있었겠지. 그건 누굴까? 누가 원본을 가지고 있었을까? 교수 팀밖에 없잖아. 교수 팀이 리베카를 죽인 후 빼앗은 노트를 토대로 진공 기낭을 만들었어. 그렇게 생각하는 게 보통이지.

그럼 교수의 트렁크에는 왜 원본이 들어 있지 않았을까? 네빌 크로퍼드가 리베카의 지식을 얻으려고 기를 쓴 이유는 뭘까? 대답은 하나야. 노트가 범인의 손에 넘어갔기 때문이지."

렌은 침묵을 지켰다. 반쯤 드러누운 마리아에게는 부하의 표정이 거의 보이지 않는다. 하지만 시트에 가려진 옆얼굴이 살짝 움찔한 것처럼 보였다.

"구체적인 상황은 모르겠어. 하지만 리베카의 노트를 손에 넣은 범인은 거기 적힌 내용이 파이퍼 교수의 진공 기낭 기술 그 자체를 가리키고 있음을 깨달았어."

교수 팀의 논문과 저작물에 리베카의 이름이 어디에도 없으며, 원래 리베카가 얻어야 마땅할 명예를 그들이 부당하게 누리고 있는 상황을 본다면 리베카를 죽음으로 몰아넣은 것 또한 교수 팀의 소행이라는 사실쯤은 초등학생이라도 눈치챌 수 있다.

설령 공식적으로는 사고사로 처리되었다 하더라도.

"시체가 발견된 상황은 어떻게 설명하실 겁니까. 교수 팀이 리베카를 죽였다면 그들은 리베카를 살해하고 현장을 위장한 후, 실험실 밖에서 플라스틱 조각을 문 밑에 끼워 넣어야 합니다. 그건 불가능하다고 버로스 형사가 말했을 텐데요."

"녀석들한테는 가능해."

"예?"

"소체야. 진공 기낭의. 교수 팀은 쓰레기통에 담긴 플라스틱 조각을 바닥에 흩뿌리고 중화적정 실험을 준비한 후, 바로 밖으로 나가서 촉매를 바른 소체 자투리를 문 밑에 밀어넣은 거야."

경화되기 전의 소체는 수지로 만든 부드러운 천 조각이다. 문을 닫으면서, 혹은 문 밖에서도 문짝 밑에 끼워 넣기는 어렵지 않다. 그 상태로 청산가스와 반응시키면 소체는 문 밑에서 딱딱해져 도어스토퍼처럼 변한다.

이리하여 '리베카가 실험을 하다 청산가스를 마시고 쓰러졌고, 흩어진 플라스틱 조각 중 하나가 문 밑에 끼였다'는 상황이 완성됐다.

"즉 중화적정 실험으로 청산가스를 발생시킨 건……."

"리베카를 죽이기 위해서가 아니야. 문 밑에 끼운 소체를 굳히기 위해서였어."

문제의 플라스틱 조각은 납작한 L 모양으로 얇은 부분의 두께가 문 밑의 틈새와 일치했다고 도미닉은 말했다. 우연이 아니다. 틈새에 낀 부분과 방으로 튀어나온 부분의 두께에 차이가 생긴 상태로 석고본을 뜨는 것처럼 경화됐을 뿐이다.

"당시 수사관들은 이 트릭을 눈치채지 못했을까요?"

"어떻게 눈치채겠어? 너도 알면서. 이 사건이 발생한 당시, 진공 기낭은 아직 공표되기 전이었는걸. 청산가스와 반응하여 굳어지는 수지라니, 나도 요전에 탐문을 하러 갔을 때 처음으로 알았는데 당시 수사관들이 알 턱이 있나."

대답은 없었다. 이윽고 렌이 고단하다는 듯이 한숨을 내쉬었다.

"구멍이 많은 추측이로군요."

"뭐야, 불만이라도 있어?"

"아닙니다. 큰 줄기는 분명 당신이 말한 대로겠죠. 하지만 리베카의 실험 노트를 파이퍼 교수 팀이 먼저 손에 넣었다고 단정할 수는 없습니다. 리베카 본인에게 어느 정도 자세하게 설명을 들으면, 그리고 진공 기낭 재료와 촉매 등의 샘플을 가지고 있으면 노트가 없어도 진공 기낭을 제작하기가 불가능하지는 않았으리라고 생각되거든요. 오히려 노트는 처음부터 범인의 손에 넘어갔다고 봐야 하지 않을까요?

리베카가 사망한 후 교수 팀은 리베카의 노트를 차지하려고 했다. 하지만 그 시점에 노트는 이미 분실됐다. 리베카에게

241

얻은 지식을 토대로 그들은 간신히 진공 기낭을 완성시켰지만, 사실 연구의 상세한 노하우는 그들도 이해하지 못했다.

만약 그들이 한 번이라도 리베카의 노트를 입수했다면 네빌 크로퍼드도 자신의 실험 노트에 언급했을 겁니다. '리베카의 노트를 꼼꼼히 읽었어야 했다'는 식으로요. 그렇지 않고 '죽기 전에 알아내야 했나'라고 적혀 있었다는 건 그들 스스로도 리베카의 노트를 읽을 기회가 없었다는 사실을 암시합니다."

듣고 보니 그렇다. 리베카의 노트가 교수 팀 수중에서 범인 수중으로 넘어갔다고 생각하기보다 처음부터 범인이 손에 쥐고 있었다고 생각하는 편이 자연스럽다. 하지만…….

"교수의 트렁크에 남아 있던 복사본은 뭔데? 원본이 없으면 복사할 방도가…….."

마리아는 말을 끊었다.

"분명 범인이 보낸 협박장이겠죠."

렌이 마리아의 뒤를 이어 말했다. "복사본 두 장은 봉투에 들어 있었다는데, 예비 자료나 참고 기록 대신이었다면 봉투는 보관 장소로 부자연스럽습니다. 오히려 누군가 봉투에 넣어 보냈다고 봐야 앞뒤가 맞겠죠."

리베카의 서명이 들어간 표지를 한 장, 샘플로서 임의의 페이지를 한 장. 협박 재료로서는 충분하다 못해 지나칠 정도다.

"범인은 리베카의 노트를 복사해 파이퍼 교수 혹은 교수 팀에게 보냈습니다. '나는 너희들이 무슨 죄를 지었는지 알고 있다'는 뜻으로요. 현재로서 협박의 진짜 의도는 불분명합니다만, 편지를 받은 교수 팀이 공황에 빠졌으리라는 건 상상하기 어렵지 않습니다. 리베카의 노트가 세상에 공개되면 그들은 파멸할 테니까요."

"잠깐. 모르쇠로 버티면 범인은 어떻게 할 생각이었을까? 극단적으로 말해 리베카의 아이디어를 도용해서 진공 기낭 기술을 완성했다는 건 어디까지나 추측이야. 상황증거만 있을 뿐 물적증거는 없잖아. 단순히 우연의 일치였다는 식으로 끝날 우려는 없었을까?"

"없습니다. 리베카의 노트 자체가 그들의 사회적 지위를 법적으로 위협하거든요."

"그게 무슨 소리야?"

"특허입니다.

저도 U국 사정에 도통한 건 아니지만, 이 나라의 특허 제도가 '선발명주의'라는 건 들었습니다. 특허청에 출원한 일시와 상관없이, 실제로 제일 먼저 발명한 사람에게 특허권을 주는 제도죠.

리베카의 노트에 적힌 날짜는 1970년. 파이퍼 교수 팀이 진공 기낭을 발표하기 이 년 전입니다. 특허 심사와 재판에 '우연의 일치'라는 변명은 통하지 않습니다. 리베카의 노트가 바로 진공 기낭의 진짜 발명자가 리베카임을 특허법상 보증하는 최고의 증거입니다."

—이러한 무기 계열 촉매, 유기고분자 및 반응생성물의 결정구조, 반응 기구, 그리고 기낭의 제작 방법이 바로 파이퍼 교수의 연구 성과이자 젤리피시 관련 특허의 근간입니다.

리베카의 노트가 만천하에 드러나면 교수 팀의 특허는 효력을 잃는다. 바꾸어 말하면 UFA가 추진중인 젤리피시 사업의 기둥이 부러지는 것이나 마찬가지다. 교수 팀은 표절자로 낙인찍힐 뿐 아니라 고액의 배상 문제에 시달리리라. 그런 꼴을 당하기 전에 목숨을 잃은 것이 그나마 행운인지 불행인지.

"결국 교수 팀은 뭐, 아직 확정된 건 아니지만 리베카의 노트를 손에 넣은 범인에게 살해당한 거로군. 그렇다면 죽이기 전에 협박장이 든 봉투를 보낸 이유는 뭘까? 불필요하게 경계심만 키울 것 같은데."

"아까도 말씀드렸지만, 현재 범인의 목적은 불분명합니다. 그냥 교수 팀을 괴롭히고 싶었거나, 아니면 뭔가 합리적인 이유가 있었거나.

애초에 범인이 파이퍼 교수 팀 중에 없다면, 그저께 논의한 것과 똑같은 의문이 발생합니다. 범인은 어떻게 시험기에 숨어들었고, 복수를 마친 후 어떻게 할 작정이었을까요? 혹시 자기도 죽을 생각이었다면······."

"잠깐. 범인이 교수 팀 중에 없다고 딱 잘라 말할 수는 없잖아?

리베카를 성폭행하고 죽음으로 몰아넣은 건 분명 파이퍼 교수의 연구실에 소속된 자들이겠지. 하지만 모두가 가담한 건 아닐 수도 있어. 나쁜 짓을 한 것은 일부에 불과하고, 사정을 전혀 몰랐던 사람이 있었을지도 몰라.

예를 들어 미하엘은 부정했지만 리베카가 파이퍼 교수 연구실 사람과 사랑에 빠졌고, 그 사람 집에 노트를 깜박 두고 간 직후에 다른 사람이 리베카를 죽였다······든가. 그후 파이퍼 교수 팀이 진공 기낭을 개발할 때도 모두 함께 같은 일을 한 건 아닐 거야."

─각자 다른 주제를 심도 있게 파고들기 때문에 솔직히 옆자리 사람이 뭘 하는지 완벽하게 파악하기가 불가능할 때도 적지 않습니다.

"너도 그랬잖아. 종이 자체를 만드는 건 원래 항공공학에서 할 일이 아니라고. '종이를 만드는' 팀이 교수 연구실에 새로 생겼고, 원래 있었던 '종이를 접는' 팀 몰래 악행을 저질렀을 가능성도 충분해."

리베카가 죽은 후 범인이 교수의 논문을 읽고 그 내용이 리베카의 노트에 적힌 내용과 완전히 똑같다는 사실을 알아차렸다면.

범인이 교수 팀 중에 있다면 어떻게 시험기에 숨어드느냐 하는 문제는 애당초 존재하지 않는다. 리베카를 구하지 못하고 리베카의 연구 성과까지 빼앗겨 범인이 자책하고 있었다면 복수를 마친 후 혼자 살아남을 생각은 눈곱만큼도 없었을지도 모른다.

"어쨌든 시신 여섯 구 중에 타살당한 게 아닌 시신이 분명한 구 있을 거야. 그자가 범인이 틀림없어."

"밤에게 확인해보죠. 슬슬 부검 결과가 나올 때가 됐습니다."

렌이 살며시 운전대를 꺾었다. 완만한 커브를 빠져나가 갈색 흙이 드러난 왼쪽 언덕이 뒤로 멀어지자 시야가 탁 트이고 붉은 황야가 지평선 저편으로 이어졌다.

일직선으로 뻗은 간선도로 저멀리 왼편에 주유소 같은 건물이 보였다. 그 옆에 내려앉은 하얗고 납작한 공 같은 물체, 젤리피시가 석양에 붉게 물들었다.

황야에 자리한 주유소는 장거리 운전자에게 말 그대로 생명줄이다. 그건 하늘을 날아가는 배에게도 마찬가지인 듯 항해중인 젤리피시가 저렇게 보급을 위해 주유소 근처에 착륙한 모습을 마리아는 요 몇 년간 꽤 자주 보았다.

"여담입니다만 민간용 젤리피시의 보유 대수는 A주가 제일 많다고 합니다. UFA의 소재지이기 때문은 아니고, 민가가 적은데다 기후도 안정적이라 젤리피시로 비행하기가 수월하다나요. 다른 주에서 찾아오는 사람도 많은 모양입니다."

"오, 그렇구나."

이 J국 사람은 왜 U국 토박이인 나보다 U국에 대한 지식이 풍부할까. 짜증난다.

그러는 사이에 렌의 자동차는 주유소에 도착했다. 멀리서는 콩알만 한 크기였던 젤리피시가 지금은 마리아와 렌의 고작 백 미터 앞에서 올려다보아야 할 만큼 커다란 몸으로 휴식을 취하고 있다. 렌이 공중전화로 통화하는 동안 마리아도 자동차에서 내려 바람을 쐬면서 누구 소유인지 모를 젤리피시를 구경했다.

아름다운 거구를 앞에 두자 슬픔이 섞인 한숨이 새어 나왔다. 이걸 고작 열아홉 살 먹은 소녀가 탄생시켰다니. 그리고 파이퍼 교수 팀에게 연구 성과와 목숨을 빼앗겼다.

교수 팀의 누군가가 소체를 도어스토퍼 대신 사용해 리베카의 죽음을 사고로 위장했다. 현시점에서 그건 마리아의 추측에 불과하다. 하지만 다행히 플라스틱 조각은 지금도 P서에 보관되어 있다. 증거품이 처분되지 않도록 도미닉이 손을 썼겠지. 본인은 웃음으로 대답을 얼버무렸지만.

마리아는 도미닉과 교섭하여 문제의 플라스틱 조각을 이쪽으로 보내주겠다는 약속을 받아냈다. 플라스틱 조각을 분석하면 마리아의 추측이 사실로 증명될 터다.

"……네, 부탁드립니다……. 아아, 밥. 구조입니다. 바쁘실 텐데 죄송합니다. ……예…… 그런데 부검 쪽은 진척이……네. 뭐라고요?"

부하의 목소리가 달라졌다.

"정말입니까. 오판했을 가능성은…… 그렇습니까……. 알겠습니다, 즉시 돌아가겠습니다. 정식 보고는 그때……."

렌이 수화기를 내려놓고 험악한 표정으로 돌아왔다.

"렌, 왜 그래? 무슨 일인데?"

"마리아, 아주 좋은 소식입니다. 피해자 여섯 명의 부검 결과가 나왔습니다.

모두 타살입니다."

"……뭐?"

마리아의 목소리가 뒤집어졌다. "자, 잠깐. 타살? 전부 다?"

"서로 돌아가면 밥이 자세하게 설명해주겠지만…… 방금 전화로 들은 바로는 시신 중에 자살로 판정할 만한 시신은 한 구도 없었다는군요."

마리아는 깜짝 놀란 기분으로 렌의 보고를 들었다.

파이퍼 교수의 연구실 멤버 중 누군가가 리베카의 원한을 갚기 위해 다른 사람들을 죽이고 스스로 목숨을 끊었다. 그것이 방금 전까지 마리아가 그린 사건의 개요였다. 여섯 명 중에 자살자가 없다면, 그들을 살해한 일곱 번째 인물이 시험기에 있었던 셈이다. 하지만 그들의 시험 계획서에 일곱 번째 인물의 이름은 어디에도 적혀 있지 않았다.

탑승자 목록도 "이상 6명"이라고 끝을 맺었다.

존재할 리 없는 일곱 번째 인물이 시험기에 있었다. 그자는 누구일까. 어디서 와서 어디로 사라졌을까?

"돌아가죠, 마리아."

렌이 마리아를 재촉했다. "처음부터 다시 고찰해야 합니다. 시신 가운데 자살자가 없다면 적국 공작원설도 포함해 외부인설을 다시 검토해야 해요."

그들을 없앤 후 어디에 몸을 숨기느냐. 그것이 계획의 마지막 문제점이었다.

설령 계획이 예상대로 진행되더라도 진실이 영원히 탄로나지 않는다는 보장은 없다. 적어도 마지막 목적을 달성할 때까지는 나 자신과 파트너를 당국의 눈에서 숨길 필요가 있다.

조사한 끝에 이웃나라 C국의 어느 주, 숲에 둘러싸인 커다란 호숫가에 싼값으로 나온 낡은 통나무집을 찾아냈다.

시가지에서 멀리 떨어져 있어 이것저것 참견하고 수군거릴 이웃 사람은 없다. 무엇보다 비슷한 목적으로 별장을 구입하는 호사가가 최근 C국에 증가하는 추세였다.

내게 꼭 맞는 물건이었다. 자금의 절반이 이 피난처를 구입하는 데 들어갔다.


경비대가 지키는 국경선을 어떻게 넘느냐가 문제였지만, 여기에는 나름대로 승산이 있었다.

C국은 U국의 우호국이다. M국이 위치한 남쪽 국경과 달리 경비대가 밀입국자에게 신경을 곤두세우고 있는 상황도 아니다. 최악의 경우라도 여권이 있으면 통과는 할 수 있다.


게다가 이쪽에는 든든한 파트너가 있다.

그녀 앞에 국경은 모래밭에 그려진 선에 지나지 않는다.

## 젤리피시(V)

**1983년 2월 8일 23:50~**

"자. 누, 구, 부, 터, 죽, 일, 까, 요……."

크리스는 멋대로 음정을 붙여 노래를 부르며 산탄총 총구를 린다, 에드워드, 그리고 윌리엄순으로 차례차례 옮겼다.

"크리스, 제정신이에요?"

에드워드의 목소리에 초조함이 묻어났다. "진정하세요, 왜 이런 짓을……. 왜 우리가 죽어야 하는데요. 제발 총 내려놔요."

"'왜'냐고?"

크리스가 비웃듯이 입꼬리를 끌어올렸다. "이 마당까지 와서 시치미떼기는. 그건 너희들 가슴에 물어봐, 이 살인자들아."

─당신들은 리베카라는 사람을 죽인 거예요.

그런…….

"크리스…… 네가……."

"유비무환이라는 말이 딱 맞네. 흉흉한 여행이 되겠다 싶었지만 설마 이런 식으로 도움이 될 줄은 몰랐어."

윌리엄은 광기를 띤 크리스의 두 눈을 멍하니 바라보았다.

설마 크리스가…….

'놓고 온 물건'이란 산탄총이었나. 수색할 때는 발견되지 않았지만 천장이나 바닥 밑 배관 틈새, 침대 매트리스 아래 등 숨길 곳은 얼마든지 있다. 그러고 보니 짐 중에 골프 가방도 있었다. 그 속에?

"뭐, 어쩔 수 없지. 끝이 좋으면 다 좋은 법이야. 어차피 너희 모두 사이좋게 죽을 운명이었으니까."

하지만 결정적이라고도 할 수 있는 크리스의 말이 무슨 의미인지 윌리엄은 어렴풋하게밖에 인식하지 못했다.

뭐지…….

뭐지 이건. 나는 어느 틈에 연극 무대나 영화 속에 들어온 걸까?

린다는 창백한 얼굴로 눈물을 줄줄 흘리며 아무 말도 없이 턱을 덜덜 떨었다.

에드워드는 의자에서 엉거주춤 일어선 채 사나운 표정으로 크리스를 쳐다보다, 갑자기 시선을 윌리엄에게 돌렸다.

한순간 눈이 마주쳤다. 그것이 윌리엄을 현실로 되돌려놓았다.

내 정신 좀 보라지. 넋 놓고 있으면 어쩌자는 거야.

윌리엄은 에드워드의 의도를 직감으로 알아차렸다. 망설이지 마. 해보는 수밖에 없다.

몇 초 후, 에드워드가 바닥을 박찼다. 동시에 윌리엄도 온 힘을 다해 뛰었다. 낮은 자세로 벽을 따라 우회하며 돌진했다. 반대쪽에서 에드워드 역시 자세를 낮추고 크리스에게 달려들었다.

크리스의 표정이 경악으로 바뀌었다.

에드워드와 떨어져 앉아 있던 것이 행운이었다. 양쪽에서 기습을 가하자 크리스는 목표물을 정하지 못하고 그저 총구를 좌우로 돌리기에 바빴다.

그때 돌풍이 곤돌라를 흔들었다. 크리스의 자세가 흐트러졌다. 그 틈을 노려 에드워드가 몸을 구부린 채 크리스의 허리를 들이받았다.

간신히 버텨낸 크리스가 자신을 제압하려는 에드워드의 등을 개머리판으로 내리찍고 무릎으로 배를 가격했다. 윌리엄은 옆에서 팔을 뻗어 죽을 둥 살 둥 크리스의 손에서 산탄총을 빼앗았다. 즉시 뒤로 물러섰다. 에드워드도 크리스를 밀쳐내며 뒤로 물러났다.

"크리스, 꼼짝 마!"

산탄총을 크리스에게 겨누었다. 크리스의 얼굴이 온통 분노로 가득찼다.

"제발…… 움직이지 마, 부탁이야."

듣기 싫게 잠긴 목소리로 애원했다. 총구가 떨렸다.

크리스는 움직임을 멈추었다. 하지만 그것도 한순간이었다.

크리스는 오른손을 허리 뒤로 돌려 둔중하게 빛나는 물건을 뽑았다.

모든 것이 구분 동작으로 보였다.

크리스가 뜻 모를 소리를 지르고 서바이벌나이프를 휘두르며 윌리엄에게 덤벼들었다.

머리보다 방아쇠에 건 손가락이 먼저 반응했다.

불량품 폭죽이 터지는 듯한 소리와 함께 크리스가 뒤로 날아갔다.

예상외로 반동이 심해서 윌리엄은 절로 몸이 젖혀졌다.

위를 보고 쓰러진 크리스가 펄쩍펄쩍 튀어 오르듯 두세 번 경련했다.

시커먼 피가 웅덩이를 만들며 바닥에 서서히 번져나갔다. 화약 연기와 비릿한 피 냄새가 식당을 채웠다. 잠시 후 전지가 다한 장난감처럼 크리스의 움직임이 약해지다가 완전히 정지했다.

윌리엄의 손에서 산탄총이 미끄러져 떨어졌다. 총구에서 하얀 연기가 희미하게 피어올랐다.

아무 말도 없이 긴 시간이 흘렀다. 크리스는 미동도 없다. 상반신은 간신히 인간임을 알아볼 수 있을 정도였다.

"시……."

린다의 목에서 무시무시한 비명이 터져 나왔다. "싫어, 싫어, 아아아아아아아아아악!"

린다의 절규를 등으로 받으며 윌리엄은 자기 두 손을 보았다.

……죽였다. 죽였어, 크리스를.

동료를, 연구실에 들어온 후로 십여 년을 함께 한 맹우를 이 손으로 쏘아 죽였다.

"아니야……. 아니야, 나는, 나는……."

"진정하세요."

윌리엄의 어깨에 손이 얹혔다. 에드워드였다. "당신 탓이 아니에요. 아무도 당신을 탓하지 않습니다. ……앉아서 숨을 좀 가다듬으세요."

에드워드의 목소리에는 억양이 없었지만 침통한 분위기의 얼굴에는 피로한 기색이 역력했다. 윌리엄은 에드워드의 손에 이끌려 옆에 있는 의자에 앉았다.

에드워드가 린다를 일으키려고 했지만 린다는 바닥에 주저앉은 채 겁먹은 듯 몸을 움츠릴 뿐이었다. 에드워드는 포기한 듯 한숨을 쉬더니 산탄총을 주워 총알을 빼고 내던졌다.

창밖 어둠 속에서 하얀 얼음 조각을 수없이 머금은 바람이 새로운 희생양의 탄생을 축복하는 것처럼 우렁차게 부르짖으며 미친듯이 날뛰었다.

"이럴 수가……."

이윽고 윌리엄의 입에서 약한 목소리가 흘러나왔다. "설마 크리스가……."

"당신 탓이 아니에요. 제가 총을 빼앗았더라도 방아쇠를 당겼을 거예요. 정당방위입니다."

크리스의 오른손은 여전히 서바이벌나이프를 쥐고 있었다. 크리스가 세 사람에게 살의를 품고 있었음은 부정할 여지가 없는 사실이었다.

범인은 크리스였다. 교수와 네빌을 독살한 것도, 우리를 여기에 가둔 것도.

"이제 끝났나……."

"단언은 할 수 없죠. 다른 범인이 없다고 결론을 내리기는 아직 일러요. 그렇지, 지금 이 소동은 전부 당신과 크리스가 꾸민 연극인데, 당신이 크리스를 처리하려고 막판에 배신했을 가능성도 없지는 않습니다."

"이, 이봐."

"농담이에요."

에드워드는 웃음 한번 짓지 않았다. "그게 전부 연기라면 당신은 남우 주연상감이겠죠. 네 명밖에 없는 상황에서 범인 두 명이 그런 연극을 벌이는 것도 부자연스럽고요."

"정말로……? 이제…… 괜찮아……?"

충격과 공포가 잦아들기 시작했는지 린다가 멍하게 중얼거렸다.

"예."

어린아이를 달래듯이 에드워드는 린다 앞에 쪼그려 앉았다.

"이제 구조대가 오기만 기다리면 돼요. 기운 좀 차리게 안심하고 주무세요."

"응……."

유아로 퇴행한 것 같은 말투와 태도를 보이며 린다가 에드워드의 소맷자락을 잡았다. 에드워드는 이번에야말로 린다를 일으켜 세워 함께 식당을 나섰다.

잠시 후 에드워드가 혼자 돌아왔다.

"재웠어요. 나중에 가서 상태를 한번 확인해주세요. 난방은 넣었으니 당장 얼어 죽을 걱정은 없겠지만요."

"알았어."

"그리고…… 어떻게 할까요?"

에드워드가 크리스의 시체에 시선을 던졌다. 윌리엄은 심장이 꽉 움켜쥔 것처럼 쪼그라들었다.

"피가 굳은 뒤에 하자. 이렇게 추워서는 물로 바닥을 닦기도 힘들 거야."

온도가 낮으면 혈액에 포함된 효소의 활성도가 떨어져서 잘 응고되지 않는다는 이야기를 어디서 들었다. 적어도 아침까지는 내버려둬야 할지도 모른다.

십여 년을 동료로 지내온 사람을 자기 손으로 쏘아 죽였다는 죄업은 설령 정당방위였다 해도 결코 사라지지 않는다. 그 사실에 정면으로 맞설 기력과 체력이 지금 윌리엄에게는 없었다. 윌리엄의 심정을 이해했는지 에드워드는 "알겠어요"라고 대답할 뿐이었다.

침묵이 흘렀다.

손목시계의 시곗바늘이 심야를 가리켰다. 울부짖는 눈보라
는 그칠 낌새가 없었다. 피로가 온몸을 짓눌렀다. 전부 내팽개
치고 자고 싶었지만 의자에서 일어날 기력조차 솟지 않았다.

"어째서······."

방금 전과 비슷한 말이 입에서 새어 나왔다. "왜 크리스
가······."

"저는 모르겠네요. 오히려 당신이 더 잘 아시지 않나요. 리
베카 일도 포함해서."

평소와 다름없이 억양 없는 말투였다. 에드워드의 목소리
에서는 어느덧 윌리엄을 비난하는 느낌마저 사라졌다.

"그렇겠지."

범인이 숨을 거두어 직면했던 위험이 해소된 지금, 자신들
의 과거를 굳이 털어놓아봤자 아무 의미도 없다. 하지만 크리
스를 죽인 총알은 아무래도 윌리엄의 내면에 잠들어 있던 죄
업의 봉인도 동시에 부순 것 같았다. 윌리엄은 기력을 쥐어짜
내 일어섰다.

"장소를 바꾸지······. 여기는 추워."

*

"우리가 파이퍼 교수님의 연구실에 소속되어 있던 시절의 이야기야."

3호실로 돌아와 의자에 앉자 윌리엄은 이야기를 시작했다.

"당시 파이퍼 교수님은 비동력식 양력 발생형 항공기, 이른 바 글라이더와 기구, 비행선 등 엔진의 힘에 의존하지 않고도 부력을 발생시키는 유형의 비행체를 연구 개발하는 데 힘을 쏟았어.

하지만 '연약한 짝퉁 비행기'는 당시 항공공학의 주류가 아 니었던 터라, 교수님의 연구실에 흔쾌히 들어오는 사람은 사 이먼 같은 진짜배기 비행선 애호가 정도였어."

윌리엄은 연구실 후배의 이름을 꺼냈다. 사이먼. 녀석은 지 금 어디서 뭘 하고 있을까.

"다른 사람은 달랐다는 말씀이신가요?"

"크리스와 린다는 학문을 좋아한다기보다 사회에 나가기 싫어하는 유형이었거든. 오래 놀 수 있을 것 같은 곳을 골랐 다는 이야기를 나중에 들었어.

네빌과 나는 1지망으로 노렸던 연구실에 들어가지 못한 유 형이야. 네빌은 그래도 그런 녀석이었으니 불평도 없이 연구를 해나갔지만, 나는 괴로울 따름이었지.

그러던 어느 날 그녀가, 리베카가 연구실에 나타났어."

그녀와 처음 만난 순간은 지금도 선명하게 기억난다. 동그란 안경, 양 갈래로 땋은 머리, 지성과 다정함을 겸비한 미소. 이제는 전부 머나먼 추억의 저편에 존재한다.

"리베카라는 사람은 파이퍼 교수님 연구실 멤버가 아니었나요?"

"완전히 달랐어. 우리는 공학부 항공공학과에서 비행선을 만들었고, 리베카는 이학부 화학과에서 질화탄소를 이용해 강화 플라스틱을 합성했지. A주립 대학교 이공학부라는 공통점은 있었지만, 전공의 방향성은 백팔십도까지는 아니더라도 구십 도로 입체교차할 만큼은 달랐어."

에드워드의 두 눈이 살짝 커졌다.

"질화탄소를 이용한 강화 플라스틱……?"

"네 짐작이 맞아. 사실 진공 기낭은 파이퍼 교수님 연구실에서 단독으로 탄생시킨 게 아니야. 리베카와 공동 연구로 만들어냈지."

말이 술술 나와서 윌리엄은 스스로도 놀라움을 감출 수 없었다.

그만큼 꽁꽁 감추어온 진실을 이렇게나 순순히 털어놓았

다는 것에. 이 마당에 이르러서도 고백에 망설임 없이 약간의 허구를 섞었다는 것에.

공동 연구라. 자기 입으로 말해놓고도 어이가 없었다. 진공 기낭 소재를 합성하는 방법도, 그걸로 비행선의 기낭을 대신 하는 아이디어도, 소재를 기낭 형태로 만들어내는 방법도, 전부 리베카가 내놓은 방안이었다. 우리는 그걸 확인하여 세세하게 개량한 데 지나지 않는다.

"리베카는 사이먼과 같은 고등학교 출신이야. 그 인연으로 사이먼이 리베카를 데려온 거지. 공동 연구라고는 해도, 난 한 달에 몇 번 정례 모임에서 얼굴을 마주칠 뿐이었지만…… 리베카의 됨됨이 덕분에 서로 친해지는 데 시간이 많이 걸리지는 않았어."

"사적으로도 깊이 사귀었다는 뜻인가요?"

"그런 사이는 아니었어. 적어도 나는…… 뭐, 연구실 친목 캠프에 리베카를 초대한 적도 있지만, 기껏해야 그 정도지. 내가 알기로 리베카가 파이퍼 교수님 연구실 사람과 교제한 적은 없어. 하지만……."

"'리베카를 몰래 사랑한 사람은 있었을지도 모른다' 그건가 요?"

"지금 돌이켜보면 말이지. 설마 크리스가 그런 줄은 몰랐지만."

"당신은 어땠나요?"

"응?"

"당신은 리베카를 사랑했나요?"

에드워드가 뚫어질 듯 응시했다. 마음속 깊은 곳에 가두어 두었던 감정이 욱신거리는 통증과 함께 스며 나왔다.

"그런 건 대놓고 묻는 게 아니야."

윌리엄은 시선을 피하면서 그렇게 대꾸하는 데 그쳤다.

"아무튼 우리와 리베카는 연구를 통해 계속 교류했어. 진공 기낭도 드디어 완성될 전망이 보였지. 그런데 그때 리베카가 스스로 목숨을 끊었어."

예상치 못한 말이었는지 에드워드가 숨을 삼키는 소리가 들렸다.

"자살?"

"너도 알지, 우리 공장. 거기서 그랬어."

학창 시절부터 최근까지 대형 소체의 시작품을 만드는 데 사용한 그곳을 윌리엄은 머릿속에 떠올렸다.

"연락을 받고 달려가자 교수님을 제외한 다른 네 명은 이미 모여 있더군. 리베카는…… 청산가스가 담긴 통 옆에서 커다란 비닐봉지를 머리에 뒤집어쓰고 통에 연결한 튜브를 입에 문 모습으로 숨겨 있었어."

그 순간의 광경이 선명하게 되살아나 윌리엄은 무심코 가슴을 손으로 눌렀다.

"왜요?"

"진짜로 무슨 일이 있었는지는 몰라……. 무슨 말을 하든 다 억측일 뿐이지. 리베카가 '자살'했다는 것도 아마도 그랬으리라는 추측에 지나지 않아.

발견됐을 때 리베카의 머리카락과 옷은 부자연스럽게 흐트러져 있었어. 마치 누가 덮친 듯한 모습이었지."

감정을 별로 드러내지 않는 에드워드도 이때만은 얼굴을 굳혔다.

"성폭행……?"

"적어도 눈에 보이는 범위에 큰 외상은 없었어."

스스로 생각하기에도 감정이 빠져나간 듯한 목소리였다.

"그러니까 리베카가 제 손으로 튜브를 물고 밸브를 열었으리라는 건 정황에서 비롯된 추측이야. 그때 우리에게는 리베카의 사인을 알아내는 것보다 더 긴박한 문제가 있었어. 그 공장을 아는 사람은 예나 지금이나 우리뿐이야. 거기서 리베카가 발견되면 경찰은 틀림없이 우리에게 의혹을 품겠지. 그래서 우리는 시체를 다른 곳으로 옮겼어."

"다른 곳?"

"학교 실험실로. 리베카가 소속된 이학부 화학과 실험실로 몰래 옮기고 실험을 하다가 목숨을 잃은 것처럼 위장했지."

에드워드는 굳은 표정으로 아무 말도 하지 않았다.

"실제로 행동에 나선 건 네빌과 크리스야. 네빌은 우리에게 절대로 이번 일을 발설하지 말라고 명령한 후, 리베카의 시신을 자동차 트렁크에 넣고 크리스와 함께 떠났어. 두 사람이 뭘 했는지 우리는 다음날 뉴스를 보고 알았지."

통행증만 붙여놓으면 학교 정문은 자동차로 간단히 통과할 수 있다. 그때는 저녁 무렵이라 화학과 건물에는 학생이 별로 없었던 모양이다. 네빌과 크리스는 아무에게도 들키지 않고, 필시 뒷문으로 리베카를 옮겨서 위장을 실시했으리라. 실험실 열쇠는 리베카가 소속된 연구실에서 빼 왔겠지. 연구실 열쇠는 리베카가 가지고 있었을 것이다.

위장이 참으로 교묘했든지 아니면 운이 아주 좋았든지, 리베카의 죽음은 사고로 처리됐다. 사이먼은 경찰에게 조사를 받은 듯하지만, 크게 의심받지는 않았다.

"그후는 네가 상상하는 대로야. 우리는 리베카가 남긴 기술 자료와 샘플을 토대로 진공 기낭을 완성시켰어. ……리베카가 없는 탓에 연구 속도가 쭉 떨어져서 이 년이나 지나서야 결실을 맺었지만."

촉매는 비교적 간단하게 입수할 수 있어서 다행이었지만, 소체를 합성하고 소체로 기낭을 만드는 과정에서 윌리엄은 두 손 두 발 다 들었다. 아이디어는 리베카에게 들었지만, 재료 합성에 무지한 우리가 리베카의 아이디어를 이해하기란 점토판에 적힌 고대 문자를 해독하기보다 더 어려웠다.

결국 네빌과 사이먼이 '해독' 작업을 맡아 악전고투한 끝에 간신히 과정을 확립할 수 있었다. 진공 기낭 시험 제작은 크리스가, 비행정 전체의 설계는 윌리엄이 맡았다. 린다는 리베카가 죽은 뒤로 도피하듯 농땡이만 부렸지만, 그래도 바쁠 때는 모두를 거들어주었다.

"이것도 기술 자료 중 하나였나요?"

에드워드는 아까 식당에서 들이민 노트 복사본을 다시 펼쳐놓았다.

"아니."

윌리엄은 고개를 저었다. "네빌과 크리스가 찾아봤지만 새로 구입한 노트 한 권뿐, 합성 조건이 상세하게 적힌 예전 노트는 어디에도 없었다나 봐. 시신을 옮겨서 위장하기 전에, 리베카가 가지고 있던 열쇠로 집에도 들어갔었는데 그럴싸한 노트는 발견하지 못했다고 했어."

아마 리베카가 스스로 목숨을 끊기 전에 신변을 정리할 생각으로 노트를 처분했으리라. 설령 연인이나 가족에게 주었더라도 아마추어가 내용을 이해할 리 없다. 그런 낙관이라는 이름의 소망을 우리는 내내 품어왔다. 지금 생각하면 이때 이미 노트는 크리스의 손에 넘어갔는지도 모른다.

"파이퍼 교수님은 뭘 하셨나요?"

"아무것도 안 했어. 학생에게 지원금도 제대로 주지 않고 성과만 가로채는 인간이었지. 뭐, 빈둥거려도 잔소리는 별로 하지 않았다니까 린다 같은 학생에게는 고마운 존재였을지도 모르지만."

"리베카 일에 대해 교수님은 뭐라고?"

"네빌한테 듣기는 했을 거야. 하지만 교수님은 결국 자기 업적에서 리베카의 이름을 말소하는 길을 택했어. 자기 잇속을 차리는 데는 도가 튼 사람이었거든."

거짓말이다.

리베카의 이름을 지워버리는 길을 선택한 건 결코 교수의 독단이 아니다. 진공 기낭의 진짜 발명자를 밝히면 리베카의 죽음은 세상 사람들에게 주목받게 된다. 그러면 겨우 사고로 마무리된 일을 경찰이 다시 파헤칠지도 모른다. 우리는 제 한 몸을 지키기 위해 기꺼이 교수의 신탁을 받아들였다.

에드워드는 아무 말도 없이 그저 윌리엄을 바라보았다. 그 두 눈에 깃든 것이 경멸인지, 연민인지, 의혹인지, 그 밖의 다른 감정인지 윌리엄은 판단이 되지 않았다.

이윽고 에드워드의 입술이 움직였다.

"누가 리베카에게 몹쓸 짓을 했는지 아세요?"

"……아니."

내장을 도려내는 듯한 느낌을 참으며 윌리엄은 말을 내뱉었다.

"우리 사이에서…… 그 일을 입에 담는 건 금기였어. 리베카를 지워버린 시점에서…… 아니, 리베카의 죽음을 위장하는 걸 묵인한 시점에서 우리는 공범자나 마찬가지였으니까.

애당초 리베카가 정말로 공장에서 우리 중 한 명에게 몹쓸 짓을 당했다는 확실한 증거가 있었던 건 아니야. 우리는 리베카를 옮겼을 뿐, 죽음은 리베카 본인이 선택했다, 그렇게 변명하며 우리가 지은 죄를 외면해왔어. 그러지 못했던 사람은 아마도 크리스뿐이었던 거겠지."

거짓말이다.

외면해왔다? 무슨 뻔뻔한 소리를. 넌 거짓말을 하고 있어. 이 마당에 와서도 죄에서 달아나려는 거냐.

에드워드의 눈빛은 변함없었다. 시선의 무게를 견디다 못해 윌리엄은 눈을 돌렸다. 붙박이창 밖에서 바람이 원한이라도 품은 것처럼 악을 썼다.

"그런가요."

시간이 얼마나 흘렀을까. 윌리엄은 단 한마디를 중얼거렸다. 비난도 힐책도 아닌, 기묘한 무게감을 띤 말이었다.

"탓하지 않는 거야? 나를…… 우리를…….'"

"당신들을 책망한다고 상황이 좋아지는 건 아니니까요. 아니, 오히려 생각이 바뀌었습니다. 구조만 기다리면 되겠다고 낙관했는데, 생각보다 사태가 심각한지도 모르겠어요."

뭐?

"빠르면 모레에는 스폰서, 그러니까 공군이 구조하러 온다고 했어요. 하지만 생각해보세요. 군과 연락을 맡은 건 누구죠?"

—크리스, 스폰서에는 연락했나?

충격이 윌리엄의 머리를 꿰뚫었다. 설마…….

"당신 말대로 크리스가 리베카의 복수를 하기 위해 흉행을 저질렀다면, 복수를 마친 후 크리스는 어쩔 생각이었을까요? 혼자 살아남아 군의 구조를 기다린다, 과연 그럴까요? 도중에 방해를 받을지도 모르는데, 범인이 굳이 군에 연락을 취하는 어리석은 짓을 할까요?"

크리스는 군에 연락하지 않았다.

우리가 어떤 위기에 처했는지 군은 전혀 모른다는 건가.

"아니…… 아니, 잠깐만. 설령 그렇더라도 군에는 항행 시험 계획서를 제출했어. UFA도 항행 시험 일정을 알고. 우리가 돌아가지 않으면 늦어도 며칠 안에는 구조가……."

"그 시험 계획서와 우리가 받은 계획서가 동일하다는 증거가 있나요?"

윌리엄은 할말을 잃었다.

발밑이 무너져 나락으로 떨어지는 듯한 감각이 덮쳐왔다.

"시험 계획서는 네빌과 크리스가 작성했어요. 만약 크리스가 네빌의 눈을 속여 시험 계획서를 수정해 전혀 다른 일정과 장소가 적힌 계획서를 상층부와 군에 제출했다면, 회사와 군이 며칠 안에 여기로 구조대를 보낼 가능성은 극히 낮을 거예요."

"에드워드!"

엉겁결에 벌떡 일어섰다. "느긋하게 기다릴 때가 아니야. 군이든 어디든 지금 당장 무전으로 연락을……."

"안 되던데요."

에드워드는 고개를 저으며 소형 무전기를 윌리엄에게 내밀었다. "우리한테 지급된 무전기는 특정한 주파수에서만 송수신이 가능한 모양이에요. 혼자 있을 때 계속 켜놨었는데, 외부에서는 통신이 전혀 들어오지 않더군요."

윌리엄은 자기 무전기를 꺼냈다. 전원을 켜고 가운데 달린 손잡이를 좌우로 돌렸다. 귀에 거슬리는 소음만 들렸다. 아무리 손잡이를 돌려도 사람 목소리는 들리지 않았다.

온몸이 얼어붙었다.

항행 시험중에 심심풀이 삼아 라디오라도 들으려고 주파수 설정을 바꿔본 적이 있다. 아무 소리도 들리지 않았지만, 그때는 그저 군용이라 민간방송 주파수가 잡히지 않도록 되어 있는 줄 알았다.

하지만 원래부터 그런 것이 아니라 하드웨어를 개조한 결과라면. 외부와 통신하지 못하도록 송수신이 가능한 대역을 군용 회선마저 피해서 설정해두었다면.

네빌의 설명에 따르면 무전기로 통신이 가능한 범위는 백 킬로미터. H산맥 주변에는 마을이 별로 없다. 민간에 개방된 주파수 대역에서 크게 벗어난 대역에 굳이 무선을 맞출 사람이 과연 얼마나 있을까.

구조대는 오지 않는다. 이쪽에서 구조를 요청할 수도 없다. 남은 희망은 누가 지나가다가 발견해주길 바라는 것뿐이다. 하지만 날씨가 좋지 않은 겨울 설산, 그것도 이렇게 깊숙한 곳에 등산객이 올 리 없다. 다른 젤리피시가 위험을 무릅쓰고 바람이 거센 하늘을 날아올 리도 없다.

다른 항공기가 날아오기를 기다려야 하나. 그러나 여객기의 항로는 고도 일만 이천 미터, 저 높은 구름 위쪽이다. 설령 날씨가 맑더라도 사방 사십 미터 크기의 젤리피시는 콩알만하게 보일 것이다. 애당초 여기가 항공기 항로에 포함되는지도 알 수 없다.

"크리스의 무전기를 시험해보죠."

윌리엄의 불안감을 읽은 듯 에드워드가 딱딱한 목소리로 말했다. "크리스가 무전기를 개조했다면 만일에 대비해 자기 무전기에는 손을 대지 않았을 가능성도 있어요. 그걸로 공군과 연락이 된다면."

\*

하지만 에드워드의 희망에 찬 예상은 덧없이 무너졌다.

크리스의 상의에 들어 있던 무전기는 산탄총 총알이 박혀 전원조차 켜지지 않았다.

**지상(V)**

1983년 2월 15일 13:30~

"알겠어? 진상이 무엇이든 가능성은 단 두 가지야.

범인은 시험기에서 발견된 여섯 명 중에 있다.

범인은 시험기에서 발견된 여섯 명 중에 없다."

회의실 칠판 앞에서 마리아는 빨간 머리를 뒤로 휙 넘겼다.

청중은 적다. 렌을 포함해 세 명. 각자의 책상에는 수사 자료가 몇 다발씩 놓여 있다. 다른 수사원들은 파이퍼 교수 팀의 자택을 수색하고, 항행 시험 경로 주변에서 목격 정보를 수집하기 위해 현장에 나갔다.

"보기가 두 가지니까 일단 뭐가 올바른지 따져봐야 해. 의견 있는 사람?"

마리아답게 논점이 단순 명쾌하다. 렌은 진심으로 감탄하며 입을 열었다.

"의견이고 뭐고 모두 타살이라는 부검 결과가 나온 이상, 전자일 가능성은 없을 텐데요."

"그 결과가 맞는지 틀린지 다시 검토해보자는 거야. 밥, 미안하지만 부검 결과를 한 번 더 설명해줄래요?"

"그야 얼마든지."

밥 제럴드 검시관이 일어섰다. "필립 파이퍼 교수는 위에서 시안화나트륨이 검출됐어. 그 밖에 눈에 띄는 외상은 없어. 청산에 중독되어 죽었다고 봐도 되겠지."

"독만 먹었다면 꼭 타살이라고 할 수는 없잖아요?"

"성미도 급해라. 문제는 시체의 자세야. 온몸이 새카맣게 탔지만 두 다리는 가지런하게 쭉 뻗었고, 두 손도 배 위에서 깍지를 낀 상태였어. 혼자 죽었다면 자세가 이렇게 바를 리 없지. 단말마의 고통이 어느 정도라도 드러날 거야."

교수가 죽은 후 시신을 정돈한 사람, 생존자가 있었다는 뜻이다.

"엄밀하게 말하자면 제자를 남겨두고 냉큼 자살했을 가능성도 없지는 않지만, 정황상 그렇게 보기는 힘들겠지. 누가 독을 먹였다고 보는 편이 자연스러워. 다음으로 네빌 크로퍼드.

이 사람도 위에서 독이 검출됐어. 이쪽은 아비산이야. 외상은 없음. 파이퍼 교수와 거의 똑같아."

"타살이라 판단하신 근거도 교수와 똑같습니까?"

"응, 이쪽도 바른 자세로 누워 있었어. 다른 사람들이 그렇게 눕혔겠지.

세 번째, 이건 여자 시체야. 신원은 확인중이지만 교수 팀에 여자는 린다 해밀턴 하나뿐이야. 키도 일치해. 거의 확정이지. 이쪽은 등을 칼로 한 번 푹. 심장을 제대로 찔렀어. 분명 즉사였겠지. 위치와 방향으로 판단컨대 스스로 그런 건 아니야.

그리고 지금부터 언급하는 희생자들은 신원이 아직 판명되지 않았는데. 네 번째, 이 사람은 정면에서 산탄총을 맞았지. 탄알이 상반신을 벌집으로 만들었어."

"이 사람이야말로 자살 아니에요?"

"총을 쏜 위치가 문제야. 탄알이 퍼진 범위로 보아 이 미터는 떨어진 위치에서 쐈어. 아무리 팔을 뻗어도 스스로 방아쇠를 당길 수 있는 거리는 아니지. 다섯 번째는 머리와 팔다리가 절단됐어. 자살은 논외야."

"직접적인 사인은 뭘까요?"

"모르겠어. 독극물도, 눈에 띄는 외상도 찾지 못했거든. 뭐, 아마도 교살이겠지.

마지막 여섯 번째. 뒤통수를 때린 흔적이 선명하게 남아 있었어. 대여섯 방은 때렸지. 뼈가 심하게 함몰됐더군."

"스스로 때리기는…… 무리인가."

마리아가 뒤통수를 쓰다듬으며 말했다. "전원의 사망 추정 시각은?"

"부검 보고서에도 적었지만, 솔직히 말해 정확성이 떨어져. 모두 활활 불탄 뒤에 설산에서 뼛속까지 얼어붙었거든. 그나마 확실한 건 모두 사망한 지 부검 시점에서 적어도 스물네 시간 이상 지났다는 거야."

누가 어떤 순서로 살해당했는지 확정하기는 불가능하다 그건가.

"시체는 곤돌라 어디서 발견됐어?"

마리아가 렌에게 물었다.

"파이퍼 교수와 네빌 크로퍼드는 2호실, 시신 안치소로 쓴 듯합니다. 린다 해밀턴은 주방 입구, 머리가 깨진 시체는 복도, 다른 두 구는 식당이네요."

"누군가 죽기 직전에 범인에게 반격했을 가능성은? 그러면 겉보기에는 모두 타살로 보이겠지. 이야기를 들어보니 시체도 두 사람씩 뭉쳐서 발견된 모양이고."

"반격요? 시신이 정돈되어 있던 두 명, 등을 찔려 즉사한 한

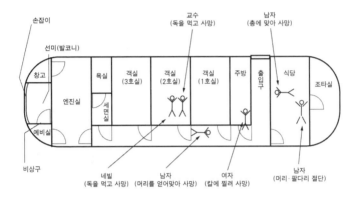

**곤돌라 평면도**

손잡이
선미(발코니)
창고
엔진실
예비실
비상구
욕실
세면실
객실(3호실)
객실(2호실)
교수(독을 먹고 사망)
객실(1호실)
주방
출입구
남자(총에 맞아 사망)
식당
조타실
네빌(독을 먹고 사망)
남자(머리를 얻어맞아 사망)
여자(칼에 찔려 사망)
남자(머리·팔다리 절단)

명, 이 미터 거리에서 총에 맞은 한 명, 머리와 사지가 잘린 한 명, 뼈까지 함몰되도록 뒤통수를 얻어맞은 한 명…… 아무래도 범인에게 반격을 가할 수 있는 상황은 아니었던 것 같습니다만."

렌의 반론에 상사는 인상을 팍 쓰며 머리를 벅벅 긁었다. 범인 자살설도 반격설도 성립하지 않는다. 여섯 명이 죽은 후, 살아남은 누군가가 있었다고 받아들이는 수밖에 없다. 하지만……

"아니, 잠깐만 있어봐."

279

존 닉센 공군 소령이 약간 곤혹스러운 기색으로 손을 들었다. "부검 결과는 그렇다 치지. 하지만 일곱 번째 인물이 시험기에 숨어 있었다는 결론을 당장 수긍하기는 힘들어."

"호오."

밥이 재미있다는 듯이 청년 장교를 보았다. "이유를 한번 들어보실까."

"밀폐된 공간에 머무르는 사람이 여섯 명이나 되는데 일곱 번째 인물이 전혀 들키지 않고 며칠이나 숨어 있기는 불가능에 가깝기 때문이죠. 음식 섭취도 그렇고 지저분한 이야기지만 배설물 처리. 아무리 숙련된 공작원이라도 인간인 이상 이 두 가지를 무시할 수는 없습니다. 아무리 꼼꼼하게 뒤처리를 해도 결국은 흔적이 남는 법이에요. 실외라면 속여넘길 수도 있겠지만 이번에는 실내, 그것도 젤리피시의 곤돌라라는 좁은 공간입니다. 여섯 명이나 되는 사람이 며칠이나 지내면서 한 명도 수상한 낌새를 느끼지 않았을 리 없어요.

무엇보다 곤돌라에 일곱 번째 인물이 있었다면 파이퍼 교수 팀에는 범인이 없다, 바꾸어 말하면 모두가 과거에 리베카 포덤 사망 사건의 공범자였음을 암시합니다. 그 같은 상황에서 동료가 차례차례 살해당하면 남은 사람들이 일곱 번째 인물의 존재를 고려하지 않을 리 만무하죠. 모두 함께 곤돌라를 조사하는 정도의 조치는 취했을 겁니다."

"흠……. 자네는 군인치고는 머리가 제법 잘 돌아가는군. 경찰로 전직하는 건 어떤가? 저기 있는 빨간 머리 대신에."

"그게 무슨 망발이에요, 밥! 그나저나 존, 당신은 왜 여기 있는 건데?"

"날 부른 건 당신이잖아. 마리아 솔즈베리 경감."

윽, 하고 마리아가 얼굴을 찡그렸다.

마리아와 존이 반쯤 암거래처럼 정보를 서로 교환하기로 약속한 지 사흘이 지난 오늘, 전원 타살이라는 보고가 들어오자 사건 수사의 주도권은 완전히 경찰에게 넘어왔다. 마리아는 회수된 기체가 어떤 상황에 있는지 설명을 듣고, 항공기 전문가에게 의견을 청취한다는 명목으로 경찰관이 아닌 존을 대담하게 수사 회의에 끌어들였다.

마리아에게 '수사 정보를 전부 제공한다'는 약속을 받은 공군 소령은 설마 그 대가로 수사 회의에서 머리를 써야 할 줄은 상상도 못 했는지 지금도 곤혹스러운 표정을 완전히 감추지 못했다.

하기야 진짜 수사 회의는 다른 수사원들이 모두 모인 자리에서 따로 진행된다. 지금 네 사람이 모인 자리는 최소한의 인원이 모여 공표할 수 없는 군사기밀까지 언급하는 토론장,

이른바 비밀 수사 회의였다.

물론 서장은 이 일을 모른다. 전부 마리아의 독단이다. 방약무인한 데도 정도가 있다.

"소령 나리, 자네 말에도 일리는 있지만 방금 설명한 대로 부검 결과가 나온 이상, 아무리 불합리할지언정 일곱 번째 인물은 존재했다고 봐야 하지 않겠나? '발견하지 못했을 리가 없다'가 아니라 '어떻게 했는지는 모르지만 발견되지 않고 넘어갔다'는 거지."

"젤리피시의 곤돌라에 비밀 공간은 존재하지 않습니다. 항공기는 수많은 사람들이 몇 번이나 치수를 확인하며 제조해요. 도면에 없는 비밀 공간을 만들 수 있을 리가 없습니다. 파이퍼 교수 팀도 젤리피시의 구조를 숙지하고 있었을걸요. 그들에게 들키지 않고 숨어 지내다니, 아무리 생각해도 그건 힘듭니다.

무엇보다 침입 경로를 설명할 수 없어요. 일곱 번째 인물은 언제 어떻게 곤돌라에 숨어들었을까요?"

"그것 말씀입니다만, 다른 부분은 제쳐놓더라도 침입 경로에 관해서는 가설이 하나 있습니다."

"가설?"

"협박입니다."

존이 눈을 부라리자 렌은 복사본 두 장이 협박에 이용된 것 아니겠냐고 설명했다.

"그 협박이 무슨 의도였는지 어제 시점에서는 몰랐습니다. 하지만 범인이 외부인이라면 이야기는 달라지죠. 범인은 리베카의 노트를 이용해 교수 팀 중 누군가를 협력자로 만든 게 아닐까 합니다."

존이 숨을 삼켰다.

"내부에 협력자가 있다면 체크포인트에서 빈틈을 노려 곤돌라에 들어갈 수 있을 테고, 도움을 받아 곤돌라에 몸을 숨기는 것도 불가능하지는 않습니다."

청년 장교는 팔짱을 끼고 잠시 침묵을 지키다가 "아니" 하고 고개를 저었다.

"그건 부자연스러워, 구조 형사. 그 협력자가 침입자를 가만히 놔둘 것 같나?

침입자에게 협력자는 사냥감 중 하나지만, 협력자에게도 침입자는 자신의 지위와 생명을 지키기 위해 배제해야 하는 사냥감이야. 게다가 항행 시험 경로는 대부분이 하늘이지. 침입자 또한 고립무원의 신세야. 그렇다면 협력자는 어떤 마음을 먹을까? 침입자의 명령에 따르기보다는 우리로 뛰어든 침입자를 제거하려 들겠지. 그렇다면 도리어 대량 살인은 일어날 리가 없어."

"그 점은 인정합니다. 지금 가설은 어디까지나 곤돌라로 침입하기가 물리적으로 불가능하지는 않다는 사실을 알려드리기 위해 말씀드린 겁니다."

밥의 말대로 일곱 번째 인물이 존재한다면 이번에는 비합리적인 측면이 도출된다. 진실이 반드시 합리적이지만은 않을 때도 자주 있다지만 렌은 아무래도 납득이 가지 않았다.

"저기, 하나 물어보자."

웬일로 침묵을 지키던 마리아가 갑자기 입을 열었다. "아까부터 일곱 번째 인물, 일곱 번째 인물 하는데, 그 사람은 구체적으로 누구야? 리베카의 연인? 아니면 공작원?"

나머지 사람들은 얼굴을 마주보았다.

"그야…… 공작원일 가능성도 일단은 염두에 두어야 하지 않겠나? 만약 공작원이 리베카의 노트를 손에 넣었다면 거기 검은 머리 말대로 선내로 숨어드는 것도……."

"아니에요."

마리아는 밥의 대답을 일축했다. "가령 존이 언급한 적국 공작원이 리베카의 노트를 입수했다면, 왜 교수 팀을 죽여야 하죠? 리베카의 노트를 가진 사람에게 파이퍼 교수 팀은 황금알을 낳는 거위라고요. 죽일 이유가 전혀 없어요. 오히려 살려놓고 돈과 정보를 오래오래 쥐어짜는 편이 몇 배나 이득일 텐데요. 애당초 리베카의 노트는 기밀 정보의 보물 창고예요. 젤리피시의 노하우가 필요하면 노트를 읽으면 되잖아요. 교수 팀을 그런 곳에 몰아넣고 죽일 이유는 더더욱 없다고요.

그런데 범인은 교수 팀의 목숨을 빼앗았어요. 게다가 수법도 거의 제각각이니까 한 명씩 죽인 거겠죠. 그것도 고립된 설산에서. ……미쳤어요, 무슨 추리소설도 아니고. 교수 팀에게 어지간히 큰 원한이 없는 한, 이딴 짓은 생각조차 못 할걸요."

나머지 사람들은 다시 얼굴을 마주보았다. 확실히 공작원의 범행치고는 기묘한 점이 너무 많다.

그렇지만…….

"나도 범인이 리베카의 연인, 또는 그에 가까운 사람이라는 설은 꽤나 신빙성이 높다고 봐. 그 관점에서 점찍어둔 용의자는 있나?"

존이 물었다.

"가장 유력한 용의자는 미하엘 던리비 및 미건 교수 연구실에 소속되어 있던 학생들이겠죠. 그들은 사고 현장을 제일 먼저 발견했고, 리베카와 가장 친했습니다. 그리고 파이퍼 교수 팀의 죄를 제일 쉽게 알아차릴 수 있는 입장이었죠. 게다가 그들에게 파이퍼 교수 팀은 리베카뿐만 아니라 미건 교수와 자신들의 연구실을 파멸로 몰아넣은 원수입니다. 그들이라면 리베카의 노트를 파이퍼 교수 팀보다 먼저 손에 넣기도 어렵지 않았을 테고요. 하지만…….”

“뭔가 문제라도?”

“그들에게는 알리바이가 있습니다.

미하엘 던리비는 시험 비행이 시작되고 사고가 났다는 사실이 알려지기까지 A주립 대학교에서 강의를 하며 학생들을 지도하고 있었다는 사실이 확인됐습니다. 던리비 씨에게 명부를 제공받아 확인한 결과, 그를 제외한 연구실 멤버들은 모두 A주를 떠나 국내외에 흩어져 있었고요. 다행스럽게도 전원 어디 사는지 확인했습니다만, 현장과 그들이 사는 곳의 거리를 고려하면 시간적으로 A주 H산맥에서 대량 살인을 저지를 만한 여유가 그들에게 있었을지는 의문입니다.”

“그렇군.”

존은 눈살을 찌푸렸다. “그 밖에 리베카의 교우관계는?”

“P시 경찰서 소속 버로스 형사에 따르면 그 밖에 교내에서 리베카와 친밀하게 지낸 사람은 없었던 것 같습니다. 학교 밖에서 친분이 있었던 사람은 고등학교 동급생이나 아르바이트 동료 정도였는데, 그나마도 사적으로 친밀한 관계는 아니었던 것 같다고 하더군요.”

가령 그들 중 누군가가 리베카의 노트를 손에 넣어 리베카의 연구 내용과 파이퍼 교수의 진공 기낭을 결부시킨다 해도 과연 교수 팀을 살육할 만큼 강한 살의를 품을까.

"그렇다면 남은 건 리베카의 가족인가?"

"할아버지는 리베카가 대학에 입학하기 전에 돌아가셨습니다. 부모님도 네빌 크로퍼드의 실험 노트에 적힌 대로 지금으로부터 육 년 전에 세상을 떠나셨고요. 형제자매도, 가깝게 지내는 친척도 없습니다."

"요컨대 이렇다 할 용의자는 없다는 말이잖아."

마리아가 끼어들었다.

생각하면 할수록 '일곱 번째 인물'에 합당한 사람이 줄어든다. 게다가…….

"도대체 '일곱 번째 인물'은 교수 팀을 죽인 후 어디로 사라진 거야? 자력으로 산을 내려갔다? 눈 천지에 절벽으로 둘러싸인 거기서? 자살을 하려거든 곱게 해야지."

여기에 있는 사람들은 시험기가 떨어진 현장을 직접 보았다. 등산길조차 없는 깊은 설산 속. 함지를 둘러싼 절벽. 주도면밀하게 준비한 숙련된 등산가도 거기서 산기슭까지 내려가기는 결코 쉽지 않다. 설령 내려가더라도 하루나 이틀 만에는 불가능할 것이다. 범인은 그동안의 알리바이를 어떻게 확보할 생각이었을까.

"아니, 잠깐만. 이번에는 일곱 번째 인물은 없다는 결론이
되잖나."

밥이 툴툴거렸다.

실은 그것이 가장 모순이 적은 설이다. 부검 결과라는 거대
한 모순을 제외하면.

"지금까지 나온 논점을 정리해보죠."

렌은 칠판에 적었다.


• 가설 1: 살인자는 여섯 명 중에 있다.

〔의문점〕 부검 결과와의 모순(전원이 타살)

• 가설 2-1: 살인자는 여섯 명 중에 없다―공작원

〔의문점〕 침입 경로, 범행 후의 행방(자력으로 하산? → 위험
이 너무 크다)

• 가설 2-2: 살인자는 여섯 명 중에 없다―복수자

〔의문점〕 침입 경로, 범행 후의 행방, 용의자(유력한 용의자 없
음)


"어디 보자⋯⋯."

수학 시험문제라도 풀 듯이 마리아가 칠판을 노려보았다.

"요컨대 여섯 명 중 한 명이 실은 타살이 아니었다거나 일곱 번째 인물이 어찌어찌 시험기에 숨어들었다가 어딘가로 사라졌다는 사실을 알아내면 동기는 제쳐놓더라도 물리적인 설명은 가능하다는 뜻?"

"그런 셈이죠. 일단 전자를 살펴보면 독살당한 두 명과 토막이 난 한 명은 분명 사후에 손을 댔습니다. 사인에 관계없이 그들은 제외해야겠죠. 나머지 세 명은 각각 칼, 총, 둔기에 맞아 사망했는데요. 밤, 사인이 그렇게 나오도록 타살로 위장해 자살하기는 정말로 불가능할까요?"

"무리야……. 하나 상황이 이러니만큼 한번 고민해봐야겠군. 시신을 다시 확인할게."

렌은 부탁한다며 머리를 숙인 후 말을 이었다.

"따라서 전자는 전문가의 견해를 기다리기로 하고 여기서는 후자, 일곱 번째 인물의 침입 경로와 범행 후의 행방을 살펴보겠습니다."

"일곱 번째 인물이 물리적으로 결코 존재할 수 없는 것은 아니다, 다만 침입 경로와 범행 후의 행방에 불합리한 점이 많다…… 그건가."

존은 칠판을 응시했다. "뒤집어 말해 불합리한 점이 설명되면 문제는 해결되는 셈인데."

"어떻게 시험기에 숨어들어 어디로 사라졌을까. 어떻게……."

마리아가 중얼중얼하며 파이프의자에 등을 기댔다. 블라우스가 잡아당겨져 모양 좋게 부풀어 오른 가슴이 도드라졌다. 존이 헛기침을 하며 눈을 돌렸다.

창밖, 푸른 하늘 저편으로 하얀 점이 하늘하늘 흘러갔다. 젤리피시다. 지금도 U국 전역의 뉴스 방송에서 파이퍼 교수 팀의 추락 사고를 크게 다루고 있지만, 하늘 저편의 해파리는 하계의 소란에는 아랑곳없이 그저 조용히 바람 속을 헤엄쳤다.

마리아도 젤리피시가 있다는 걸 알았는지 멍하니 창밖을 바라보다가 투명인간이 박치기라도 한 것처럼 갑자기 상반신을 일으켰다. "젤리피시……." 얼떨떨한 목소리가 입을 타고 나왔다.

"그래, 젤리피시야. 나 돌머리인가? 왜 몰랐지?"

"마리아, 왜 그러세요?"

"범인도 젤리피시를 사용한 거야. 교수 팀의 시험기와는 별개로! 등산로도 없는 깊은 설산에서 교수 팀이 살해당했다고 듣고 우리는 범인도 교수 팀과 함께 시험기에 탔을 거라고 믿었어. 하지만 잘 생각해봐, 범인이 처음부터 교수 팀과 함께 가야 할 이유가 어디 있어? 다른 젤리피시를 타고 교수 팀이

290

불시착한 곳으로 가면 되잖아."

흥분을 억누르지 못하고 떠들어대는 마리아에게 렌과 밥, 존은 잠깐의 침묵으로 응답했다.

"솔즈베리 경감, 범인이 교수 팀의 시험기를 다른 젤리피시로 따라갔다는 건가? 그건 이상한데. 젤리피시 두 척이 줄지어 날아가면 목격자에게 기억될 우려가 높아져. 교수 팀에게 들킬 수도 있고."

"따라갈 필요 없어. 교수 팀은 왜 거기에 불시착했지? 자동 항행 시스템이 수정된 탓이잖아. 교수 팀을 그 함지에 처박은 건 범인이야. 그럼 굳이 뒤쫓지 않아도 돼. 콕 찍어 현장으로 직행하면 그만이라고. 게다가 이 방법이라면 범인이 어떻게 설원에서 빠져나갔는지도 간단히 설명할 수 있어. 젤리피시를 다시 타고 가면 돼. 일석이조잖아!"

마리아는 얼굴 가득 웃음을 지었다가 세 사람의 반응을 보고는 표정을 흐렸다.

"뭔데. 불만이라도 있어?"

"마리아, 그 추측에 무슨 모순이 있는지 모르시겠습니까? 당신 생각이 옳다면 범인은 자동 항행 시스템을 수정하고, 컴퓨터를 초기화할 수 있는 사람입니다. 범인이 기술개발부 사람이라는 뜻이나 마찬가지예요. 다른 젤리피시를 사용할 여지가 어디에 있습니까?"

"솔즈베리 경감, 당신 상상력이 풍부하다는 건 인정하지만 사고에 좀더 깊이를 갖추는 편이 낫지 않을까. 요전에도 말했잖아. 교수 팀이 소식을 끊기 전후로 며칠이나 H산맥 주변은 날씨가 안 좋았다고. 범인의 젤리피쉬도 강풍에 시달릴 게 뻔해. 당신 말마따나 범인도 젤리피쉬를 사용했다면, 범인은 범행을 저지르는 사이에 자기 젤리피쉬를 어디에 어떻게 고정시켰을까? 혼자서는 도저히 불가능해. 백번 양보해서 가능했다고 쳐도 작업하는 모습을 교수 팀이 목격하면 어쩌려고?"

"교수 팀 중 한 명을 협박해서 곤돌라에 숨어들더라도, 설원에 있었다면 눈을 잔뜩 맞았겠지. 다른 사람들이 눈 녹은 흔적을 못 알아차릴 리가 있겠나."

"아아, 진짜!"

마리아는 빨간 머리를 마구 헝클어뜨렸다. "셋 다 뭐야! 그나저나 렌, 자동 항행 프로그램을 삭제하기 위해 컴퓨터를 초기화했다고 말한 건 너잖아."

"여섯 명 전원이 타살됐다는 부검 결과가 나오지 않았다면 지금도 그렇게 생각하겠죠. 하지만 상황이 달라졌습니다. 모든 문제점을 처음부터 재검토해야 해요. 정말로 사건과 관계가 있는지 없는지도 포함해서요."

"자동 항행 시스템 말인데, 프로그램을 수정하기가 그렇게 쉽나?"

밥이 물었다.

"기술개발부 집무실에 남아 있던 자료에 따르면 시스템 자체는 내장식이 아니라 기존의 조종간에 자동 동작 유닛과 제어 유닛을 부착하는 외장식이었던 듯합니다. 이미 판매된 기체에 부착하는 걸 염두에 두었겠죠. 테스트용으로 몇 세트가 기술개발부에 납품됐습니다.

그리고 프로그램은 컴퓨터로 만들고 디스크로 제어 유닛에 저장하는 방식이었습니다. 요컨대 컴퓨터와 디스크만 있으면 원리적으로는 누구든지 수정이 가능했던 셈입니다."

이해했는지 못 했는지 밥이 기묘하게 앓는 소리를 냈다.

"의문점이 또 있는데."

존은 서류 중 하나, 교수 팀이 UFA에 제출한 항행 시험 계획서를 넘겼다. "이 내용은 진짜야? 일정도 항로도 우리에게 제출한 것과는 다르잖아."

"그건 저희가 묻고 싶습니다만."

존이 제공한 공군용 실험 계획서를 렌은 다시 읽어보았다.

기간: 1983년 2월 9일~12일

UFA에 제출된 시험 계획서의 날짜는 '6일~9일'. 공군용이 사흘 늦다. 항로도 UFA용은 서해안을 따라가지만, 공군용은 동해안에 인접한 주까지 가기로 되어 있었다.

"다른 수사원들이 계획서에 기재된 체크포인트에 탐문하러 나갔습니다. 머지않아 확인되겠죠. 아마도 UFA용에 들어맞는 증언이 나오지 않을까 싶습니다만."

존은 나지막하게 탄식하더니 "그런데, 왜" 하고 곤혹스러운 표정을 지었다.

공군과 경찰이 시험 일정을 다르게 인식했던 이유는 이로써 판명되었지만, 왜 두 시험 계획서에 차이가 있는지는 여전히 수수께끼였다. 제출한 시기는 공군용이 일주일쯤 빠르다. 갑자기 변경됐더라도 수정본을 제출할 여유는 있었을 것이다.

마리아는 잔뜩 부은 얼굴로 책상에 팔꿈치를 괸 채 시험 계획서를 눈앞에 들고 있다가 불쑥 중얼거렸다.

"야반도주일까……."

"예?"

"스텔스 젤리피시 개발은 결국 실패로 끝났을지도 모른다고 네가 그랬잖아, 렌. 만약 그게 사실이고, 앞으로의 전망도 절망적이었다면…… 모조리 다 버리고 도망치고 싶어져도 이상할 것 없지 않을까 싶어서."

"그래서 공군에 일부러 잘못된 일정과 항로를 전해서 방심시키고, 항행 시험을 빙자해 국외로 도망을 꾀했다고요? 추심꾼에게 변제 날짜를 가짜로 알려주고 행방을 감추는 채무자라도 됩니까? 사람들이 다 당신 같은 건 아닙니다."

"난 태어나서 지금까지 빚을 진 적이 없어!"

"아니. 엉뚱한 발상이지만 결코 말도 안 되는 이야기는 아냐."

뜻밖에도 공군 소령 입에서 나온 것은 반론이 아니었다.

"그 같은 상황에서 R국이 파이퍼 교수 팀과 접촉하여 망명을 권유했다면 교수 팀에게는 놈들의 유혹에 넘어갈 충분한 이유가 있어. 놈들 중 하나를 곤돌라로 불러들여 길안내를 시켰다면, '일곱 번째 인물'의 침입과 잠복에 얽힌 문제는 모두 해결되지. 그리고 뭔가 우발적인 사태가 발생하여 참극이 일어났고, 살아남은 한 명이 정신착란 상태에 빠져 설산으로 사라졌다면…….

그런데 솔즈베리 경감, 우리가 '개발에 성공하지 못하면 죽을 줄 알라'고 교수 팀을 협박했다고 오해하면 곤란해. 오히려 연구 개발에는 실패가 많다는 걸 나도 안다고. 설령 교수 팀의 노력이 결실을 맺지 못했더라도 그들을 책망할 생각은 없었는데."

"당신들 생각이랑 교수 팀이 어떻게 받아들였는지는 별개의 문제야. 생각해봐. 교수 팀은 리베카의 노트로 협박을 당했을 거야. 그렇다면 교수 팀이 느끼는 압박은 상당했을걸."

렌은 빈 술병과 캔이 잔뜩 쌓여 있던 부장실을 떠올렸다. UFA 내외에서 탐문을 실시한바, 파이퍼 교수는 작년 여름 무렵부터 공식 석상에 모습을 드러내지 않았다고 한다. 평소에도 부하가 운전하는 차로 출퇴근하는 것을 제외하면 자택과 직장에 틀어박혀 있는 터라 교수의 일상생활에 관한 증언은 그렇게 많지 않았다. 하지만 그 얼마 안 되는 증언과 통원 이력으로 적어도 작년 말이 되기 전에 교수가 술에 의존하기 시작했다는 사실을 알았다. 협박은 작년부터 시작되었다고 봐도 될 듯했다.

"역시 R국이 노트를 손에 넣었을 가능성이 있다는 건가. 한편으로 교수 팀을 감언이설로 꾀어 자국으로 망명하기를 유도했다."

"잠깐, 잠깐. 내가 다 이해한 건 아니지만……."

밥이 끼어들었다. "피해자들의 사인을 잊었나? 둘은 독살이야. 계획적인 범행이라고. 적어도 돌발적인 사태는 절대로 아니야."

존은 정신이 번쩍 난 것처럼 서류를 확인하더니, 자신의 어리석음을 한탄하듯 이마에 손을 댔다.

존이 추측한 대로 교수 팀이 적국 공작원의 권유에 넘어갔다면, 교수 팀도 공작원도 계획 살인을 시도할 이유는 없었을 것이다.

한 가지 모순이 해소되면 새로운 의문이 태어난다. 영원히 걷히지 않는 짙은 안개 속을 헤매는 듯한 감각이 렌에게 들러붙었다.

"잠깐 휴식하자, 휴식."

아아 짜증나, 하고 마리아는 투덜대며 등받이에 몸을 기댔다. 허리를 앞쪽으로 미끄러뜨리며 다리를 꼬자 스커트가 말려 올라갔다. 존이 헛기침을 하며 얼굴을 마리아 반대편으로 돌렸다.

"왜 그래, 존? 감기? 나한테 옮기지 마."

"솔즈베리 경감, 태도에 신중함을 좀더 갖추는 편이 좋지 않을까."

"엥? 뭐야, 내 가설은 즉흥적인 발상이다 그거야?"

"아니, 그런 뜻이 아니라……."

'방약무인'이라는 말만큼 마리아 솔즈베리라는 인간을 단적으로 표현하는 말은 또 없다. 분별없는 말과 행동뿐만 아니라 본인의 사회적 지위를 전혀 의식하지 않는 복장도 그렇다. 요 며칠 탐문을 다닐 때 진술자와 지나가는 학생들이 마리아의 파멸적인 옷차림—특히 단추를 끄른 블라우스 가슴께—을 뭐라고도 형용하기 힘든 표정으로 힐끔거렸는데도, 이 빨간 머리 상사는 눈치채는 낌새가 전혀 없었다. 참 손이 많이 가는 사람이다.

지금까지 논의한 내용을 토대로 앞으로의 수사 방침—여섯 명의 사인을 재확인, 모든 민간용 젤리피시 보유자의 동향조사 등등—을 정했을 즈음에 누가 회의실 문을 두드렸다. 렌이 문을 열자 동료 수사원이 서 있었다.

"여왕님의 시중꾼 노릇은 좀 어때?"

"특별 수당을 받고 싶을 지경입니다. 그런데 무슨 일로……."

수사원은 표정을 다잡고 약간 굳은 목소리로 소식을 전했다. 렌은 감사를 표하고 상사를 돌아보았다.

"마리아, 회의는 중단입니다. 일이 들어왔어요.

파이퍼 교수의 별장이 전소했답니다."

리베카와 하루하루를 보내며 말로는 다 표현할 길 없이 쓰라린 마음이 커져가던 무렵, 양부모님의 결혼기념일이 다가왔다.

뭘 선물해야 좋을까 고민하다 지쳐, 결혼기념일 전날 모형 판매점에서 적당히 물건을 골라 계산대에 있던 리베카에게 포장해달라고 했다.

─여자친구 주려고?

그녀가 궁금하다는 듯이 물었다. 가슴에 희미한 통증을 느끼며 이런 걸 받고 좋아하는 여자가 있느냐고 되묻자 리베카는 이상하다는 듯이 고개를 갸웃했다.

—글쎄, 나는 좋아하는데? 비행선 모형은 세련되고 멋지 잖아.

이건 여자친구를 주려는 게 아니라고 그녀의 착각을 정정 하려는데…….

리베카의 안경테에 걸린 앞머리가.

미끈한 콧날이, 분홍색 입술이, 그녀의 모든 것이 갑자기 평 소보다 눈부시게 보였다.

솟구치는 충동에 떠밀린 것처럼 나는 다른 말을 꺼냈다.

—그럼 이거 줄게.

리베카는 눈을 깜박깜박했다.

—나, 오늘 생일 아닌데?

방금과 다름없는 손놀림으로 다시 포장을 시작했다. 영문 모를 초조함이 몸을 휩쓸었다.

—그럼 생일에는 받아줄래?

리베카는 놀란 듯이 얼굴을 들었다.

긴 시간이 흘렀다. 아마 내 착각이겠지만 그녀의 뺨이 살짝 붉어진 것처럼 보였다.

마침내.

―응, 알았어. 기대할게.

　리베카는 고개를 끄덕이며 부드럽게 미소 지었다. 지금까지 본 것 중에서 제일 빛나는 미소였다.

　우리는 서로 생일을 알려주었다. 리베카가 자신에 대해 사사롭게 뭔가를 알려준 것은 그때가 처음이었다.

　양부모님 결혼기념일과 시기를 같이하여 내 생일이 딱 일주일 앞으로 다가왔다. 내게 줄 선물을 꼭 생각해놓겠다고 리베카는 가장 멋지게 웃는 얼굴로 약속했다.

*

　하지만 그 약속은 지켜지지 않았다.

　일주일 후, 설레는 가슴을 안고 모형 판매점에 갔지만 그녀의 모습은 보이지 않았다.

　그리고 나는 두 번 다시 리베카와 만나지 못했다.

# 젤리피시 (VI)

### 1983년 2월 9일 01:10~

이런 뭣 같은 경우가…….

시트를 머리까지 뒤집어썼지만 윌리엄은 몸이 떨리는 것을 억누를 수 없었다.

새벽 1시가 지났다. 몸과 정신에 쌓인 피로는 한계를 넘었다. 하지만 온몸을 찌르는 냉기, 그리고 무엇보다도 혼란과 불안의 소용돌이가 잠에 빠지는 것을 허락하지 않았다.

교수가 독살당하고, 자동 항행 프로그램이 폭주하고, 설산에 갇히고, 네빌이 독수에 걸리고, 크리스가 우리를 죽이려 들고…… 그리고 크리스를 자신의 손으로 쏘아 죽이고……. 지금은 구조대가 언제 올지도 모르는 상황이다.

자신이 이런 사태에 휘말릴 줄은 고작 하루 전까지만 해도 상상조차 못 했다.

크리스의 무전기가 망가졌음을 확인한 후 윌리엄과 에드워드는 아기처럼 색색 잠든 린다를 침대에 남겨두고 둘이서 크리스의 짐을 뒤졌다. 자동 항행 프로그램을 수정했다면 원래대로 되돌리기 위한 디스크도 준비했을지 모른다. 거기에 일말의 희망을 걸었다.

하지만 크리스의 짐에 그럴싸한 물건은 전혀 없었다.

"기다리는 수밖에 없겠네요."

에드워드가 목소리를 쥐어짜냈다. "회사와 군에 제출한 시험 계획서를 크리스가 고치지 않았을 수도 있어요. 멤버 중 누군가가 가족과 친척에게 항행 시험 일정을 알렸을지도 모르고요. 구조대가 올 가능성은 아직 남았습니다. 그러니까 이 일은 린다에게는 비밀로."

객실을 뒤덮은 어둠을 침구 사이로 멍하니 바라보았다.

구조대가 정말로 올까. 하루 후, 이틀 후…… 아니면 일주일 후, 이주일 후. 그때까지 식량과 연료가 버텨줄까. 우리는 정말로 살 수 있을까. 살아난다 치면 그다음은 어떻게 될까. 과거에 지은 죄를 털어놓은 지금, 내게 정말로 미래는 있을까.

에드워드가 보여준 리베카의 노트 복사본. 그런 게 있는 줄 윌리엄은 그 순간까지 전혀 몰랐다. 그 직후에 크리스가 난동을 부리고 그를 쏘아 죽인 충격으로 지금까지 냉정하게 생각할 여유도 없었지만.

크리스가 뭣 때문에 복사본을 준비했는지는 이제 아무래도 상관없다. 분명 복수의 일환이겠지. 파이퍼 교수가 술에 빠진 것도 공포에서 달아나기 위해서였다고 생각하면 납득이 간다. 하지만 문제는 그게 아니다.

복사본의 원본은, 리베카의 노트는 지금 어디에 있을까? 아까 크리스의 짐을 뒤졌을 때는 아무것도 찾지 못했다. 즉 리베카의 노트는 지금도 크리스의 자택이나 다른 곳에 보관되어 있는 셈이다.

우리가 구조되면 경찰은 살인범인 크리스의 자택도 당연히 수사할 것이다. 리베카의 노트가 경찰의 손에 넘어가면 우리 죄가 백일하에 드러난다.

구조돼도 우리에게 미래는 없다.

어쩌면 좋지…… 어쩌면…….


멍하니 생각에 잠겨 있던 윌리엄의 귀에 문이 삐걱대는 소리가 희미하게 들렸다. 엔진이 가동되는 묵직한 소리가 멀리서 새어 나왔다가 다시 잠잠해졌다.

에드워드인가…….

1호실에는 린다가 잠들어 있다. 같은 방에서 쉬기는 아무래도 그래서 에드워드는 동력과 연료 감시를 겸해 엔진실로 짐을 옮겼다.

발소리가 조용히 윌리엄의 객실을 지나쳐 멀어졌다. 잠자리를 바꾸고 싶었나 보다. 아무리 에드워드라도 엔진 소리가 끊이지 않는 엔진실에서 잠을 청하기는 어려웠던 모양이다.

어디서 자려는 걸까. 조타실? 주방? 설마 식량을 멋대로 먹어치우려는 건 아니겠지.

종잡을 수 없는 생각에 휩싸이며 윌리엄의 의식은 서서히 형태를 잃었다.

*

……소리가 난다.

바람이 부르짖는 소리인가, 흐느낌인가.

아니면 저건…….

*

　　　　　　　　　　　제11장 젤리피시(VI)

춥다.

월리엄이 다시 눈을 떴을 때 방안은 아직 깊은 어둠 속에 있었다. 냉기는 이제 아픔으로 변해 온몸을 괴롭혔다. 무의식적으로 곱은 손을 들어 머리맡의 손목시계를 집었다. 흐릿한 시야 속에서 시곗바늘과 숫자가 희미하게 녹색 인광을 뿜어냈다. 4시 반. 새벽 1시가 지나 침대에 누웠으니 많이 자지는 못했다. 그 잠도 숙면이라고 하기는 힘들었다.

다시 눈을 감았다. 의식은 몽롱했지만 수마가 찾아올 낌새는 없다. 수많은 불안과 공포의 씨앗이 월리엄의 심장을 손안에 넣고 찌부러뜨리려 했다.

그때.

둔탁한 소리가 울려 퍼졌다.

문을 두드리는 듯한 소리가 두세 번, 월리엄의 고막을 살짝 흔들다가 멈췄다.

뭐지?

침대에서 빠져나와 추위에 떨며 문 옆의 전등 스위치에 손을 뻗고서야 월리엄은 이변이 일어났음을 알아차렸다.

안 켜진다.

스위치를 몇 번 껐다 켰지만 전등은 깜박거리지도 않았다. 난방장치도 어느 틈엔가 정지했다.

얼굴에서 핏기가 가셨다.

엔진이 가동되는 한 전기가 끊길 일은 없다. 누전차단기가 내려간 걸까, 아니면 전기 계통에 문제가 생긴 걸까. 아마도 이 사태를 먼저 알아차린 사람이 방금 전에 문을 두드렸으리라. 이층침대 윗단에 걸쳐둔 방한복을 더듬더듬 집어서 입었다.

"어떻게 된 거야, 에드……."

문을 연 윌리엄의 말이 끊겼다.

아무도 없었다.

방금 자신을 깨우려고 했던 사람이 없다. 비상등 불빛이 희미하게 비치는 복도만 윌리엄의 눈에 들어왔다.

잘못 들었나? 문을 두드리는 줄 알았던 소리는 착각이었나. 아니, 지금은 그런 생각을 할 때가 아니다. 전력 공급이 긴급 정지되면 곤돌라 복도와 주방, 식당 등의 공용 공간에 비상등 이 켜지게 되어 있다. 비상등이 켜져 있는 걸 보니 역시 전기 계통에 무슨 문제가 생긴 모양이다.

그대로 엔진실로 향하려는데 으스스한 직감이 윌리엄의 발을 붙들었다.

엔진실 문에서 시선을 돌려 뒤를 돌아보았다.


희미한 비상등 불빛 아래, 두 다리가 복도에 가로놓여 있었다.

짧은 양말을 신은 작은 두 발. 남자 다리와는 달리 가느다
란 다리의 장딴지부터 아랫부분이 세 객실보다 선수 쪽에 가
까운 주방 문에서 복도로 튀어나와 있었다.

망막에 비친 광경이 의미를 이루는 상으로 인식되기까지
십 수 초의 시간이 필요했다.

"린다?"

윌리엄은 떨리는 목소리로 얼빠진 질문을 던졌다. "이
봐⋯⋯. 왜 그래⋯⋯. 괜찮아?"

대답은 없었다.

다리 주인은 일어날 낌새가 없었다. 흔들리는 곤돌라에서
다리 두 개가 희미한 빛을 받고 있는 모습은 마치 저속한 현
대미술 같았다.

린다?

심장이 쿵쿵 뛰었다. 떠밀린 것처럼 달려가서 주방을 들여
다보았다.

금발 여자, 린다가 바닥에 엎어져 있었다. 등에는 칼이 꽂혀
있었다.

"린다?"

설마?

"린다. 야, 린다, 정신 차려!"

뭐지……. 이건 뭐지. 무슨 장난이지?

린다 옆에 쪼그려 앉아 어깨를 잡고 몸을 옆으로 돌렸다. 힘없이 기울어진 머리. 공포와 경악이 뒤섞인 표정이 얼굴에 떠올라 있었다. 핏기는 없다. 맥박도 잡히지 않는다. 온기가 아주 희미하게 남아 있을 뿐이다. 린다는 두 눈을 부릅뜬 채 숨을 거두었다.

뒤로 물러났다. 비명이 입에서 튀어 나왔다.

죽었다, 린다가 죽었다, 살해당했다?

아니야……. 말도 안 돼. 범인인 크리스를 자신이 쏘아 죽였으니…… 적어도 '남에게 살해당할' 위험은 사라졌을 것이다. 그런데 린다가 살해당했다?

누구지, 누가 죽였지?

여섯 명이 항행 시험에 나서서 교수, 네빌, 크리스가 죽고…… 이제 린다가 칼에 맞아 숨졌다. 자신을 제외하면 남은 건 한 명뿐이다.

에드워드가?

범인은 크리스 아니었나. 그럼 총에 맞아 죽기 전에 크리스가 벌인 난동은 뭐였지.

아니, 지금은 그런 생각을 할 때가 아니다. 린다가 살해당한 지금, 곤돌라에 살인자가 있다는 사실은 변함없다.

그리고 지금 자신은 혼자다.

동료도 경찰도 군도 여기에는 없다. 자기 몸은 알아서 지켜야 한다.

어디지, 어디 있지.

시선을 돌렸다. 복도와 연결된 문은 주방을 제외하고 일곱 개다. 객실 세 개, 세면실, 엔진실, 밖과 연결된 출입구, 그리고 식당. 어느 문 안쪽에 살인자, 에드워드가 숨어 있다.

뭐라도 좋으니 지금은 무기가 필요하다. 혐오감을 참으면서 윌리엄은 린다를 다시 뒤집어 등에 꽂힌 칼을 잡아 뽑았다. 바비큐에 꽂힌 꼬챙이를 뽑을 때처럼 부드러운 감각이 전해졌다. 피 냄새가 주변으로 퍼져나갔다.

린다의 피에 젖은 칼을 치켜들었다. 크리스가 마지막까지 움켜쥐고 있던 서바이벌나이프와 모양이 같았다.

어쩌지. 망설인 끝에 윌리엄은 식당으로 향했다.

식당에 크리스의 산탄총과 총알을 그냥 놓아두었다. 방어할 방도를 세우려면 그것부터 확인해야 한다.

윌리엄은 등뒤에 주의를 기울이며 신중하게 걸음을 옮겼다. 곤돌라 출입구가 눈에 들어왔다. 레버는 내려져 있었다.

밖으로 도망치지는 않은 모양이다.

문손잡이를 잡고 식당 문을 천천히 열었다.

희미한 비상등 불빛 아래 그는 조용히 앉아 있었다. 동그란 테이블 안쪽, 이쪽을 등지고 왼팔을 테이블에 얹었다. 어쩐지 삼류 만화의 악역처럼 우스꽝스러운 모습이었다.

안쪽 바닥에 누운 크리스의 시신은 손에 아무것도 쥐지 않았다. 자신이 쥐고 있는 이것은 역시 크리스의 칼인 모양이다.

발에 뭔가가 닿았다. 산탄총이었다. 총알도 주위에 널브러져 있었다. 회수하지 않나? 의문이 머리를 스쳤지만 윌리엄은 재빨리 몸을 구부렸다. 칼을 왼손에 바꿔 들고 산탄총을 발로 밟은 채 오른손으로 총알을 넣었다. 장전을 마치고 칼을 허리춤에 꽂은 후, 산탄총을 겨누면서 윌리엄은 몸을 일으켰다.

"에드워드……. 네가 린다를 죽였나?"

대답은 없었다.

"크리스의 공범이었어? 왜 놈을 배신했지?"

대답은 없었다.

"아니면 전부 네 짓이냐? 교수님과 네빌에게 독을 먹인 것도 너야?"

대답은 없었다.

"대답해, 에드워드! 왜 우리를 죽이려고 했어!"

대답은 없었다. 윌리엄을 완전히 무시하듯이 청년은 등을 돌린 채 움직이지 않았다.

"에드워드! 대답을……."

기묘한 위화감이 윌리엄을 침식해 들어갔다. "……에드워드?"

이상하다, 뭔가 기이하다.

곤혹스러움이 경계심을 웃돌았다. 산탄총을 바닥에 내려놓고 칼을 허리춤에서 뽑아 청년에게 다가갔다. 청년의 목에 가늘고 거무스름한 끈이 감겨 있는 것처럼 보였다.

"이봐, 에드워……."

윌리엄은 왼손으로 청년의 어깨를 잡고 이쪽으로 돌려 앉히고자 힘을 주었다.


청년의 몸이 뿔뿔이 무너져 내렸다.


곤돌라가 흔들리는 가운데 간신히 균형을 유지했던 것이리라. 머리가 떨어지자 끈으로 보인 목 언저리의 선을 경계로 시커먼 절단면이 드러났다. 윌리엄이 끌어당긴 몸뚱어리가 둔중한 소리와 함께 바닥에 쓰러졌다. 테이블에 올려놓은 왼

팔, 그리고 오른팔과 두 다리가 몸뚱어리에 걸쳐진 옷에 질질 끌려가듯 내팽개쳐져 실이 끊어진 꼭두각시 인형의 팔다리처럼 제각각 엉뚱한 방향을 향했다.

바닥을 구르던 머리가 벽에 부딪혀 멈췄다. 빛을 잃은 두 눈이 앞머리 안쪽에서 윌리엄을 바라보았다.

"우와아아아아아아아아아악!"

의자를 떠밀었다. 입을 막을 틈도 없이 바닥에다 웩웩 토했다. 위액을 마지막 한 방울까지 쥐어짜낸 후 윌리엄은 아기처럼 바닥을 기었다. 간신히 식당을 벗어났을 무렵에는 숨도 제대로 가누지 못할 지경이었다.

망할, 이게 뭐야. 에드워드가…… 에드워드까지 살해당했다?

넷이서 곤돌라를 조사했을 때는 아무도 숨어 있지 않았다. 그후 크리스가 난동을 부린 끝에 죽었고, 이어서 린다가 칼에 찔려 죽었고, 에드워드까지 무참하게 썰려 나갔다.

그럼 린다와 에드워드를 죽인 건 누구지.

린다의 등에서 칼을 뽑아낼 때의 감촉. 미끈미끈한 목의 절단면. 자살도 죽은 척도 아니다. 아무리 생각해도 둘 다 타살이다.

린다와 에드워드의 목숨을 빼앗은 자가 어딘가에 있다. 이 곤돌라 어딘가에.

공포가 윌리엄을 옥죄었다. 그자는 누구지……. 그자는 도
대체 어디서 어떻게 곤돌라로 들어온 걸까.

밖으로 통하는 문 두 개는 크리스가 죽은 후에도 재확인했
다. 누군가 새삼스레 숨어든 낌새는 없었다. 그런데…….

사람일까. 그자는 정말로 사람일까? 설마…….

떨리는 무릎에 힘을 주고 간신히 일어섰다. 그제야 비로소
윌리엄은 자신이 여전히 칼을 쥐고 있다는 사실을 알아차렸
다. 손안의 날붙이는 시든 나뭇가지처럼 미덥지 못했다.

"어디야……. 어디 있어. 숨어 있지 말고 나와! 이 살인자
야!"

비논리적인 망상을 떨쳐내듯 윌리엄은 고함을 질렀다.

대답은 없었다.

거친 눈보라는 그칠 기미가 없었다. 거센 바람이 한바탕 몰
아쳐 곤돌라를 흔들자 윌리엄은 발을 헛디뎌 비틀거렸다. 바
람이 심연 속의 망령처럼 원망과 한탄이 섞인 노래를 구슬프
게 불렀다.

솟아오르는 혐오감과 두려움을 애써 참으며 윌리엄은 다시
식당 문을 열었다. 시체 두 구가 시야에 들어오지 않도록 시
선을 돌리며 칼을 다시 허리춤에 꽂고 바닥의 산탄총을 집었

다. 곤돌라 제일 앞쪽, 조타실 문을 걷어차서 열고 실내에 총을 겨눴다.

아무도 없었다.

다시 복도로 돌아와 린다의 시체를 애써 외면하며 주방을 들여다보았다. 린다가 머무르던 객실, 교수와 네빌의 시체를 눕혀둔 객실, 세면실, 그 안쪽의 욕실을 차례차례 문을 열고 확인했다.

아무도 없었다. ……적어도 살아 있는 사람은.

창문도 멀쩡하다. 조타실, 식당, 객실, 복도, 세면실, 욕실, 확인이 가능한 모든 창문에 금 하나 가지 않았다. 떨리는 손에 힘을 꽉 주고 윌리엄은 마지막 장소, 엔진실에 발을 들여놓았다.

창문도 없어 어두운 방이다. 노출된 배관과 배선, 투박한 기계들이 문틈으로 새어드는 비상등 불빛을 받고 희미하게 보였다. 바닥 구석에는 교수의 술을 담아 왔을 아이스박스 세 개, 공구함, 비품이 든 골판지 상자 등이 아무렇게나 놓여 있었다.

조용했다. 지금까지 끊이지 않았던 둔중한 엔진 가동음이 이제 전혀 들리지 않는다.

역시 동력이 멈췄다……. 왜.

하지만 지금은 그게 문제가 아니었다. 윌리엄은 거친 숨을

제11장 젤리피시(VI)

몰아쉬며 창고 문을 열었다. 아무도 없었다. 다음으로 예비실. 잠겼다. 비틀개를 돌려서 자물쇠를 풀었다. 역시 아무도 없다. 마지막으로 비상구 문손잡이를 잡고 힘을 주었다.

돌아가지 않았다. 비상구는 분명히 잠겨 있었다.

말도 안 돼…….

이게 뭐야. 아무도 없다. 창문과 출입구 양쪽 다 외부와 단절된 상태다. 그런데 지금 자신을 제외한 모두가 살해당했다.

"제기랄……."

엔진실을 뛰쳐나갔다. 허세라고는 눈곱만큼도 없이 긴장으로 굳어진 목소리로 외쳤다. "나올 거면 빨리 나와! 내가 그렇게 무섭나, 리베카!"

대답은 없었다.

윌리엄은 악을 쓰며 복도를 달렸다. 린다의 시체는 이제 눈에도 들어오지 않았다.

식당으로 뛰어든 순간, 돌풍이 다시 곤돌라를 때렸다. 한순간 붕 뜨는 듯한 느낌이 들더니 윌리엄은 균형을 잃고 바닥에 쓰러졌다. 문이 소리를 내며 닫혔다. 허둥지둥 일어나 무의식적으로 시체를 외면하며 주변을 둘러보았다.

윌리엄은 그제야 알아차렸다. 문 안쪽에 검붉은 피로 커다랗게 글씨가 적혀 있었다.

I'll never forgive you, W — R

결코 용서하지 않겠어, 윌 — 리베카


"우아아아아아아아아아아아아아아아아악!"

윌리엄은 방아쇠를 당겼다. 한 발, 두 발, 세 발. 피로 글씨가 적힌 나무문이 부서져 커다란 구멍이 뚫렸다. 윌리엄은 문을 걷어차서 열고 복도로 뛰쳐나갔다.

"망할! 어디야, 어디 있어 리베카! 냉큼 나와, 한 번 더 죽여주마!"

그날처럼.

그날, 네가 나를 거부했을 때처럼. 저항하는 너를 마음껏 욕보였던 그날처럼. 일이 끝나고도 나를 거부한 너를 때리고, 반쯤 의식을 잃은 네 입에 튜브를 쑤셔넣고, 비닐봉지를 씌우고, 청산가스통의 밸브를 열었을 때처럼.

"왜 그래, 리베카! 안 나올 거야?"

방아쇠를 당겼다. 철컥, 하고 메마른 소리가 울려 퍼졌다. 총알이 다 떨어졌다. 윌리엄이 떨리는 오른손으로 호주머니에서 총알을 꺼내 장전하려는 순간.

충격이 뒤통수를 덮쳤다.

돌아볼 틈도 없었다. 윌리엄이 차가운 바닥에 풀썩 쓰러지자, 멀리 등뒤에서 귀에 익은 목소리가 들렸다.

"글쎄, 네 생각은 어때? 윌리엄."

뒤통수에 두 번, 세 번, 네 번, 충격이 오고…….

윌리엄은 영원히 의식을 잃었다.

**1983년 2월 15일 16:10~**

"해보자 그거지."

잿더미로 변한 별장을 바라보며 마리아는 치를 떨었다. "'일곱 번째 인물'이 있는지 없는지를 두고 골머리를 앓고 있을 때 이렇게나 대담한 짓을 저지르다니. 붙잡으면 어떻게 요리를 해줄까."

A주 동부, N주와의 경계에 가까운 외진 산림. 파이퍼 교수의 별장은 지리적으로도 시각적으로도 바깥세상과 격리된 숲 속 한구석에 터를 닦아 만들었다.

야구를 할 수 있을 만큼 넓은 정원. 그 주변을 마리아보다 키가 열 배는 큰 거목이 둘러싸고 있다. A주에서는 좀처럼 맡기 힘든 진한 숲 내음에, 지금은 나무와 흙과 쇠가 불탄 냄새가 잔뜩 섞였다.

마리아와 렌의 눈앞에 화염에 유린당한 별장과 나무들의 무참한 잔해가 펼쳐졌다.

몇십 분 전에 진화된 화재 현장에서는 아직도 연기가 희미하게 피어오른다. 일찍이 호화로운 자태를 자랑했을 별장은 이제 온통 검댕과 재로 범벅이 됐고, 벽과 지붕이 무너져 기둥과 들보가 고스란히 드러났다. 수많은 소방대원과 관할서 수사원들이 그 주변을 바쁘게 돌아다니며 현장검증을 하고 있었다.

별장터 뒤편을 확인하자 건물에 인접한 나무들에 불이 옮겨붙어 사방 수십 미터가 시커먼 들판으로 변했다. A주의 건조한 날씨를 고려하면 이 정도로 그친 것이 천만다행이었다.

"이게 교수 팀을 살해한 범인의 소행이라는 증거는 아직 없습니다."

냉담한 부하는 무감정하게 말했다. "그리고 화재 현장에서 코드와 시계, 통의 파편으로 추정되는 유류품이 발견됐답니다. 아마도 시한 발화장치겠죠. 이 화재가 범인의 소행이라 하더라도 H산맥에서 흉행을 저지른 후, 여기를 불태웠다고 단언할 수는 없는 셈입니다."

범행을 저지르기에 앞서 남겨두고 간 선물일지도 모른다는 건가. 이 화재가 범인의 소행이라 치면 목적은 무엇일까. 단순하게 생각하면 뭔가 증거를 인멸할 속셈이었겠지만.

　"현시점에서는 판단을 내릴 수 없습니다. 하지만…… 아까 당신 말대로 만약 교수 팀이 망명 등의 불순한 계획을 세웠다면, 남의 눈에 띄지 않는 이 별장은 모임을 가지기에 아주 적합한 장소였겠죠. 범인을 암시하는 자료 따위가 여기에 반입되었더라도 이상할 건 없습니다."

　그걸 처분하기 위해 별장을 통째로 불태웠다 그건가.

　이렇게 큰 별장이다. 어디에 증거가 잠들어 있는지 흉행을 저지르기 전에 찾을 시간이 범인에게는 없었으리라. 그래서 시한 발화장치를 설치해 교수 팀을 모두 죽였을 타이밍에 맞추어 별장을 불태웠다. 그렇게 경찰의 주의를 끌 위험을 무릅쓰면서까지 없애고 싶었던 증거는 과연 뭐였을까.

　……아니, 잠깐.

　'증거를 처분하고 싶었다', 즉 범인은 교수 팀을 몰살한 후, 살아서 돌아올 작정이었다는 뜻 아닐까. 자신도 죽을 작정이었다면 나중에 증거가 나오든 말든 큰 문제는 아니었을 것이다.

　범인에게는 설산에서 살아서 탈출할 방법이 있었다……?

　"렌, 범행 현장에서 자력으로 산기슭까지 내려오기가 정말로 불가능할까?"

"전문가의 견해에 따르면 상당한 숙련자가 아닌 한 불가능에 가깝다고 합니다. 설원을 둘러싼 암벽을 기어올라야 하고, 기어오르더라도 등산로도 없이 험난한 곳을 내려와야 합니다. 덧붙여 산기슭까지 거리가 멀고 등산을 할 수 있는 날씨가 아니었습니다. 종합하자면 설령 단단히 준비한 숙련자가 운 좋게 하산에 성공하더라도 산기슭까지 내려오는 데 일주일에서 열흘은 걸린다는 결론입니다."

"반대로 말해 숙련자가 그만큼 시간을 들이면 살아서 돌아올 수도 있다는 뜻?"

"운이 좋다면요."

범인이 자력으로 탈출을 감행했다면 자신감 과잉이거나 운이 어지간히 좋은 사람이라는 뜻인가……. 하지만 그렇다 하더라도 '왜 그런 곳에서 살육을 저지를 필요가 있었느냐'라는 의문은 전혀 해소가 안 된다. 살아 돌아올 작정이라면 애초에 그런 곳이 아니라 산기슭의 삼림지대 등 좀더 바깥세상과 오가기 쉬운 곳을 선택할 것이다.

하지만 범인은 그러지 않았다. 굳이 암벽으로 둘러싸인 설원에 교수 팀을 몰아넣었다. 왜일까.

뻔하다. 사냥감을 확실히 가두는 걸 우선했기 때문이다.

또한 범인은 자력으로 하산하는 것보다 훨씬 확실한 도주 수단을 확보했다고 보는 편이 이치에 맞다.

게다가…….

—젤리피시가 불타고 있다는 신고를 받고.

신고는 누가 했을까? 렌이 확인한바 발신처는 F시 변두리의 공중전화였다고 한다. 성명은 고사하고 목소리가 흐릿해서 성별조차 구분이 가지 않았다는데, 전문가도 오가기가 힘든데다 기슭에서도 보이지 않는 곳에서 젤리피시가 불타고 있다는 사실을 신고자는 어떻게 알았을까.

답은 하나다. 범인이 신고했기 때문이다.

역시 범인은 지금도 살아 있다……?

'범인이 또 다른 젤리피시를 이용해 현장을 오갔다'는 가설을 마리아는 아직 포기하지 못했다.

외부인이 시험기의 자동 항행 시스템을 어떻게 수정했는가. 범인은 또 다른 젤리피시를 교수 팀에게 들키지 않고 어디에다 어떻게 고정했는가. 교수 팀이 탄 시험기 곤돌라에 범인은 어떻게 침입했는가.

아까 회의에서 세 사람은 그러한 이유를 들어 마리아의 가설을 부정했다. 하지만 뒤집어보면 그때 쟁점이었던 이 의문점만 해소하면 아무 문제도 없는 셈이다.

내부인의 범행과 외부인의 범행의 모순. 기체를 고정하는 문제. 침입 방법.

내부와 외부?

"공범."

마리아는 무심코 중얼거렸다. 그래, 왜 범인이 한 명뿐이라고 철석같이 믿은 걸까. 교수 팀 여섯 명 중 한 명이 '일곱 번째 인물'과 연결되어 있었을지도 모른다고 렌도 지적하지 않았던가. 그때는 존이 살인자와 사냥감 사이에 신뢰 관계가 형성될 리 없다고 부정했지만 그렇지 않다면 이야기는 달라진다. 범인들이 '리베카의 복수'라는 한 가지 목적을 위해 굳게 결속했다면…….

자동 항행 시스템은 '내부의 범인'이 손을 쓰면 된다. 또 다른 젤리피시는 다른 사람들이 모두 잠든 틈에 둘이서 고정시킬 수 있다. 일곱 번째 인물이 곤돌라에 침입하기도 용이하다. 일을 끝낸 후 둘 사이에 무슨 문제가 발생해 한쪽이 다른 한쪽을 죽이고 달아났다면…….

"그렇게 단순한 일이 아닙니다, 마리아."

방금 마리아가 중얼거리는 소리를 들었는지 렌이 입을 열었다.

"그게 무슨 소리야?"

"근본적인 문제예요. 그 공범자는 구체적으로 누구입니까?"

마리아는 말문이 막혔다.

"그야……."

"아까 논의했던 내용을 떠올려보세요. 가장 유력한 용의자인 미건 교수 연구실의 관계자들은 모두 알리바이가 있고, 리베카의 가족은 이 세상에 없습니다. 리베카의 다른 관계자 중에 교수 팀을 살해할 만큼 강한 동기를 가진 사람은 보이지 않고요."

"그럼…… 그렇지, 일곱 번째 인물을 돈으로 고용했다면 어때? 그렇다면 일곱 번째 인물의 동기는 상관없잖아."

"악천후를 무릅쓰고 등산로도 없는 겨울 설산 구석까지 찾아오라니, 그런 당치도 않은 의뢰를 아무 의심도 없이 받아들일 청부업자가 마침맞게 눈에 띌 것 같지는 않습니다만."

일도양단이었다.

"마리아, 당신의 가설에는 치명적인 문제가 하나 더 있습니다. 범인도 젤리피시로 현장을 오갔다면 그 젤리피시는 어디의 누가 준비했을까요?"

"어디의 누구냐니, 그야 당연히 범인이겠지."

"그러면 젤리피시 구입자 목록을 확인하면 범인의 범위가 상당히 압축되겠군요."

"아."

깜빡했다. 젤리피시가 폭발적으로 보급됐다고는 하나 자가
용에 비하면 그 수는 훨씬 적다. 요컨대 꼬리가 잡히기 쉽다.
범인이 그러한 위험성을 고려하지 않았을까.

"범인이 교수 팀 내부에 있었다면 몰래 구입자 목록에 손을
댈 수도 있지 않을까?"

"너무 안이합니다. 구입자 목록에 손을 대도 기체 제조 기록
은 남고, 무엇보다 소체와 곤돌라는 외주예요. 각지에 흩어진
다양한 기록을 범인이 모조리 지워 없애기는 불가능합니다."

역시 틀렸나.

커티스 말로는 전시기와 시험기 몇 대를 판매 대리점으로
옮겼다지만, 범인이 그걸 마음대로 반출할 수 있을 것 같지는
않다. 틀렸다, 완전히 벽에 부딪혔다.

아니면 범인이 젤리피시 말고 다른 수단을 사용한 걸까.

젤리피시를 제외하면 범행 현장에 드나들 수 있는 항공기
는 헬리콥터 정도다. 꼬리가 잡히기 쉽다는 점은 변함없고, 무
엇보다 헬리콥터는 소리가 크다. 범인이 무슨 이동 수단을 이
용해 설산 안팎을 오갔다면, 그 '이동 수단'으로는 존의 말처
럼 저소음에 특화된 젤리피시가 가장 적합하다. 설마 거대한
풍선이라도 숨겨서 가지고 있던 것도 아닐 테고.

……거대한 풍선?

"그렇구나!"

마리아는 손뼉을 쳤다. "공범자에게 부탁해 젤리피시를 가져올 수 없다면, 시험기에 미리 탈출 수단을 실어두면 되지. 교수 팀을 살해한 후에 그걸 사용해서 빠져나가면 돼. 간단하네!"

"탈출 수단이 뭔데요?"

"진공 기낭이야."

한순간 침묵이 찾아왔다.

"기체에 사용된 진공 기낭 외에 다른 진공 기낭을 준비했다고요? 그걸 숨길 공간이 어디 있습니까? 설마 소체와 청산가스를 가지고 가서 설비도 없이 현장에서 진공 기낭을 만들었다는 말씀이십니까?"

"공간이라면 있어. 기체의 진공 기낭 속에 탈출용 진공 기낭을 넣으면 돼. 뭐, 아무래도 진공 기낭만으로는 탈출이 불가능하겠지만, 젤리피시 본체의 진공 기낭은 가로세로 사십 미터에 높이가 이십 미터나 될 만큼 거대하잖아. 진공을 견딜 수 있는 물건은 뭐든지 넣을 수 있어. 사람 한 명을 옮기기에 충분한, 소형 젤리피시 정도라면. 어때, 좋은 아이디어지?"

마리아가 활짝 웃자 부하는 다시 냉랭한 시선을 던졌다.

"뭐야, 렌."

"경감님, 좀 다른 이야기지만 학창 시절 물리 성적은 어떠셨습니까?"

이 부하는 남을 계급으로 부를 때 십중팔구 따끔하게 꼬집는 소리를 꺼낸다.

"그건 왜?"

"당신이 말한 탈출용 젤리피시를 범인이 어떻게 다른 멤버들 몰래 본체의 진공 기낭 속에 넣었는지는 제쳐놓기로 하죠. 문제는 탈출용 젤리피시도 중량을 지니고 있다는 점입니다. 분명 수백 킬로그램으로는 명함도 못 내밀 만큼 무겁겠죠. 그런 무게가 더해지면 젤리피시를 운행하는 데 영향이 있을 텐데요."

"응? 탈출용 젤리피시도 공중에 뜰 테니까 무게는 더해지지 않잖아?"

"요전번에 설명을 드렸는데 잊어버렸습니까. '물체가 받는 부력은 그 물체가 밀어낸 유체의 중량과 동일하다'. 즉 부력의 크기는 주변의 유체, 지표면에 있다면 대기의 밀도에 의존합니다. 당신 가설에 따르면 탈출용 소형 젤리피시는 진공 기낭 속에 있습니다. 진공 기낭 속은 말 그대로 진공이에요. 밀어낼 수 있는 유체가 존재하지 않습니다. 다시 말해 발생하는 부력도 제로. 탈출용 소형 젤리피시의 중량이 그대로 원래 젤리피시에 더해지겠죠. 요컨대 당신이 한 말은 완전히 허튼소리입니다."

"……."

"이상을 종합하여 다시 묻겠습니다. 경감님, 학창 시절 물리 성적은?"

"안 좋았어! D야. 낙제하기 일보 직전이었다고!"

언젠가 꼭 방탄조끼 없이 총격전에 내보낼 테다.

내놓는 족족 가설이 박살나자, 마리아도 기운이 빠져 무거운 한숨을 쉬었다. 관할서 수사원들이 작업하는 모습을 그저 멍하니 바라보고 있는데, 불타서 무너진 건물 한편이 문득 시선을 잡아끌었다.

숯덩이가 된 자동차 한 대가 건물 잔해에 깔려 찌그러졌다. 아마도 파이퍼 교수의 것이리라. 마리아도 잘 아는 G국 고급차의 엠블럼은 간신히 원형을 유지했지만 차체는 무참히 고철로 변했다.

아까워라. 멀쩡한 상태로 팔면 얼마나 받을 수 있었을까.

……어?

"왜 그러십니까?"

"렌, 별장에서 시체는 발견됐어?"

"시체요? 그런 연락은 못 받았습니다."

그때 수사원 하나가 렌에게 달려와 뭔가 전했다. 렌의 표정이 살짝 바뀌었다.

"마리아, 같이 가시죠. 숲속에서 뭔가 파묻은 듯한 흔적이 발견됐답니다."

마리아와 렌은 수사원의 안내를 받아 별장 뒤편, 불이 옮겨 붙은 삼림지대의 바깥쪽 가장자리에 해당하는 곳으로 향했다.

불에 탄 생나무 냄새가 코를 찔렀다. 가장 심하게 불탄 부분에 비하면 이 언저리는 아직 나무가 남아 있었지만, 그래도 위쪽 나뭇가지는 대부분 검은 숯으로 변했다.

여기라고 수사원이 가리켰다. 타다 남은 나무 중 한 그루의 밑동에 가까운 지면이다.

재가 얇게 덮여서 잘 보이지 않았지만 일부분만 흙의 색이 주위와 달랐다. 이끼와 풀도 그 부분만 도려낸 것처럼 전혀 없었다.

가로 이 미터 세로 일 미터쯤, 사람 하나가 들어가기에 딱 알맞은 크기다.

"여기 파낼 수 있겠어?"

렌이 고개를 끄덕이고 수사원과 대화를 나누었다. 잠시 후

수사원 몇 명이 문제가 되는 곳을 삽으로 조심스레 파기 시작
했다.

십여 분에 걸쳐 칠십 센티미터 깊이까지 파냈지만, 땅속에
눈이 번쩍 뜨일 만한 뭔가는 없었다. 렌이 구덩이를 손으로
만져보고 고개를 저었다.

"땅이 단단합니다. 이다음부터는 손을 대지 않았겠죠."

"어떻게 된 거야. 뭔가 묻혀 있는 것처럼 보였는데."

"누군가 여기를 파낸 건 틀림없습니다. 밑바닥은 단단하지
만 윗부분은 부드러우니까요. ……누가 뭣 때문에 땅을 팠는
지는 불분명합니다만."

골치 아픈 지그소 퍼즐에 이상한 퍼즐 조각이 또 늘어났다.

그때 다시 수사원 하나가 렌에게 다가와 두세 마디 건넸다.
렌의 표정이 굳어졌다.

"마리아, 일단 돌아가죠. 본서의 수사에 진전이 있었던 모양
입니다."

"진전?"

예, 하고 렌은 고개를 끄덕였다.

"기술개발부 회의실에서 도청기가, 교수의 자택에서 협박
장이 각각 발견됐답니다."

"도청기, 거기에 협박장이라고?"

존 닉센 공군 소령이 목소리를 높였다. "그럼…… 역시 리베카 포덤의 실험 노트는 R국의 손에 넘어간 건가."

"현시점에서 그 정도까지는 확증을 얻지 못했습니다. 확실한 사항은 기술개발부 회의실 콘센트에 소형 도청기가 설치되어 있었고, 파이퍼 교수의 자택 서재에서 이 편지지가 발견됐다는 것뿐입니다. 요전에 보여주신 것과 똑같은 노트 복사본 두 장도 함께요."

렌은 존 앞에 종이 한 장을 내밀었다. 예리한 날붙이 같은 느낌의 짧은 문장이 타자기로 무미건조하게 찍혀 있었다.

첨부한 서류와 관련해 당신들에게 조력을 얻고 싶다.
기일 안에 현금 오십만 달러의 원조를 부탁한다.

틀림없이 공갈하는 글이었다. 존이 험악한 표정으로 시선을 움직였다.

별장을 수사한 다음날, 2월 16일.

부검 결과가 갖추어지자 마리아와 렌은 다시 존을 불러 비

공식 수사 회의를 열었다. 어제 발견된 두 가지 중대한 증거를 첫 번째 의제로 삼았다.

"이게 도청기 실물입니다."

렌은 비닐봉지를 들어올려 클립과 코드가 달린 검정색 물건을 보여주었다. 크기는 마리아의 엄지발가락보다 약간 컸다. "콘센트 배선으로 전력을 공급받으며 음성을 모아 전파로 날리는 유형입니다. 송신 전용 소형 트랜시버라고 할 수 있겠죠."

"전파가 도달하는 거리는?"

"약 일 킬로미터입니다. 공장 부지 근처에서 목소리를 듣기에는 충분하죠."

"잠깐, 정말로 스파이가 숨어들었다는 거야?" 마리아가 물었다.

"모르겠습니다. 이건 일반적인 도청 사건에서도 흔히 사용되는 기종이라서요. 기술에 어느 정도 해박하다면 조립도 설치도 충분히 가능하다고 합니다. 문제는 이걸 설치한 사람의 침입 경로인데요."

세계 유수의 항공기 제조 회사인 만큼 UFA는 경비가 삼엄하다. 요전에 탐문을 하러 갔을 때도 엄격한 표정의 경비원이 부지 내외에서 눈에 띄었다.

외부인이 합법적으로 UFA 부지에 들어가려면 출입 허가증이 필요하다. 정문에서 접수를 마치면 임시 출입증을 주는데, 절차를 간소화하기 위해 빈번하게 드나드는 업자나 파견 사원에게는 정기 출입 허가증을 발행한다고 한다.

렌이 UFA 총무부에서 듣기로는 정기 출입 허가증 신청 서류는 본인이 아니라 인원을 인수할 부서에서 작성한다. 부서장의 사인이 필수이므로 신원이 불분명한 사람이 정기 출입증을 얻기는 어렵다. 경찰과 비슷하게 참으로 관료적이다.

하지만 한 번이라도 출입 허가증을 받으면 아무런 지장 없이 UFA에 드나들 수 있다는 뜻이기도 하다. UFA도 그 점은 잘 알고 있는지 허가증은 반년마다 갱신해야 한다고 한다.

만약 범인이 무슨 방법으로 한때나마 출입 허가증을 손에 넣었다면.

도청기 설치도, 자동 항행 프로그램 수정도, 컴퓨터 초기화도 결코 어려운 일은 아니다.

이번에는 협박장을 다시 살펴보았다. '첨부한 서류'란 리베카의 노트 복사본이 틀림없다. 협박문 밑에는 은행 계좌번호로 추정되는 숫자가 적혀 있었다.

"이 계좌는?"

"해외, S국의 은행 계좌더군요. 기술개발부 멤버 중 하나인 크리스토퍼 브라이언의 계좌에서 몇 번에 걸쳐 비슷한 금액이 인출됐습니다. 하지만 아쉽게도 그 이상은 자금의 흐름을 파악하지 못했습니다."

철저한 비밀주의를 고수하는 S국의 금융기관은 불법 자금 유통의 온상이라고 한다. 설령 예금주를 알고 있어도 중개인 등 제삼자가 끼어 있으면 계좌의 진짜 소유자를 알아내기는 지극히 어렵다.

"몇 번에 걸쳐서라면, 협박을 여러 번 당했다는 뜻인가?"

존이 물었다.

"틀림없겠죠. 다른 협박장이 발견되지 않은 건 아마도 이게 첫 번째 협박장이고, 두 번째 이후로는 돈을 송금한 크리스토퍼 브라이언에게만 협박장을 보냈기 때문으로 추정됩니다."

첫 번째 협박장을 멤버들에게 보낸다. 두 번째부터는 돈을 송금한 사람에게만 보낸다. 범인이 편지로 꼬리가 잡힐 것을 경계했다면 이치에 맞는 행동이다. 다른 협박장은 받은 본인이 처분했겠지만, 교수에게 보낸 이 한 통은 처분되지 않고 남았다.

술병과 캔이 넘쳐나던 부장실이 떠올랐다. 교수가 술에 의지하지 않고는 버틸 수 없을 만큼 겁을 먹었다면 협박장을 처분할 생각조차 못 한 것도 수긍이 간다.

"크리스토퍼 브라이언이 돈을 지불한 건 제일 돈이 많았기 때문에?"

"아마도요. 다만 그가 단독으로 협박장에 대응했을 것 같지는 않습니다. 오십만 달러는 밥값과 달리 선뜻 대신 내줄 수 있는 금액이 아니었을 테니까요. 적어도 몇몇 멤버들이 서로 의견을 수렴했을 테고, 크리스토퍼 브라이언이 송금한 오십만 달러도 나중에 무슨 방법으로 메꿨을 겁니다."

의미심장한 렌의 말을 듣고 존이 눈썹을 치켜세웠다.

"스텔스 젤리피시의 개발 자금을 유용했다는 건가?"

"장부를 조사해보니 지출 사항에 불투명한 부분이 있는 것 같더군요. 자동 항행 프로그램과 곤돌라 등 고액 안건을 대폭 부풀린 듯하답니다."

청년 장교가 작게 앓는 소리를 냈다.

"당신들이 기술개발부에 제공했다는 전투기용 스텔스 소재 말씀인데요. 구체적으로 얼마나 지급하셨습니까?"

"자세한 수치는 밝힐 수 없지만, 필요한 양의 2.5배야. 진공 기낭의 소체를 제작하는 데도 사용하고 싶다고 해서 비교적 넉넉하게 제공했는데."

"그 재고가 어디에서도 발견되지 않았습니다. 실험으로 전부 소비했다면 다행이겠지만 자금면에서 불투명한 점이 드러난 이상, 어떤 형태로든 유출됐을 가능성도 있습니다."

"예산만으로 모자라 기술까지 R국에 넘겼다는 건가?"

"현시점에서는 결론을 내릴 수 없습니다. 아까도 말씀드렸다시피 정말로 R국이 이 협박장을 보냈다는 증거는 나오지 않았으니까요. 다만 한 가지 마음에 걸리는 정보가…….."

"마음에 걸리는 정보?"

"기술개발부 집무실에 있는 컴퓨터와 책상 그리고 사용되지 않은 개인 구획 하나가 깨끗하게 닦여 있었답니다. 감식과에 따르면 지문이 전혀 나오지 않았다는군요. 닉센 소령님, 협박장은 그쪽에서 분석이 가능하겠습니까? R국에 관해서는 저희보다 그쪽이 더 잘 아실 테니까요."

"준비하지."

고뇌를 떨쳐내듯 존은 고개를 끄덕였다. "다른 안건은 어디까지 수사가 진행됐지?"

"목록에 올린 조사 항목은 대부분 정리했지만, 진상을 해명하려면 아직 멀었다고 할까요. 기술개발부가 조달했다는 소체는, 엄밀하게 말하자면 외주를 준 것이 아니라 크리스토퍼 브라이언의 아버지가 소유한 방적 공장에서 그들 스스로 제작한 겁니다."

공장 자체는 십여 년 전에 불황으로 폐업했다. A주립 대학교에서 약 오 킬로미터, 엎어지면 코 닿을 곳이다. 철거되지 않고 방치된 이 공장을 교수 팀은 벤처기업을 설립하기 전부터 공방으로 이용했다. 이웃—일 킬로미터 가까이 떨어져 있지만—의 증언으로는 예전 사장의 방탕한 아들이 새로운 도락을 시작한 줄로만 알고 있었던 모양이다.

공장에서는 청산가스통도 발견됐다. 칸막이로 작업 공간을 구분해두었을 뿐, 안전 대책도 제대로 세워놓지 않았다고 한다.

"다음으로 각 체크포인트에서 탐문을 진행한 결과입니다."

렌이 목록을 보여주었다. 예상했던 대로 교수 팀이 나타난 장소와 일시는 UFA에 제출한 시험 계획서의 내용을 따라갔다.

- 제1체크포인트(N주 A시 — 2월 6일 14:27∼14:45)

크리스토퍼 브라이언의 모습이 매점에서 목격됨. 식료품, 주류, 과자류를 구입.

- 제2체크포인트(C주 T시 — 2월 6일 19:02∼19:23)

UFA의 법인 카드를 사용한 기록 있음(서명 생략). 식료품, 캔 맥주 여섯 개를 구입.

- 제3체크포인트(W주 R시 — 2월 7일 08:35∼08:57)

린다 해밀턴의 모습이 매점에서 목격됨. 식료품, 패션 잡지를 구입.

• 제4체크포인트(I주 L지구 — 2월 7일 13:49~14:11)

윌리엄 채프먼의 모습이 매점에서 목격됨. 식료품, 주류를 구입.

• 제5체크포인트(I주 M시 — 2월 7일 18:08~18:27)

네빌 크로퍼드의 신용카드를 사용한 기록 있음(본인의 서명 확인). 식료품, 주간지를 구입.


"체크포인트는 전부 간선도로에 인접한 주유소입니다. 주변에 민가나 사람이 사는 동네는 없고요. 경로도 마찬가지지만, 군사기밀이라는 이유로 주거지에 가까운 곳은 피한 것 같습니다."

U국의 대부분은 촌구석이다. 특히 A주 부근을 비롯한 내륙 지역에서는 주거지역을 한 발짝만 벗어나면 몇 세기나 개척 시대에 머물러 있는 듯한 황야를 쉽게 접할 수 있다. 옆 동네까지 자동차로 최소한 한 시간. 가는 길에는 정말로, 진짜로 아무것도 없다. 마리아도 넓은 황야 한복판에서 기름이 다 떨어진데다 히치하이킹도 실패해서 죽을 뻔한 적이 있다.

따라서 간선도로 옆에 띄엄띄엄 자리한 주유소는 여행자에게 말 그대로 오아시스다. 주유기와 더불어 나름대로 큰 매점도 있어서 연료뿐 아니라 식료품과 일용품도 조달할 수 있다.

특히 정박할 만한 공간이 충분한 보급 지점은 젤리피시에게 고마운 존재인 모양이다. 지난번에 탐문을 할 때도 보았지만, 주유소 옆에 젤리시피가 머무는 모습은 이제 더이상 희한한 광경이 아니다.

목록을 다시 훑어보았다. 각 체크포인트에서 식료품과 몇몇 기호품을 구입했다. 각 지점마다 구입한 사람이 다른 것은 순서를 정해두었기 때문이리라.

엄밀하게 말하면 두 번째와 다섯 번째 체크포인트에서는 누가 구입했는지 명확한 목격 증언을 얻지 못했다. 둘 다 저녁 시간이라 정박한 장소 부근이 어두웠고, 점원도 아주 바빴던 터라 각각 '연한 갈색머리', '안경을 낀 남자'라는 애매한 증언을 얻은 것이 고작이었다. 하지만 그러한 특징에 들어맞는 멤버가 교수 팀 중에 각각 한 명뿐이고, UFA 혹은 본인 소유의 신용카드를 사용했다는 점을 고려하면 틀림없이 기술개발부에서는 순서를 정해서 필요한 물품을 사러 갔던 듯하다.

머무른 시간은 각각 이십 분 전후. 그들이 UFA용 시험 계획서에 따라 항행 시험을 진행했음은 거의 확실하다. 적어도 2월 7일 일정이 끝날 때까지는.

그 이후 그들과 차세대 기종을 목격했다는 정보는 없다. 다음날 교수 팀은 여섯 번째 체크포인트에 모습을 나타내지 않았다. 그들은 원래 경로를 벗어나 H산맥 안쪽에 불시착했고 모두 목숨을 잃었다. 그들에게 무슨 일이 일어났을까. 진상은 아직 어둠에 잠겨 있다.

그건 그렇고.

"왜 일일이 체크포인트에서 물품을 구입했을까? 군사기밀이니까 괜히 지상에 내려가서 시선을 끌지 말고 계속 하늘을 날아다니면 될걸가지고."

"짐을 줄이기 위해서겠지. 냉장고 용량상 여섯 명이 사흘간 먹을 식료품을 사전에 전부 싣기는 무리야. 게다가 비행 물체가 주목받는 건 항공기의 숙명이야. 지상으로 내려가든 말든 외부로 항행 시험을 나간 이상 목격당할 위험성은 똑같다고 결론을 내렸는지도 모르지."

일리 있다.

"시험기가 하늘을 날아다닐 때의 목격 정보는?"

"각 체크포인트 부근에서 이착륙 전후로 추정되는 모습이 목격됐습니다."

렌은 사진 몇 장을 책상에 내려놓았다. 흰색 기낭에 달린 교각 네 개로 적갈색 대지에 사뿐히 내려앉은 젤리피시 사진이 한 장. 교각과 곤돌라는 어두운 회색이다. 줄리아가 말한 '고무 같은 소재', 전투기용 스텔스 소재이리라. 그러나 사진만 봐서는 딱히 위화감이 느껴지지 않았다. 회색은 표준색의 하나로 진공 기낭 이외의 부품을 도색하는 데 자주 사용되는 모양이었다.

석양 속을 헤엄치는 젤리피시의 모습을 담은 다른 사진들도 첫 번째 사진과 같은 장소에서 촬영한 듯했다. 붉게 물든 지평선 위에서 흰색 기낭이 살짝 너울거린다. 위쪽 하늘은 묻어날 듯이 짙은 감색. 선명한 대비가 인상적이었다.

"사진 한번 걸작이네."

"다섯 번째 체크포인트에서 점원이 찍은 사진입니다. 젤리피시를 자주 본다고 했더니 사진을 찍어달라고 부탁하는 사람이 많아졌다나 뭐라나."

"음……."

존이 입안으로 소리를 내며 사진을 집어 들고 눈썹을 살짝 찡그렸다.

"응? 왜 그래?"

"아니, 별건 아닌데."

청년 장교는 고개를 저었다. "비행 고도가 좀 낮은 것 같아서. 눈짐작이지만…… 고도 이백 미터쯤 되려나."

"고도가 낮다고?"

"민간용 젤리피시는 항로를 보통 고도 삼백 미터에서 사백 미터로 잡을 때가 많아. 군용기는 천 미터를 넘을 때도 드물지 않지. 하지만 이 기체는 항공법상 하한선인 고도 백오십 미터를 약간 웃도는 정도야. 아마도 목격될 위험성을 최대한 낮추기 위해서라고 추정되지만."

"엥? 지면에 가까울수록 커 보이니까 더 눈에 띌 것 같은 데?"

"그건 젤리피시를 가까이에서 볼 때만 그렇습니다."

렌이 끼어들어 설명했다. "좀더 먼 곳, 지평선을 관측한다고 상정해보십시오. 평범한 주택보다 높이 천 미터의 산이 멀리서 훨씬 잘 보이는 건 자명한 이치입니다."

"아."

고도를 낮추어야 재빨리 지평선 너머로 숨을 수 있다는 뜻인가.

"지구의 반지름이 약 육천 킬로미터니까요."

렌은 어디선가 전자계산기를 꺼내 두드리기 시작했다. "지평선까지의 거리는 고도 이백 미터라면 오십 킬로미터, 사백 미터라면 칠십 킬로미터입니다. 전자가 목격당할 확률이 낮겠죠."

시험기가 사람들의 눈에 띄지 않도록 교수 팀이 몹시 주의를 기울였음을 알 수 있다.

그렇다면 스텔스 젤리피시 개발이 꼭 실패로 끝난 건 아니었다는 뜻……?

"다른 젤리피시는? 교수 팀의 젤리피시를 목격한 다른 젤리피시는 없었어?"

"곤돌라에서 다른 젤리피시를 보았다는 몇몇 증언을 얻었습니다만, 시간, 위치, 방향, 거리가 전부 명확한 증언은 없었습니다. 증언을 서로 대조해도 모순점이 많아서요. 교수 팀의 시험기라고 확정할 수 있을 만한 정보는 가려내지 못했습니다."

"아, 뭐가 이렇게 어중간하냐."

생각해보면 무리도 아니다. 시험기 항로는 대부분이 휑뎅그렁한 황야다. 지형에 눈에 확 띄는 특징이라도 있다면 모를까, 하늘에서는 목격자나 시험기의 정확한 위치를 파악하기 힘들 것이다. 애당초 멀리서는 그것이 교수 팀이 탑승한 시험기인지 판단할 방법도 없다.

"그렇군."

존은 팔짱을 끼고 떨떠름한 표정으로 등받이에 몸을 맡겼다. "그들이 체크포인트에 정박한 사이에 수상한 자가 시험기에 접근한 적은."

"없었던 모양입니다. 탐문 결과 주변에 구경꾼이 모이기는 했지만, 이렇다 하게 수상한 행동을 한 사람은 보이지 않았다는군요."

구경꾼들이 지켜보는 가운데 침입하는 것은 불가능하다 그
건가.

즉 일곱 번째 인물이 숨어들었다면 그 시점은 항행 시험에
나서기 직전이나 다섯 번째 체크포인트를 지난 후인 셈인데.

"젤리피시 구입자 목록은 어땠어?"

"의심 가는 사람은 없었습니다. 민간용 젤리피시 구입자 목
록에서 리베카 포덤 또는 기술개발부 멤버와 깊은 관련이 있
는 이름은 찾지 못했어요. 만약을 위해 국내에서 젤리피시를
소유하고 있는 사람들의 알리바이도 조사했습니다만, 교수
팀이 다섯 번째 체크포인트를 떠난 후 기체가 발견될 때까지
하루 이상 소재가 불확실했던 사람은 없었습니다."

"군용 젤리피시도 마찬가지야. 해당 기간에 H산맥 주변에
서 군용기를 운용했다는 기록은 없어."

—범인이 다른 젤리피시를 이용해 추락 현장 안팎을 오간
것은 아닐까.

마리아가 내놓은 가설은 토대부터 우르르 무너졌다. 정말
이지 어떻게 돼먹은 사건이지.

그때 누가 회의실 문을 두드렸다. 대답하기도 전에 문이 열
리고 밥이 들어왔다.

"아이고, 무슨 늙은이를 이렇게 부려먹나 몰라. 초과 근무 수당을 두 배는 받아야 쓰겠어."

"불평은 접어놓고 빨리 보고나 해봐요. 어땠어요?"

"급할수록 돌아가라고 했거늘. 아무튼 재확인한 부검 결과부터. 결론부터 말하자면 대답은 똑같아. 자살했을 가능성은 없음."

"그렇구나."

혹시나 하고 약간 기대하기는 했지만, 그렇게 만만하지는 않았던 모양이다.

"다음으로 나머지 시체의 신원 말인데, 이쪽도 예상대로야.

칼에 찔려 죽은 여자는 린다 해밀턴.

산탄총에 맞아 죽은 남자는 크리스토퍼 브라이언.

뒤통수가 함몰된 남자는 윌리엄 채프먼.

그리고 마지막 여섯 번째, 머리와 팔다리가 절단된 남자는…….


사이먼 애트우드.

분명 과거에 파이퍼 교수 연구실에 소속되어 있던 학생들 중에서는 후배에 해당하는 사람 아닌가?"

"역시나."

마리아는 시험 계획서를 손가락으로 탁 튕겼다. "이리하여 UFA 기낭식 비행정 부문 기술개발부 멤버는 전원 사망했음이 판명됐네."

계획서 첫 페이지에는 항행 시험 참가자들의 이름이 적혀 있다.

기술개발부 부장, 필립 파이퍼.

기술개발부 부부장, 네빌 크로퍼드.

기술개발부 연구원, 크리스토퍼 브라이언.

기술개발부 연구원, 윌리엄 채프먼.

기술개발부 연구원, 린다 해밀턴.

그리고 기술개발부 연구원, 사이먼 애트우드.

기술개발부 집무실의 칠판에도 이 여섯 명의 이름표가 붙어 있었다.

그리고…….

─아아, 걔요?

리베카 포덤의 사망 소식을 알린 A주립 대학교 교내 소식지에 실려 있던 사이먼 애트우드에 대해 물어보았을 때, 여직원은 쓸쓸하게 웃었다.

─기사에도 났듯이 죽은 학생과 같은 고등학교에 다녔다

더라고요. 취재를 하러 간 홍보부 사람 말로는 충격을 많이 받은 것처럼 보였다는데. ……분명 마음을 품고 있었겠죠.

그렇게 말하며 직원은 자료를 가지고 왔다. 공학부 항공공학과, 그것이 사이먼 애트우드의 전공 학과였다.

이 남자가 바로 리베카와 파이퍼 교수 팀의 연결점이었다. 사이먼 애트우드는 리베카의 연구를 비행선 소재에 사용할 수 있을지도 모르겠다고 판단했다. 한편 리베카도 자신의 연구가 실현될 가능성이 있음을 알고 공동 연구를 하자는 파이퍼 교수 팀의 제안을 쾌히 받아들였다. 그들이 다른 사람의 연구 성과를 태연히 빼앗는 야비한 작자들인 줄은 꿈에도 모른 채.

사이먼의 책상에 놓여 있던 사진 액자 뒤쪽에 캠프 사진이 끼워져 있던 것이 생각났다. 자신이 리베카를 연구실에 데려간 탓에 리베카의 죽음이라는 결과가 초래됐다면. 그가 어떤 심정이었을지 알아내기는 이제 불가능하다.

"제럴드 검시관, 만약을 위해 확인하고 싶은데, 피해자의 신원은 어떻게 확정했습니까?"

"체형과 골격, 그리고 치형齒形으로. 불탄 시체의 신원을 판별할 방법은 그렇게 많지 않아. 신원 확인에 애먹은 것도, 피해자들이 다닌 적 있는 치과를 찾아내기가 힘들었던 탓이지."

"의심할 여지가 없다 그거군요."

존은 한숨을 내쉬었다. "시체 여섯 구 가운데 반격을 당해 죽은 공작원이 있지는 않을까 한때 기대했는데, 역시 망상에 지나지 않았군."

"아쉽다, 야."

진지하게 비슷한 생각을 했으면서 마리아는 전혀 내색하지 않았다. 초조함이 가슴을 꽉 옥죄었다. 정보가 이만큼이나 모였는데도 사건의 전모가 보이지 않는다. 그래서 이렇게 초조한 걸까.

아니, 뭔가 중대한 사실을 빠뜨린 것 같은 기분이 든다. 우리가 뭔가 엄청난 착각을 한 것 같은 불안감이 머리를 떠나지 않는다.

그런데 뭘? 도대체 뭘.

*

존과 밥이 돌아가고 창밖이 어두워진 후에도 마리아는 회의실 의자에 앉아 책상 위의 서류를 노려보았다.

"마리아, 일은 본인 자리에서 하시죠. 여기는 춥습니다."

"나도 알아."

짜증을 섞어 대답했지만 마리아는 몸을 움직일 기분이 들지 않았다.

"철야는 금물입니다. 몸을 막 써도 되는 건 기껏해야 삼십 대까지예요."

"몇 번을 말해. 난 그렇게 나이 안 먹었어!"

그걸 충고랍시고 하는 거냐, 이 J국 인간아. "아아, 그래, 알았어. 나가면 되잖아, 나가면."

책상의 서류를 그러모아 의자를 넘어뜨릴 기세로 일어섰다. 문손잡이에 손을 뻗었을 때 문이 힘차게 열려 마리아의 이마를 세게 때렸다.

"마리아, 여태 여기 있었나? 아까부터 계속 찾았⋯⋯."

이마를 누른 채 웅크리고 앉아 있자 밥이 의아하다는 듯이 물었다. "자네, 뭐하나?"

"이 영감님이 누가 할 소리를. 무슨 일인데요?"

"소령 나리께서 전해달래."

밥이 커다란 갈색 봉투를 마리아 앞에 내밀었다. "아까 공군에서 전령이 왔어. 즉시 연락을 바란다는군. 아주 급한 안건인 모양인데."

봉투 구석에 전화번호를 휘갈겨 써놓았다. 여기로 걸라는 뜻인 듯하다.

제12장 지상(VI)

심상치 않은 분위기를 느꼈는지 밥은 그대로 나가서 문을 닫았다. 렌이 회의실 밖을 살피는 사이에 마리아는 방 구석의 전화기로 다가가 봉투에 적힌 번호대로 다이얼을 돌렸다.

"존, 나야. 마리아 솔즈베리. 갑자기 무슨 일이야?"

"아, 당신이군."

늘 의연하던 공군 소령답지 않게 감정이 고조된 목소리였다. "느닷없이 미안해, 봉투는 뜯어봤나?"

"아직. 방금 막 밥한테 받았어. 그런데 뭐야? 지금 여기에는 나랑 렌밖에 없는데."

"그렇군. 그럼 봉투를 뜯어봐. 그래프가 들었을 거야."

"그래프?"

봉투를 뜯자 존 말대로 뭔가의 그래프로 추정되는 복사본 한 장이 들어 있었다. 숫자가 매겨진 가로축과 세로축이 아래 편과 왼편에 그려져 있고, 한가운데에는 굵은 점선과 실선이 그어져 있었다.

점선은 왼쪽에서 오른쪽으로 거의 수평으로 그어졌다. 한 편 실선은 왼쪽에서 중간쯤까지는 점선과 겹치지만, 중간부 터 주가 폭락 차트처럼 밑으로 쭉 내려가서 가로축에 닿을락 말락 하는 상태로 오른쪽 끝까지 이어졌다. 수평을 유지하는 점선과, 절벽을 그린 듯한 실선.

"이게 뭐 어쨌는데?"

"결론부터 말할게. 파이퍼 교수 팀은 스텔스 젤리피시 개발에 성공한 모양이야."

"⋯⋯뭐?"

"그 그래프는 진공 기낭 소재의 전파 반사율을 실제로 측정한 데이터야."

마음에 여유가 없는지 마리아가 놀라거나 말거나 존은 자기 할말을 계속했다. "점선이 기존 진공 기낭의 데이터야. '대조 실험'이라는 말 알아? 새로운 대상이 우위에 있다는 걸 확인하려면 반드시 예전 대상의 데이터로 대조 실험을 해서 양쪽의 차이를 제시할 필요가 있는데, 이쪽은 일정한 수치를 확보했어. 측정한 파장 전역에 걸쳐 전파가 반사된다는 증거지.

실선은 당신들이 제공한 샘플 중 가장 최근 것. 샘플 케이스에 적힌 날짜가 정확하다면 지금으로부터 두 달 하고 일주일 전에 만들어진 샘플의 데이터야. 점선과 달리 실선은 중간부터 영에 가까워졌어. 이건 그 파장대역의 전자파가 진공 기낭에 반사되지 않았음을, 바꾸어 말하면 흡수되었음을 나타내. 레이더에 사용되는 전자파도 이 파장대역에 포함되지.

그들은 전파 흡수형 진공 기낭 소재를 완성시킨 거야."

마리아는 렌을 통해 기술개발부 실험실에 남아 있던 샘플

일부를 존에게 전달하여 공군 연구소에 분석을 의뢰했다. 스텔스 젤리피시 개발은 실패로 끝났을지도 모른다는 부하의 추측에 마리아도 반쯤 넘어갔는데.

"잠깐…… 있어봐. 그럼 뭐야? 도대체 어째서?"

"실은 그것 말인데……."

공군 소령의 목소리에 곤혹스러움이 섞였다. "이번 분석 결과를 받고 군이 보관중인 시험기의 진공 기낭을 다시 조사했지. 극히 일부지만 불타지 않고 남은 부분이 있어서 급히 측정했더니…… 그건 꽝이었어. 전파 흡수성이 전혀 확인되지 않았어."

"엥?"

"결정구조해석도 별도로 진행했는데, 당신들이 제공한 샘플과 시험기 진공 기낭의 결정구조는 명백하게 차이가 났지만, 시험기 진공 기낭과 기존 진공 기낭에는 명백한 차이가 없다더군. 분석 담당자 말로는 열로 인한 변형은 무시할 수 있는 수준이래. 교수 팀이 탑승한 시험기의 진공 기낭은 구조형사 추측대로 스텔스 기능이 없는 통상품이었을 가능성이 극히 높아."

"그게 무슨 소리야. 교수 팀은 스텔스 기능을 갖춘 진공 기낭 소재를 완성시켜놓고, 시험기에는 적용하지 않았다는 뜻?"

두 달 하고 일주일 전이라면 마지막 소체가 커티스에게 반입되기 직전이다. 드디어 완성한 샘플을 토대로 크리스토퍼 브라이언 아버지 소유의 폐업한 공장에서 소체를 제작하고 부화동에 반입해 신형 진공 기낭을 육성한 게 아니라는 말인가?

"모르겠어. 뭔가 다른 문제가 있어서 사용을 보류했는지도 모르지. 그들의 샘플을 더 정밀하게 분석해봐야겠어. 폐업한 공장에서 사용하던 장치에 소체 찌꺼기가 남아 있지 않은지 조사를 부탁해."

"응, 알았어."

혼란이 가라앉지 않았지만 마리아는 간신히 대답했다. 존은 고맙다고 인사했다.

"그리고 지금부터는 추신이야. P서에서 보관중인 플라스틱 조각 말인데, 이쪽에서 분석한 결과 진공 기낭 소재와 구조가 일치했어. 촉매로 추정되는 분말도 표면에 부착되어 있었고. 전부 당신 추측대로야. ……기술개발부 멤버들이 리베카 포덤의 죽음을 위장했을 가능성이 높아."

"그렇구나."

미하엘과 도미닉을 십삼 년이나 애먹였던 문의 쐐기는 아주 간단하게 빠졌다. 하지만 마리아는 자신의 추측이 정곡을 찔렀음을 기뻐할 마음이 들지 않았다.

"한 가지 더. 파이퍼 교수에게 온 협박장 말인데, 그건 가짜야. 적어도 공작원 놈들이 보낸 건 아니야."

"엇."

예상외로 빠른 결론이었다. "잠깐, 정말이야? 일처리가 꽤 빠른걸."

"연방수사국의 지인에게 내용을 좀 봐달라고 했지. 내용이 너무 직설적이래. 덧붙여 놈들이 요구 내용을 문장으로 남기는 경우는 거의 없고, 보통은 남의 눈에 띄지 않는 곳으로 불러내서 직접 접촉해 구두로 전달한다는군."

"공작원은 처음부터 없었다는 뜻?"

"단언은 못 해. 어디까지나 공작원이 그 협박장을 보내지는 않았다는 이야기야. 놈들이 별도로 활동했을 가능성을 완전히 부정할 수는 없어. 하지만 개인적인 견해를 말하자면 공작원이 개입했을 가능성은 없다고 봐. 이번 사건은 당신 말대로 리베카 포덤과 가까운 사람이 필립 파이퍼 교수 팀에게 복수하기 위해 저지른 짓이겠지."


수화기를 내려놓자 혼란이 다시 마리아의 머릿속을 지배했다. 플라스틱 조각과 협박장은 어떤 의미에서 예상대로였다고 할 수 있다. 하지만…….

존이 보낸 그래프를 뚫어져라 들여다보았다.

"마리아."

렌이 불렀지만 대답할 정신이 없었다.

교수 팀은 스텔스 젤리피시, 정확하게 말하자면 전파 흡수형 진공 기낭 소재를 개발하는 데 성공했다. 어떻게 했는지는 모른다. 엄청난 행운의 도움을 받았을 수도 있다. 하지만 그리하여 완성했을 그들의 시험기에는 전파 흡수 기능이 전혀 없었다.

왜? 왜 신소재 진공 기낭을 시험기에 사용하지 않았지? 기존과 동일한 진공 기낭으로 항행 시험을 강행하는 데 도대체 무슨 의미가.

어?

기존과 동일한 진공 기낭으로 항행 시험을 강행하는 의미……?

"마리아, 왜 그러세요?"

렌이 마리아 옆에서 고개를 기울여 얼굴을 들여다보았다. 마리아는 목소리를 쥐어짜내 검은 머리의 J국인에게 말했다.

"렌, 지도 좀 가져와."

"예?"

"지도 말이야, A주와 주변 주가 나와 있는 거! 자랑 컴퍼스도 준비해. 젤리피시 소유자들의 조서도. 빨리!"

*

한 시간 후.

"마리아…… 이건……."

검은 머리 부하는 책상에 시선을 고정한 채 흥분한 목소리로 말했다.

"예상이 맞았네."

부아가 치민다는 투로 대꾸하며 마리아는 렌에게 날카로운 시선을 던졌다. "렌. 존한테 샘플을 준비해달라고 해. 그리고 UFA에 확인해. 내용은 말 안 해도 알지?"

  그녀와 나눈 약속에 가슴을 두근대며 모형 판매점으로 향한 그날, 계산대에 서 있던 여자 점원에게 리베카는 어디 갔느냐고 묻자 점원은 구슬프게 눈을 내리뜨고 조용히 리베카가 죽었음을 알려주었다.

  내가 어떻게 반응했는지는 기억이 잘 안 난다. 아마도 멍하니 있었으리라. 오히려 리베카의 아르바이트 동료라는 그 점원이 몇 번이나 눈가를 훔쳤고 목소리도 떨렸다.

  양부모님 집으로 돌아가 평소엔 좀처럼 읽지 않는 신문을 펼쳤다.

A주립 대학교에서 여학생 사망. 실험중 사고인가

17일 밤, A주립 대학교 이학부 실험실에 리베카 포덤 씨(19)가 쓰러져 있는 것을 학생들이 발견했다. 신고를 받고 구급차가 출동했지만 사망이 확인되었다.

길지도 않은 기사를 몇 번이고 되풀이해 읽었다.

그러다 글씨가 흐려져서 더이상 읽을 수가 없었다. 흔들리는 시야 속에서 눈물이 한 방울, 또 한 방울 신문에 스며들었다.

\*

그날 저녁, 리베카가 보낸 봉투가 배달됐다.

봉투에는 책등이 닳은 노트 몇 권과 메시지 카드 한 장이 들어 있었다.

생일 축하해. 제 날짜에 안 갔다면 미안해.

지금 내게 제일 소중한 걸 보낼게. 아껴주길 바라. —R

그것이 리베카가 내게 남긴 마지막 말이었다.

* * *

(1983년 3월 11일 자 A주 신문에서)

파이퍼 교수 추락 사고. 원인 규명에 난항

한 달 전 UFA의 젤리피시 시험기가 추락해 필립 파이퍼 교수를 포함해 여섯 명이 사망하는 사고가 발생했다. 하지만 여태 사고 원인을 알아내지 못해 진상 규명에 어려움을 겪고 있다.

사고 당시, 파이퍼 교수는 연구원 다섯 명과 함께 시험기 항행 시험에 나섰음이 밝혀졌다. 하지만 UFA가 기낭식 비행정 부문을 설치한 이래, 젤리피시 연구 개발에 관련된 사항을 철저히 비밀에 붙여온 탓에 시험기의 상세한 정보는 지금도 베일에 둘러싸여 있다. 실험 노트 등의 기술 자료는 사고가 발생했을 때 불탄 것으로 추정되며, 현재로서는 인재人災인지 아닌지도 판단하기가 힘든 상황이다. UFA에서는 "사고가 난 기체를 조립하는 과정에는 아무 이상도 없었다"는 입장을 표명했으며 전문가들은 "전기 누전 등으로 화재가 발생해 진공 기낭이 망가진 것 아니겠냐"는 견해를 내놓았다.


(1983년 10월 21일 자 A주 신문에서)

젤리피시 논문에 도용 의혹

—항공공학계에 큰 파문. UFA, 사업에 타격 불가피

올해 2월에 사고로 세상을 떠난 필립 파이퍼 교수가 십일 년 전에 발표한 진공 기낭 논문은 표절이라며 당시 A주립 대학교에 재학했던 학생이 20일, 특허청에 UFA가 취득한 진공 기낭 관련 특허의 무효를 주장하는 소장을 제출했다.

소송을 제기한 측은 현재 A주립 대학교에 조교수로 있는 미하엘 던리비 씨(36). 미하엘 씨에 따르면 파이퍼 교수는 당시 A주립 대학교 이학부에 재학중이던 학생의 연구 성과를 무단으로 논문에 도용했다고 한다. 최근에야 그 학생의 실험 노트가 발견되어 그 내용이 파이퍼 교수의 논문과 아주 흡사하다는 사실을 알고 소송에 나섰다. 관계자에 따르면 "노트에는 논문이 발표되기 이 년 이상 예전 날짜가 적혀 있으므로 미하엘 씨가 승소할 가능성이 높다"고 한다. 만약 미하엘 씨가 승소하면 UFA는 젤리피시 관련 특허를 상실할 뿐 아니라 배상과 관련해 "일 억 달러 단위"(관계자)의 비용을 지불해야 하는 사태에 처한다.

파이퍼 교수의 논문은 기낭식 부유정 '젤리피시'의 기초로, "항공계의 역사를 바꾸었다"는 평가를 받는다. 그 논문이 도작이었을 가능성이 부각되어 항공공학계에 충격이 퍼지고 있다.

리베카의 묘비 앞에 꽃을 놓은 후 나는 잠시 눈을 감고 뺨을 어루만지는 바람에 몸을 맡겼다.

풀과 흙, 그리고 희미한 바다 냄새. 살결에 쏟아지는 햇살은 부드럽고, 나무들이 수런대는 것 말고는 고막을 흔드는 소리도 없다.

리베카와 잠깐의 시간을 함께했던 A주의 작열하는 태양과 모래 냄새, 건조한 열풍의 신음 소리가.

그리고 눈보라가 아우성치는, 피비린내로 가득한 눈의 감옥이.

이렇게 눈을 감고 있자니 마치 저멀리 다른 세상 같았다.

C주 남부, 리베카의 고향에 가까운 정원 묘지.

그녀는 바다가 보이는 이 높직한 언덕에 묻혀 있다.

나는 지금 뭘 위해 기도하는 걸까.

복수를 달성했고 그녀의 명예도 되찾았다고 알려본들 리베카는 기뻐하지도 슬퍼하지도 않을 텐데, 이제 와서 무덤 앞에서 이렇게 기도를 올리는 게 무슨 의미가 있을까.

답은 뻔하다. 아무 의미도 없다.

이건 단지 의식이다.

죽은 사람의 바람과는 아무 상관도 없이, 의식은 그저 정해진 형태로 산 자의 기억에 할 일이 끝났다는 사실을 새겨넣을 뿐이다.

눈을 떴다. 아무도 없다. 미하엘 던리비의 고발이 세상에 충격을 준 지도 좀 지났지만, 고발자가 원한 건지 젤리피시의 진짜 발명자인 리베카 포덤의 이름은 뉴스에 나오지 않는다. 하물며 그녀가 잠든 곳을 찾아올 사람은 나 말고 아무도 없을 듯했다.

그게 낫다. 호기심으로 찾아오는 사람들 때문에 그녀가 잠을 방해받는 것보다는 훨씬.

나는 발치의 종이봉투에서 그것을 꺼냈다.

두 손바닥 크기의 모형 비행선.

결국 주지 못했던 리베카의 생일 선물이었다.

바람에 날아가지 않도록 묵직한 받침대를 단 모형 비행선을 무덤 앞에 내려놓고 일어섰다. 마지막으로 다시 묵념을 올리고 묘지에 등을 돌렸을 때.

"이제 다 끝났어?"

몸이 굳었다.

눈앞에 두 사람이 서 있었다.

한 명은 눈동자가 붉은 미녀. 불타오르는 듯한 빨간 머리와 정장은 방금 전까지 치정 싸움이라도 벌인 것처럼 단정하지 못하게 흐트러졌다.

다른 한 명은 한 치의 빈틈도 없는 정장 차림에 안경을 낀, 이지적인 분위기의 젊은이. 머리 색깔과 생김새는 동양계다.

"석별의 정을 좀더 나눠도 돼. 이게 마지막 인사가 될지도 모르니까."

"당신들은……."

"에고, 이제야 겨우 납셨네."

빨간 머리 여자는 대담한 웃음과 함께, 검은 머리 젊은이는 차분한 표정으로 신분증을 내밀어 보였다. A주 F서, 마리아

솔즈베리. 같은 소속의 렌 구조.

"필립 파이퍼 외 다섯 명이 살해된 사건에 관해 당신한테 묻고 싶은 게 있어. 잠깐 서까지 같이 가실까, 에드워드 맥도웰."

*

마침내 범인이 눈앞에 나타났지만 렌은 약간 곤혹스러웠다.

겉보기에 나이는 이십 대 전반. 분명 자신보다 젊다. 아주 자연스럽게 정돈한 연한 갈색 머리, 부드러운 빛을 띤 비취색 눈동자. 두 경찰관을 앞에 두고도 마치 그리운 손님을 맞이하는 것처럼 조용히 웃음 짓고 있다.

이 차분한 태도의 평범한 청년이 사람을 여섯 명이나 참살한 범인?

"에드워드 맥도웰요?"

청년이 입을 열었다. "그건 제 이름이 아닌데요."

"그렇지. 나도 설마 공작원도 아닌 일반인이 천하의 UFA에 가명으로 숨어들 줄은 몰랐어."

마리아는 호주머니에서 서류 한 장을 꺼냈다. "성명: 에드워드 맥도웰 / 소속: AS시스템 서비스 주식회사 / 주소: A주

P시 ○○거리. UFA 총무과에 제출된 파견 사원용 출입 허가증 신청서야. 유효기간은 작년 구월부터 반년간. 하지만 이런 이름의 회사는 존재하지 않았어. 전화번호고 주소고 전부 엉터리였지."

'일곱 번째 인물'이 존재했다면 그자는 숨어 지내지 않고 파이퍼 교수 팀의 관계자로 처음부터 자기 자리를 확보했을 가능성이 높다.

번뜩이는 발상에서 도출된 마리아의 추론을 받아들여, 렌은 마리아와 함께 UFA가 보관해놓은 과거의 출입 허가증 신청 서류를 조사했다. 우는소리를 늘어놓는 마리아를 어르고 달래며 방대한 양의 신청서에 적힌 성명과 회사명, 주소, 전화번호를 확인했다. 그리하여 에드워드 맥도웰이라는 이름에 다다랐다.

"하기야 신청 부서는 기술개발부가 아니라 전혀 다른 부서였지만. 분명 네빌 크로퍼드가 몰래 손을 썼겠지."

사내 부서에서 신청서를 제출하는 시스템 때문에 생긴 허점이었다. 사내 사람이 확인했으니 괜찮을 것이라고 믿고 총무부는 신청서 내용 확인을 생략했다. 신청 부서로 되어 있는 부서에 확인했지만 에드워드 맥도웰이라는 이름의 파견 사원이나 본사 사원을 받아들인 기록은 없었고, 애당초 신청서가 제출됐다는 사실조차 파악하고 있지 못했다.

"에드워드 맥도웰이 저랑 무슨 관계죠? 필립 파이퍼 교수와 연구원들이 사고를 당했다는 건 압니다만, 그걸 저한테 물어본들."

"당신도 잘 알다시피 사고가 아니라 살인이야."

마리아는 성가시다는 듯이 말허리를 잘랐다. "이제 시치미 그만 떼. 당신이 파이퍼 교수와 무관하다면 왜 리베카 포덤의 무덤을 찾아왔지? 미하엘 던리비가 소송을 제기했다는 뉴스에도 리베카라는 이름은 언급되지 않았는데 말이야."

청년이 방금 전까지 기도를 올렸던 묘비에는 한 소녀의 이름이 새겨져 있었다.


Rebecca Fordham Nov. 16, 1950~Jul. 17, 1970


"리베카가 생전에 알고 지냈던 관계자들에게는 여기에 오지 말라고 말해뒀어. 당신이 편안한 시간을 보낼 수 있도록. 진짜 피가 마를 지경이었다니까. 기다려도 기다려도 와야 말이지. 기일, 아니면 기일 전후에 날을 잡아서 오지 않을까 싶었는데 설마 생일이었을 줄이야. 뭐, 그런 의외성도 싫지는 않아."

청년의 두 눈이 크게 벌어지더니, 이윽고 어린아이의 장난에 당했을 때처럼 어처구니없다는 듯한 쓴웃음을 지었다.

　이번 사건의 마지막이자 가장 큰 난관. 바로 범인 확보였다.

　마리아가 밝혀낸 진상을 실마리로 삼아도 사라진 범인의 행방은 알 수 없었다. 하지만 빨간 머리 상사의 방침은 극히 단순했다.

　―범인은 반드시 리베카 곁에 나타나. 붙잡는다면 바로 거기야.

　당신이라는 사람은 정말…….

　"리베카가 파이퍼 교수와 무슨 관계냐고 얼렁뚱땅 넘어갈 생각은 마. 우리도 대강은 알고 왔으니까. 당신이 그 설산에서 빠져나온 방법도 물론이고.

　다시 말할게, 당신……."

　"딱 하나입니다."

　청년은 집게손가락을 세웠다. 침착한 교사 같은 목소리였다.

　"뭐?"

　"당신이 정말로 전부 파악했다면 제게 던져야 할 질문은 하나밖에 없을 거예요. 이제 올바른 질문을 해보세요. 저는 그 질문에만 대답하겠습니다. 다른 질문에는 일절 대답할 생각

없어요."

마리아는 고개를 설레설레 흔들며 세게 나오네, 하고 중얼거렸다. 그리고 청년을 조용히 응시하며 입가에 다시 대담한 웃음을 지었다.

"그럼 딱 하나만.

당신, 누구야?"

청년이 숨을 멈췄다.

"범행 수법을 보면 이 사건의 동기는 명백해. 리베카 포덤의 연구 성과와 영예, 명성, 끝내는 목숨까지 빼앗은 파이퍼 교수와 연구원들에게 복수하는 거지. 하지만 아무리 조사해도 리베카와 당신을 연결하는 끈을 못 찾겠더라고. 리베카 포덤의 가족과 친척, 미하엘 던리비를 비롯한 미건 교수 연구실 멤버, 그 밖의 친구와 지인 등 온갖 교우관계를 아무리 조사해도 사건 당일 범행이 가능하고, 파이퍼 교수 팀의 죄업을 알고 있고, 이렇게 복잡기괴한 계획을 세울 만큼 복수심에 휩싸일 인물은 어디에도 없었어.

다시 물을게. 당신 누구야? 리베카 포덤과는 도대체 어떤 사이였어?"

나는 숨을 내뱉었다. 올바른 질문이다.

"남입니다."

빨간 머리 형사의 시선을 받으며 나는 입을 열었다. "십 수 년 전, 쇼핑몰 모형 판매점에서 아르바이트를 하던 소녀와 그 가게에 드나들었던 열 살짜리 아이. 단지 그 정도 관계의 생판 남입니다."

*

남입니다.

아주 자연스럽게 흘러나온 말이 렌의 머릿속을 흔들었다.

아르바이트 점원과 어린이 손님……?

고작 그 정도 관계에 불과했던 사람을 위해 여섯 명이나 되는 사람의 목숨을?

"그래, 그런 거였군."

웬일로 마리아의 눈에 애처로움과 안타까움이 한덩어리가 되어 떠올랐다. "손님은 맹점이었네. 리베카의 노트를 손에 넣었다면 연인이나 학교 친구, 아르바이트 동료가 아닐까 싶었거든. 리베카의 노트는 어떻게 입수했지?"

"질문은 하나만 받겠다고 했을 텐데요."

"그냥 한번 물어봤어. 싫으면 대답 안 해도 돼. 당신과 리베카의 연결점만 알아내면 노트 입수 경로는 십자말풀이의 마지막 빈칸 같은 거니까."

"나머지 칸은 다 메웠다는 건가요? 도대체 어떻게? 십자말풀이를 찍기로 풀다니 오히려 존경할 만한데요."

"누굴 바보로 아나."

내가 아는 어떤 동양인 같은 말투잖아. 마리아는 투덜거렸다. "말해두겠는데 나와 있는 힌트는 제대로 활용했어. 요행으로 에드워드 맥도웰을 찾아낸 건 아니라고."

"힌트?"

"사이먼 애트우드의 시체야. 왜 이 사람만 머리와 팔다리를 절단했을까? 다른 사람들에게는 불필요한 외상이 없었는데 말이지. 살아 있는 다른 사람들에게 일시적이나마 신원을 감추기 위해? 아니, 그럴 거면 머리만 자르면 돼. 팔과 다리까지 절단해야 할 이유는 어디에도 없어. 무엇보다 설산에 불시착한 젤리피시의 좁은 곤돌라에서 머리와 팔다리를 언제 어디서 절단한다는 거야? 들키면 대번에 아웃이잖아.

답은 하나. 항행 시험이 시작되기 전에 사이먼 애트우드는 이미 살해당했어. 설산에서 죽은 게 아니야. 시체를 운반하기 쉽도록 미리 머리와 팔다리를 해체하여 아이스박스 같은 데 담아서 시험기에 실은 거지."

교수 팀 여섯 명 중, 살아서 항행 시험에 참가한 사람은 다섯 명뿐이었다. 한 명이 빠져서 부족한 인원을 '일곱 번째 인물'이 채웠다.

"무슨 증거라도 있나요? 당신들이 주장하는 일곱 번째 인물이 진짜로 존재했다는 증거요. 자잘한 상황은 제쳐놓고, 다섯 명이서 항행 시험에 나섰을 가능성도 부정은 할 수 없을 텐데요."

"답을 채점해보시겠다?"

마리아는 비아냥거리는 목소리로 대꾸했다. "일곱 번째 인물은 분명히 있었어. 아니면 숫자가 맞지 않으니까."

"숫자?"

"항행 시험을 하는 동안 기술개발부 멤버는 체크포인트 다섯 군데에서 일용품을 사러 내려갔어. 순서를 정했는지 장소마다 각각 다른 사람이 모습을 보였지. 일곱 번째 인물이 없다면 그 순서는 성립되지 않아."

"어째서요? 다섯 군데니까 다섯 명이면 될 텐데요."

"되긴 뭐가 돼. 파이퍼 교수는 술에 푹 절어 지냈어. 분명 리베카의 노트로 협박당한 탓이겠지. 그런 상태로 물건을 사러 가기는 불가능하고, 갔더라도 점원의 뇌리에 푹 박히겠지. 무엇보다 제일 높은 교수가 잡일을 하러 나갈 리가 없잖아. 즉, 일용품을 사러 나간 사람은 다섯 명이 아니라 네 명이라는 결론이 나와."

그렇다면 첫 번째 체크포인트와 다섯 번째 체크포인트에는 같은 사람이 나타났을 것이다. 하지만 실제로는 첫 번째에 크리스토퍼 브라이언, 다섯 번째에 네빌 크로퍼드가 나타났다. 다른 사람이었다. 네 명이 아니라 다섯 명, 기술개발부 여섯 명에서 사이먼 애트우드와 필립 파이퍼를 빼고 일곱 번째 인물을 더한 다섯 명이 순서를 정해서 내려온 것이다.

일곱 번째 인물은 두 번째 체크포인트에서 내려왔다. 점원은 연한 갈색 머리밖에 기억하지 못했고, 렌과 마리아도 처음에는 외관상 특징이 가장 비슷한 사이먼 애트우드일 것이라 믿었다. 일곱 번째 인물도 자신의 모습이 기억에 남지 않도록 세심한 주의를 기울인 것이 틀림없다.

그렇다면 그 일곱 번째 인물은 누구인가.

UFA의 법인 카드를 사용했으니 그 인물은 기술개발부에서 법인 카드를 맡길 만큼은 신뢰를 받은 셈이다. 다시 말해 급하게 고용한 뜨내기는 아니다. 기술개발부의 새로운 멤버,

또는 그에 준하는 입장으로 꽤 오랜 기간 그들 곁에 머물렀을 것이다.

"과연."

청년이 감탄한 듯 고개를 끄덕였다. "그렇지만 일곱 번째 인물이 처음부터 멤버로 인정받았다면 일곱 번째 인물의 존재를 나타내는 증거가 그들 주변에 남아 있지 않을까요?"

"하지만 그런 증거는 없었지. 집무실에 '에드워드 맥도웰'이라는 이름표는 없었고, UFA와 공군에 제출된 시험 계획서에도 참가자로 기입된 건 정규 멤버 여섯 명뿐이었어. 뭐, 기술개발부 내부용 계획서에는 사이먼 대신 당신 이름이 실려 있었겠지만. 덧붙여 이름이 기입된 다른 서류도 없었지. 컴퓨터와 개인 구획의 지문을 싹 닦아낸 게 유일한 흔적이라면 흔적이지만, 우연히 청소를 했다든지 하는 식으로 얼마든지 다른 이유를 생각할 수 있어. 덕분에 우리도 완전히 속아넘어갔지."

"저한테요?"

"당신이 아니라 기술개발부 멤버에게. 신참이었을 일곱 번째 인물, 즉 당신이 외부용 시험 계획서를 작성했다? 그럴 리 없어. 당신의 출입 허가증 발급과 이름표도 마찬가지야. 전부 기술개발부, 정확하게는 그들의 일부가 꾸민 계획이었어. 당신은 그 계획에 써먹을 말로서 기술개발부에 추가된 거야. 처음부터 지워 없앨 것을 전제로."

"계획?"

"야반도주. 표면적인 핑계는 신형 젤리피시 항행 시험. 하지만 진짜 목적은 다른 나라로 망명하는 거였어. 새로운 진공 기낭 개발이 벽에 부딪힌데다 누군가가 리베카의 실험 노트 복사본을 보내서 협박한다는 속수무책의 상황에 몰린 끝에 그런 계획을 세웠겠지. 하지만 그냥 도망치면 국가 기밀을 유출한 범죄자로 U국에 쫓길 거야. 그래서 그들은 동료의 목숨을 희생해 사고로 위장하기로 했어.

시나리오를 대강 읊어보자면 이런 느낌이려나. 시험기가 항행 시험에 나선다. 도중에 무슨 문제가 발생한다. 자동 항행 프로그램이 폭주하거나 진공 기낭이 터져서 H산맥에 추락한다. 탑승자 중 절반이 사망하고 나머지 절반은 곤돌라 밖으로 튕겨 나가거나 도움을 요청하러 밖에 나갔다가 행방불명……된다든가.

요컨대 당신은 시체 역할로 멤버에 추가된 거야. 시체가 숯덩이가 되면 지문을 채취할 수 없고, 나이 차도 얼버무릴 수 있다. 그런 의도하에."

청년의 얼굴에서 표정이 사라졌다.

"당연히 이런 계획을 기술개발부 전원이 공유했을 리는 없어. 주모자는 아마도 네빌 크로퍼드, 리베카와 밀접한 관계였던 사이먼 애트우드, 그리고는 기껏해야 한두 명쯤이었겠지. 나머지 멤버는 아무것도 모르는 채 희생양이 될 예정이었어. 나머지 멤버 중 누가 어느 쪽 진영이었을지는 상상에 맡겨야겠지만, 술고래가 되어 아무 쓸모도 없어진 파이퍼 교수가 망명조가 아니었던 것만은 확실해. 망명조에게 뒤에 남을 시체는 많을수록 좋았어. 가능하다면 행방불명이 아니라 전부 죽은 걸로 해두고 싶었겠지. ……하지만 마침맞는 대역을 찾기는 쉽지 않아. 실제로 선택된 건 당신 하나뿐이었어. 그게 전부 당신 계획의 일부였는지도 모르고 말이야."

마리아가 던진 말에 청년이 반응하기까지 시간이 약간 걸렸다.

"파이퍼 교수 팀의 사고는 원래, 당신 표현으로 말하자면 망명조가 꾸민 일이었다고요? 도무지 이해가 안 가는데요. 그럼 그 망명조는 어떻게 살아남을 생각이었을까요? 항행 시험에는 멤버가 거의 전원 참가했잖아요. 추락시킬 기체에 본인들도 탑승하다니, 자살행위로밖에 안 보입니다만."

"있었어. 처리하고 싶은 사람들만 추락사시키고 자신들은 안전하게 살아남을 좋은 방법이. 당신은 그 방법을 이용해 설산에서 빠져나온 거야."

청년의 눈이 살며시 가늘어지는 것을 렌은 놓치지 않았다.

"이 사건은 모순투성이었어. 살아남은 일곱 번째 인물이 있었을 텐데, 도저히 자력으로 탈출하기는 불가능한 상황이었지. 외부인의 범행이라고 하기도 애매하고 내부인의 범행이라고 하기도 애매했고.

교수 팀의 시험기부터 그래. 신소재 개발에 성공했는데 추락 현장에는 기존 소재로 만든 진공 기낭이 남아 있었어. 어째서? 원래 부숴버릴 작정이었으니까? 그럴 리 없어. 시험중에 사고가 났다고 위장할 계획이라면 시험기에는 신소재 진공 기낭을 사용하는 편이 확실했을 거야. 그렇지만 그들은 사용하지 않았어. 그게 아니지. 사용하지 않은 것처럼 보였어."

"왜죠?"

"간단해.

젤리피시는 처음부터 두 척이었으니까."

침묵이 찾아왔다.

"일곱 번째 인물이 설산을 빠져나가려면 불탄 시험기 외에 다른 젤리피시를 준비하는 것밖에 방법이 없지. 그런데 교수 팀을 설산으로 유도하려면 자동 항행 시스템을 손봐야만 해.

그게 가능한 사람은 교수 팀에 소속된 사람뿐이야. 따라서 일곱 번째 인물과 또 다른 젤리피시는 이번 사건과 명백히 모순된다. 우리도 처음에는 그렇게 믿었어.

하지만 답은 아주 단순했지. 항행 시험에 사용된 기체는 한 척이 아니라 두 척이었다. 당신과 교수 팀은 두 척에 반씩 나눠서 탑승했고, 두 척 모두 자동 항행 프로그램으로 H산맥의 그곳에 불시착한 거야."

마리아는 사진 한 장을 들어올렸다. 기술개발부 집무실에 있던 사진이다.

십 년 전, 교수 팀이 UFA에 의뢰하여 만든 젤리피시 실험기.

"UFA에 문의했어. 이건 UFA가 젤리피시 사업에 나서기 전에 만든 거야. 날 수 있을지 없을지도 모를 실험기를 어디까지나 공동 연구라는 형태로 만들어본 거지. 젤리피시 판매 목록에는 안 올라 있어. 그리고 벤처기업을 매수하기 이전에 이미 파이퍼 교수의 명의가 되어 회사 자산으로는 등록되지 않았던 모양이더군. 그래서 이 기체는 교수가 인수하여 별장에 보관중이었어. 추락 사고가 발생한 후 시한 발화장치로 불탄 별장 정원에. 교수 팀은 이 사진 속의 실험기, 이른바 영호기를 몰래 보수해서 시험용 기체를 한 척 더 마련한 거야."

청년은 아무 대답도 없었다.

얼굴에 가벼운 경악과, 그리운 옛 친구와 재회라도 한 것처럼 고요한 웃음이 맺혔다.

U국에서 민간용으로 출시한 젤리피시는 백여 대. 그 행적을 하나하나 쫓았지만 H산맥에 접근한 기체는 없었다.

한편 UFA 공장에 시험기와 전시기는 보관되어 있지 않다. 부지를 확보하기 위해 판매 대리점으로 옮겼다는 이야기를 듣고 영호기도 대리점에 전시되어 있으리라 믿었다. 하지만 영호기는 인류 최초의 진공 기낭식 부유정. 역사적인 가치를 지닌 물건이다. 박물관에서 정중하게 관리하든지, 아니면 발명자가 인수하는 것이 어떤 의미에서 당연한 흐름이다. UFA 측도 까다롭게 소유권을 따지고 들지는 않았다.

"두 척이 항행 시험에 사용됐다고요? 도대체 뭐 때문에요?"

"비교대조 실험이야. 신형과 구형의."

마리아는 호주머니에서 다른 종이를 꺼냈다.

신규 및 기존 진공 기낭 소재의 전파 투과율을 비교한 그래프다.

"나도 잘 몰랐는데, 새로운 재료의 성능이 뛰어나다고 주장할 때 그 재료의 데이터만 제시하면 과학 논문으로서는 빵점인가 보더라고. 기존에 사용된 재료의 데이터도 같이 제시해서 얼마나 뛰어난지 비교해야 해.

'뒤떨어지는 부분이 없음'을 나타낼 때도 마찬가지야. 신형 젤리피시에는 새로운 소재로 만든 진공 기낭을 사용하기로 되어 있었어. 교수 팀의 항행 시험은 원래 신형과 구형 두 척으로 같은 날, 같은 경로를 비행해서 같은 조건 아래 양쪽의 비행 성능에 차이가 있는지 없는지를 확인하기 위한 시험이었던 거야."

*

빨간 머리 형사가 말을 끝내고 루비 색깔로 빛나는 눈으로 나를 쏘아보았다.

정답이다.

2월 6일, 차세대 기종은 항행 시험에 나섰다. 탑승자는 네빌, 크리스, 린다 세 명.

나머지 멤버인 나, 파이퍼 교수, 윌리엄은 대조 실험을 위해 다른 곳에서 구형 젤리피시에 탑승해 신형과 거의 같은 경로를 비행하기로 했다.

망명조는 비교대조 실험을 진행한다는 명목을 내세워 뒤에서는 완전히 다른 계획을 진행했어. 처리하고 싶은 멤버들은 구형 기체에, 자신들은 신형 기체에 나누어 타고 구형 기체만 추락시키는 거였지. 그리고 자신들도 함께 죽은 걸로 위장해 안전하게 도주한다. 이게 '망명조'의 계획이었지만 꼴좋게 실패했지. 그 계획을 당신이 가로챘기 때문이야."

단칼에 베어버리는 듯한 마리아의 목소리를 들으며 렌은 경외심과도 비슷한 심정을 느꼈다.

범인은 망명조가 놓은 덫을 피해 반대로 덫을 설치했다. 두 척의 자동 항행 프로그램을 재수정하여 둘 다 같은 설산에 불시착시키고, 아무도 방해할 수 없는 곳에서 교수 팀의 목숨을 빼앗았다. 시체를 전부 한쪽 젤리피시에 모으고, 곤돌라에 남은 자신의 지문을 지우기 위해 불을 지른 후 다른 젤리피시로 설산을 빠져나왔다. 이것이 바로 빨간 머리 상사가 꿰뚫어 본 진상이었다.

현장에 남은 진공 기낭에서 스텔스 기능이 확인되지 않은 것은 구형, 영호기의 진공 기낭이었기 때문이다.

"그건 이상한데요. 두 척이 나란히 비행했다면 상당히 눈에 띄었을 겁니다. 체크포인트에서도 두 척이 정박했다면 다른 손님의 기억에 남았을 거고요."

"물론 완전히 동일하지는 않아. 경로에 다소 차이가 있었을 테고, 적어도 지상에서 두 척이 동시에 보이지 않도록 백 킬로미터쯤 간격을 두고 날았겠지. 시간으로 따지자면 한두 시간 차이일 거야."

시험기의 비행 고도가 보통보다 낮았던 진짜 이유는 이것이었다. 단순히 목격될 확률을 낮추기 위해서가 아니다. 두 척이 동일한 지점에서 동시에 목격되지 않도록 하기 위해서다.

보통과 같은 고도로 비행해도 두 척의 간격을 더 넓히면 동시에 목격될 일은 없다. 하지만 간격이 너무 벌어지면 서로 통신이 불가능해진다. 교수 팀은 군에서 통신기를 지급받았다고 한다. 존의 말에 따르면 무선 통신의 전달 범위는 백 킬로미터. 그 범위 안에서 두 척이 동시에 시야에 들어가지 않을 고도의 한계가 바로 지상 이백 미터였다.

"체크포인트도 마찬가지야. 한 곳에 한 척만 착륙했지. 겉모습이 완전히 똑같은 신형과 구형 젤리피시가 한쪽은 홀수 체크포인트에, 다른 한쪽은 짝수 체크포인트에 교대로 착륙해서 마치 한 척만 비행한 것처럼 위장한 거야."

청년의 눈동자가 경탄의 빛으로 물들었다.

각 체크포인트에 나타난 멤버는 각 지점마다 달랐다. 당초 렌은 미리 순서를 정해둔 모양이라고 생각했지만, 그것이 바로 그들의 노림수였다. 젤리피시 한 척에 여섯 명이 탑승했다고 오인시키기 위한 노림수. 구매한 식재료도 실은 '여섯 명이 한 끼'가 아니라 '세 명이 두 끼'를 먹을 양이었다.

방 배정도 마찬가지다. 젤리피시 곤돌라에 객실은 세 개. 처음에는 렌도 마리아도 2층 침대를 사용해 한 척에서 여섯 명이 지냈다고 믿었다. 하지만 실제로는 방 하나에 한 명씩, 두 척에 나누어서 지냈다.

처음부터 젤리피시 두 척으로 비행했을지도 모른다는 마리아의 번뜩이는 발상을 바탕으로 두 사람은 교수 팀의 시험기 목격 정보를 재검토했다.

결과는 극적이었다. 자와 컴퍼스를 사용해 목격 정보를 지도에 그려 넣자 모순투성이로 느껴졌던 증언에서 두 척의 항로가 희미하게 부각됐다.

"처음부터 두 척이 같이 비행했다는 명확한 물증이 있나요?"

"시험기 잔해는 H산맥 한구석, 암벽에서 처마처럼 튀어나온 암반 밑에서 발견됐어.

문제는 위치야. 암반은 암벽을 따라 남북으로 백 미터쯤 튀

에필로그

어나왔는데, 젤리피시 잔해는 남쪽에 치우쳐서 널브러져 있었지.

왜지? 눈보라를 조금이라도 더 견디고 싶다면 보통은 처마 한복판 밑에다가 고정해놓을 텐데 말이야."

답은 간단하다. 처마 밑으로 대피한 젤리피시가 한 척이 아니라 두 척이었기 때문이다. 불타서 잔해만 남은 젤리피시가 남쪽에, 사라진 젤리피시가 북쪽에 나란히 고정되어 있었다.

다른 한 대가 정박한 흔적은 현장이 발견되기 전에 눈보라에 지워졌다. 현장검증을 할 때도 모두 잔해 부근에 박힌 하켄에만 정신이 팔렸다. 하지만 눈이 녹은 후 다시 면밀하게 조사한 결과, 처마 북쪽 밑에도 다른 젤리피시를 고정하는 데 사용했으리라 추정되는 하켄의 흔적이 발견됐다.

─렌. 별장에서 시체는 발견됐어?

별장을 조사하던 도중, 마리아는 차고에 남아 있던 자동차를 보며 물었다. 렌도 처음에는 마리아가 무슨 뜻으로 그런 질문을 했는지 헤아리지 못했지만, 잠깐 생각해보자 그런 의문을 품는 것이 당연했다. 차고에 자동차가 있다면 별장에도 누군가가 있을 것이다. 하지만 자동차 주인은 별장과 주변 어디에서도 발견되지 않았다.

어디로 사라졌을까. 답은 단순했다. 또 하나의 젤리피시, 영호기에 탑승했다.

별장 정원은 야구라도 할 수 있을 만큼 넓었다. 일찍이 세계 일주를 달성한 여객 비행선은 길이가 237미터, 야구장 두 개를 합친 만큼 크다. 그에 비해 젤리피시는 폭이 사십 미터, 야구장의 3분의 1 크기다. 놓아둘 공간은 충분하다.

게다가 교수의 별장은 바깥세상과 격리된 숲속에 있다. 주변에 키 큰 거목이 우거져 외부에서 시각적으로도 차단된 상태였다. 젤리피시가 보관되어 있었다는 사실도, 그 젤리피시가 어딘가로 사라졌다는 사실도 근교 주민들은 아무도 몰랐다.

하지만 영호기를 당시 상태 그대로 사용할 수는 없었다. 비교대조 실험의 정확성을 높이기 위해서라는 명목으로 자동 항행 시스템을 추가하고 곤돌라 및 교각 외부에 붙일 전투기용 스텔스 소재를 조달할 필요가 있었다.

자동 항행 시스템은 외장식으로, 테스트용이 몇 세트 제조됐다. 그중 하나를 은밀히 영호기에 장착했다.

전투기용 스텔스 소재도 존의 말에 따르면 필요한 양의 2.5배를 지급했다고 한다. 진공 기낭의 신소재를 실험하느라 소비한 것도, 유출된 것도 아니다. 차세대 기종과 영호기 두 대 분량이 필요했을 뿐이다.

—기체 디자인은 실험기를 제작한 시점에 대부분 완성된

상태여서.

커티스의 증언이 떠올랐다. 양산된 기체의 디자인은 영호기와 동일하다. 한편 차세대 기종의 교각은 양산품의 교각을 가져다 썼고, 곤돌라는 내부 설비밖에 변경하지 않았다. 즉, 영호기와 차세대 기종은 겉모습이 완전히 똑같이 생겼다. 교각과 곤돌라에 스텔스 소재를 붙이면 색깔도 포함하여 쌍둥이 같은 기체가 두 척 완성된다.

"교수의 별장에 불을 지른 건, 거기가 영호기를 보수하고 개조하는 베이스캠프였기 때문이야. 자료와 당신 지문 등 자잘한 증거가 잔뜩 남아 있었을 테지.

'망명조'는 영호기에 덫을 놓았어. 자동 항행 프로그램을 수정하고, 엔진의 보이지 않는 부분에 시한 발화장치를 설치했겠지. 항행 시험이 종반에 접어들었을 무렵에 이 덫이 작동하여 '희생양조'가 영호기와 함께 나락으로 떨어지도록.

하기야 당신이 전부 조치를 취했겠지만. 별장을 불태우는 데 사용된 시한 발화장치, 원래 영호기에 설치되어 있던 거 아니야?"

청년은 대답이 없었다. 마리아는 말을 이었다.

"기술개발부는 항행 시험에 젤리피시가 두 척 사용된다는 사실을 철저하게 비밀로 했어. 제출용 시험 계획서에도 영호기에 대해서는 한 글자도 적혀 있지 않았지. 제조부와 공군을 비롯한 외부인은 교수 팀이 차세대 기종 한 척으로 항행 시험에 나선다고 생각했어.

기술개발부 멤버들은 당연히 진실을 알고 있었지. 하지만 희생양조는 이번 항행 시험이 신형과 구형 젤리피시를 사용한 비교대조 실험이라 믿어 의심치 않았어. 두 척을 한 척으로 위장하는 것도 군사기밀을 지키기 위해서라고 받아들였고. 만약의 만약에 대비해 시험 계획서도 한 척 버전밖에 주지 않은 것 아닐까. 한편 망명조는 모든 것을 다 알고 있었지. 그들은 영호기를 사고로 위장해 추락시키고 차세대 기종을 선물로 삼아 타국으로 망명할 계획이었어. 당신은 이 모든 상황과 사정을 이용한 거야.

어휴, 이렇게 복잡한 계획을 참 잘도 실행에 옮겼네. 당신 정말로 누구야? 이놈이고 저놈이고 죄다 쥐고 흔들다니 대단해. 아무리 리베카의 노트가 있었기로서니 교수 팀에 잠입하기도 힘들었을 텐데."

*

……볼장 다 봤군.

그것이 솔직한 심경이었다. 빨간 머리 형사의 추궁은 그만큼 정곡을 찔렀다.

너무 자만했다. 모든 것을 자유자재로 조종할 수 있을 만큼 나는 전지전능한 존재가 아니다. 내가 지금 이 자리에 서 있는 것은 수많은 행운과 우연 덕분, 말하자면 단순한 물리현상의 결과인 셈이다.

그렇다. 운명의 톱니바퀴는 그날 사이먼 애트우드와 십여 년 만에 해후했을 때 돌아가기 시작했다.


리베카가 세상을 떠난 지 몇 주가 지나 이번에는 나를 거두어준 양부모님이 일 때문에 다른 주로 이사하게 되었다.

나는 그들과 함께 A주를 떠났다. 리베카와 만난 지 고작 몇 달 후였다. 리베카가 일하는 가게에서 사놓고 뜯지도 않은 모형 몇 개와 그녀의 실험 노트. 내게 남은 리베카의 추억은 그게 전부였다.

새로 이사한 곳에서 나는 최대한 평소와 다름없는 척했다. 하지만 양부모님 눈에는 내가 변한 것이 보인 모양이다. 잘못 건드리면 터지는 폭탄을 다루는 듯한 태도가 더욱 조심스러워졌다. 환경이 잇달아 바뀌어서 탈이 난 걸까. 두 사람이 그런 대화를 나누는 소리를 몇 번인가 들었다.

리베카가 왜 내게 진공 기낭 실험 노트를 맡겼는지는 지금도 모르겠다. 파이퍼 교수 팀이 남의 연구 성과를 빼앗는 놈들이라는 사실을 어렴풋이 눈치챈 걸까. 미하엘이 아니라 나를 선택한 건 교수 팀의 손에서 노트를 최대한 멀리 떨어뜨려 놓고 싶어서였을까. 아니면 같은 비행기 애호가에게 보내는 우정의 증표였을까.

답은 나오지 않았다. 내가 할 수 있는 일은 미력한 힘이나마 다 바쳐 리베카가 노트에 남긴 생각의 궤적을 해독하는 것뿐이었다.

리베카의 눈부신 발명을 전부 이해하기까지 십 년도 넘는 세월이 필요했다.


그러므로 A주립 대학교에 진학한 건 어떤 의미에서 필연적인 선택이었다.

약 팔 년 만에 A주에 돌아오자 그 당시와 똑같이 작열하는 더위가 나를 기다리고 있었다. A주립 대학교 근처 쇼핑몰도 당시와 다름없이 사람들로 북적거렸지만, 입점한 점포는 크게 바뀌었다. 리베카가 일하던 모형 판매점은 자취를 감추었고, 그 자리에서는 다른 가게가 영업을 하고 있었다. 이웃 가

392　　에필로그

게 종업원 말로는 모형 판매점은 사오 년 전에 문을 닫았다고
한다. 모형이 놓여 있던 선반은 예쁜 여성용 시계가 진열된
진열장으로 바뀌었다.

 A주립 대학교에도 리베카의 흔적은 거의 남아 있지 않았다.
 리베카가 목숨을 잃었다는 이학부 화학과 건물에는 딱 한
번 가보았다. 별다를 것 없이 평범한 화학 실험실이었다. 리베
카가 소속되어 있었다는 연구실도 이미 없어졌다. 팔 년이라
는 세월이 모든 것을 두껍게 덧칠하고 말았다.
 유일하게 도서관에 보관된 교내 소식지 과월호가 사고 상
황과 리베카에 관해 지면을 크게 할애하여 전달했다.
 리베카의 연구실 선배 미하엘 던리비가 연구자로서 화학
과에 남았다는 것도 교내 자료를 조사해서 알아냈다. 하지만
그를 찾아갈 마음은 들지 않았다. 가령 이야기를 듣더라도 이
야기 속 리베카는 미하엘이 보고 느낀 리베카다. 그리고 그의
이야기를 들으면 이번에는 나와 리베카의 이야기를 해야 한
다. 어쩐지 몹시 거부감이 들었다.
 그렇게 하루하루 그저 리베카의 자취를 찾아 헤매며 지내
던 무렵, 항공공학과 게시판에 붙은 홍보지 한 장이 눈에 들
어왔다.

특별 강의 '기낭식 부유정의 개발과 전망'
강사: 사이먼 애트우드

그 강의에서 나는 사이먼 애트우드를 다시 만났고, 강의 내용이 리베카의 실험 노트에 적힌 내용과 똑같다는 것을 알았다.

남의 힘을 빌려야겠다는 생각은 마지막까지 들지 않았다.
오직 없애야 할 여섯 명 본인과 내 힘으로 끝장을 낸다.
리베카를 구하지 못했던 나는 필연적으로 그런 결론을 내렸다.

강의가 끝난 후 나는 사이먼에게 접근해 공부에 열심인 학생인 척 기술적인 질문을 몇 개 던졌다. 에드워드 맥도웰이라는 가명도 이때부터 사용했다. 가명의 유래는 별것 아니다. 당시 학교 동기의 성명을 적당히 조합했을 뿐이다.

모형 판매점에서 리베카와 이야기를 나누던 어린아이를 사이먼은 전혀 기억하지 못했다. 내가 연구 주제에 참고하고 싶다고 거짓말을 하자 사이먼은 의심하는 기색 하나 없이 담담하게, 하지만 자존심을 자극받은 듯 리베카의 노트 내용과 토씨 하나도 다르지 않은 대답을 내놓았다.

적당한 틈을 노려 나는 무지한 척 사이먼에게 폭탄을 던졌다.

—어떠한 경위로 그런 합성법을 발견하셨나요? 화학합성에도 정통해야 하다니 항공공학이 그런 학문인 줄은 몰랐네요.

사이먼의 눈동자가 아주 잠깐, 하지만 크게 흔들렸다.

어물어물 얼버무리는 사이먼에게 납득했다는 듯이 고개를 끄덕이자 그의 표정에는 안도감이 번졌지만 눈에는 경계심이 희미하게 남아 있었다.

유죄.

사이먼은 내게 저녁을 같이 먹자고 청했다. 내 질문에 담긴 진의를 알아내려는지 사이먼은 나에 대한 것과 십 년 전 리베카의 사고사에 대해 에둘러서 물어보았다.

—내내 시골에 살아서 그런지, 이렇게 큰 지역에 오니까 눈이 핑핑 도네요. 부모님이 살아 계시면 보여드리고 싶을 정도예요.

—그런 사고가 났었다는 이야기는 들었어요. 이학부랬나, 약학부랬나.

부자연스럽지 않도록 주의하면서 나는 모르는 척 시치미를 뚝 뗐다. 드디어 공연한 걱정이었다는 확신이 들었는지, 사이먼은 대놓고 안도한 표정을 지으며 네 잔째 맥주를 주문했다.

만취한 사이먼 대신 내가 그의 자동차를 몰아 집까지 바래다주었다. 사이먼은 A주립 대학교에서 남쪽으로 내려가면 나오는 고급 주택가에 혼자 살고 있었다.

차고에 차를 댈 즈음, 사이먼은 자물쇠가 달린 불룩한 가방을 품에 안은 채 뒷좌석에서 깊은 잠에 빠져 있었다.

나는 사이먼이 깨지 않도록 신중하게 가방을 빼냈다. 그의 윗도리 주머니를 뒤져 작은 열쇠를 꺼내 가방을 열었다.

나는 가방 속 서류를 읽고 그들이 공군에게 스텔스 젤리피시를 개발해달라는 의뢰를 받았으며, 개발이 벽에 부딪혔다는 사실을 알아냈다.


다음날 나는 사이먼에게 받은 명함을 보고 그에게 전화를 걸었다. 저녁을 대접해주어 고맙다고 인사하고 몸 상태를 염려한 후에 앞으로도 연구에 관해 조언을 얻을 수 없겠느냐고 묻자, 사이먼은 처음 보는 학생에게 운전기사 노릇을 시켜서 미안했는지 지장이 없는 범위에서라면 괜찮다고 승낙했다. 그리하여 나는 사이먼과 개인적으로 소통하는 채널을 얻었다.

그의 기술 지도—그렇게 부를 만한 내용은 아니었지만—를 받으며 나는 오랜 시간을 들여 파이퍼 교수의 예전 연구실에 관한 정보를 조금씩 끌어냈다. 그리고 적당한 시기에 한 가지 부탁을 했다.

—여러분의 작업장을 견학할 수 없을까요? 젤리피시가 어떻게 제조되고 개발되는지 꼭 보고 싶어서요.

기낭식 부유정에 흥미를 품은 학생이라면 실제 제조 현장과 연구 시설을 견학하고 싶어 할 만하다. 사이먼은 제조부를 견학하도록 쾌히 허락해주었지만, 기술개발부 쪽은 예상대로 기밀을 이유로 대답을 망설였다. 나는 괜한 의심을 사지 않을 정도로만, 연구에 종사하는 사람으로서 연구 현장의 제일선을 견학하고 싶다고 부탁했다.

결국 사이먼이 양보했다. 너무 완고하게 거절하면 도리어 의심받을 수도 있다고 판단했는지도 모르겠다. 다른 연구원이 없는 일요일, 나는 취업 활동중인 학생이라는 입장에서 부화동을 비롯한 제조 현장을 견학하고, 기술개발부 건물에 발을 들여놓는 데 성공했다.

볼만한 가치가 있는 곳은 아니었다. 그들의 실험실은 젤리피시 연구 개발의 제일선이라고 부르기에는 너무나 빈약했다.

기회는 예상외로 빨리 찾아왔다. 회의실에서 휴식을 취하던 중에 사이먼이 화장실에 갔다.

준비한 드라이버로 콘센트 덮개를 벗겨내고 도청기를 설치한 후 다시 원래대로 돌려놓기까지 이 분도 걸리지 않았다.

준비를 마치자 나는 협박에 나섰다.

목적은 크게 네 가지. 교수 팀에게 순수하게 정신적인 고통을 준다. 그들의 반응을 관찰하여 죄의 크기를 가늠한다. 계획에 필요한 자금을 확보한다. 그리고 R국의 개입을 암시함으로써 그들을 궁지에 몰아넣어 UFA와 공군을 배반하게 만든다.

그들 전원과 접촉하려면 그들이 행동에 나서도록 부추길 필요가 있었다. 공군의 검열과 감시에 걸리지 않도록 신중에 신중을 기하며 신문 배달을 가장해 협박장이 든 봉투를 필립 파이퍼의 자택 우편함에 넣었다. 사이먼, 그리고 기술개발부의 중추로 추정되는 네빌과 크리스에게도 협박장을 보냈다.

—다 네놈 탓이야, 크로퍼드.

—어떻게 할…… 네빌…… 크리스 말대로…… 빨리 손을 쓰지 않으면…… 그런 건 알고…… 사이먼, 넌 잠자코…….

효과는 기대 이상이었다. 정신착란을 일으킨 듯한 교수의 고함소리를, 겁을 먹고 말다툼을 벌이는 예전 연구생들의 목소리를, 나는 도청기를 통해 들었다.

—이봐, 우리 회사에 흥미 없나?

한 달 후, 사이먼은 어쩐지 긴장된 분위기로 내게 어둡고 생기 없는 미소를 던졌다.

그들은 내가 기술개발부의 일원이 된 사실을 대내외에 교묘하게 은폐했다.

이 시점에 이미 그들—이라기보다도 네빌—은 계획의 청사진을 그리고 있었던 모양이다. 협박한 지 고작 한 달 만에 이렇듯 과감한 움직임을 보이다니 약간 의외이기는 했다. 시체 역할을 맡기기에 딱 알맞은 나를 일찌감치 확보해두려는 의도였는지도 모르겠다.

UFA에서 내 신원을 보증하는 것은 가명으로 만든 반년 기한의 출입 허가증 한 장뿐. 다른 사원이나 외부인과는 접촉이 금지됐다. 기술개발부와 가장 밀접한 관계인 제조부 사람도 예외는 아니었다.

'군과 맺은 기밀 유지 계약상 제약이 있다'는 영문 모를 이유를 들어 노동계약서조차 정식으로 쓰지 않았다. 무지한 학생이니 얼마든지 속여넘길 수 있다고 네빌 선에서 판단했는지도 모르겠다. 하기야 이력서를 제출하지 않아도 된 건 내 입장에서도 다행이었다.

그들의 목적을 알면서 나는 아무것도 모르는 척했다. 기술개발부 건물에서 한 발짝만 밖으로 나가면 나는 UFA에 드나드는 수많은 업자 중 한 명에 지나지 않았다. 공장 종업원이 수천 명이나 되는데도, 하늘 아래 나는 그저 고독했다.

자동 항행 시스템 개발 업무를 배정받은 것은 요행이었다.

기술개발부 멤버를 어떻게 아무 방해도 없는 곳으로 끌어들이느냐는 이번 계획의 큰 문제 중 하나였다. 그 어려운 문제를 별 고생 없이 해결할 방법이 생긴 덕분에 계획은 형태가 좀더 선명해졌다.

그 무렵, 표면상의 항행 시험 경로는 거의 확정됐다. 나는 지도를 들여다보며 그들의 마지막 무대로 어울리는 장소를 찾다가, 먼 옛날에 지반이 침하한 흔적으로 추정되는 H산맥의 함지를 선택했다.

컴퓨터 다루는 법과 프로그래밍은 대학 연구실에서 수치 시뮬레이션을 공부하면서 자연스레 터득했다.

계획이 본론에 접어들면 내가 제일 먼저 의심받을 것이라

예상했다. 그래서 컴퓨터는 굳이 비밀번호를 설정하지 않고 멤버들이 공용으로 사용할 수 있도록 해두었다. 그들 쪽에서 뭔가 덫을 놓는 것도 충분히 상정할 만한 상황이었고, 실제로 그렇게 되었다.

그 사이에도 잊지 않고 그들을 계속 협박했다.

송금을 받을 S국의 은행 계좌는 브로커를 통해 의외로 쉽게 만들었다. 그들의 동향을 파악한 뒤로는 협박장을 보내기도 훨씬 간단했다. 나는 R국의 공작원인 척하며 그들을 조금씩 일정한 방향으로 몰아넣다가, 그들의 불안과 초조함이 극에 달했을 때를 노려 마지막 일격을 날렸다.

첨부한 서류와 관련해 당신들에게 조력을 얻고 싶다.

기일 안에 당신들의 기낭식 부유정을 지정한 장소로 이송하기 바란다.

망명조인 네빌, 크리스, 사이먼에게 희생양조가 탑승한 젤리피시를 추락시킨 후 어떻게 U국 밖으로 안전하게 탈출하느냐는 여전히 가장 큰 현안이었다. 그들은 내가 던진 독이 든 미끼—젤리피시를 빼앗으려는 R국의 음모에 편승해 망명을 교섭할 기회—를 아무 의심도 없이 덥석 물었다.

며칠 후 네빌은 항행 시험 날짜를 확정했다.


그 이면에서 나는 사이먼 애트우드와 개인적인 접촉을 유지했다.

그들의 계획상 기술개발부 밖에서 내가 그들과 함께 있는 모습을 목격당하면 곤란하다. 사이먼은 아무도 없는 기술개발부 집무실이나 교수의 별장, 크리스 아버지 소유의 폐업한 공장, 아니면 이름도 모르는 어스름한 바의 한구석에서만 나와 마주앉아 이야기를 나누었다.

—사이먼, 요즘 어떠세요? 피곤하신 것 같은데요.

항행 시험 사흘 전, 나는 천연덕스러운 얼굴로 물었다. 그 무렵 사이먼은 술에 의지하는 파이퍼 교수, 적어도 겉으로는 평정을 가장한 네빌, 어쩐지 될 대로 되라는 느낌의 크리스와 비교도 안 될 만큼 피폐해진 상태였다.

아무것도 아니야. 아무래도 그렇게는 안 보이는데요. 짧은 입씨름 끝에 사이먼은 말을 흐리면서도 정말로 네빌의 방침에 따라도 되겠느냐는 뜻을 밝혔다.

마지막 소체도 육성을 마쳐 차세대 기종은 조립 후 최종 조정 단계에 들어갔다. 심판의 날을 눈앞에 두고 사이먼은 양심과 공포 사이에서 짓눌리고 있는 것이 분명했다.

자, 어떻게 할까.

괴로워하는 사이먼을 봐도 동정심은 생기지 않았지만, 만약 그가 자포자기하여 막판에 네빌을 배신하고 '희생양조' 앞에서 계획을 폭로하기라도 한다면. 이 마당에 와서 그러한 상황에 빠져 허우적거릴 수는 없다.

잠시 생각한 끝에 이쪽에서 등을 떠밀어주기로 했다. 나는 사이먼에게 잠시 휴식을 취하는 편이 어떻겠느냐고 제안했다.

긴 침묵 끝에 사이먼은 그래야겠다며 힘없이 웃었다.


항행 시험 이틀 전인 다음날, 집무실에서 업무 보고를 하던 중에 사이먼은 몸이 좋지 않다는 이유로 항행 시험에 불참하겠다는 뜻을 밝혔다.

아무것도 모르는 린다와 윌리엄은 갑작스러운 통보에 얼떨떨한 표정을 지으면서도 태평하게 사이먼을 걱정해주었다. 교수는 다른 방에서 술을 마시고 있었다. 네빌은 크리스와 긴장한 표정으로 얼굴을 마주보다 사이먼을 회의실로 데리고 갔다.

─도대체 무슨 생각이야, 사이먼…… 배신할 마음은…….

─절대로 그런 건…… 그냥 생각할 시간을…….

회의실에서 나온 네빌은 굳은 표정을 풀지 않고 골똘히 생각에 잠겼다. 그날 그는 평소보다 일찍 업무 종료를 알리고 사이먼과 둘이서 부랴부랴 직장을 나섰다.

나도 퇴근하는 척하며 몰래 두 사람의 뒤를 밟았다.

나 이외에 네빌과 사이먼을 쫓는 차는 없었다. 공군이 그들에게 경호를 붙였을 가능성도 있었지만, 그런 낌새도 없었다. 그들이 경호를 거절했음은 모든 일이 다 끝난 후에야 알았다.

두 사람은 교수의 별장으로 향했다. 각자 생각에 빠진 탓인지 사이먼도 네빌도 미행을 눈치채지 못한 것 같았다. 그들이 교수의 별장으로 이어지는 길로 꺾어 들어간 것을 확인한 후 나는 차를 숲 뒤편에 숨기고 긴 길을 걸어 교수의 별장으로 향했다.

정문에 당도해 안을 들여다보자 눈에 들어온 광경.

거대한 영호기 아래에서 네빌이 사이먼의 시체를 숲으로 끌고 가고 있었다.


네빌은 저택 뒤편 숲속에 사이먼의 시체를 묻었다.

정원으로 돌아와 삽에 묻은 흙을 씻어내고 광에 던져 넣은 후, 네빌은 차에서 플로피디스크를 꺼내 영호기 곤돌라 안으로 사라졌다. 조타실 창문 너머로 손전등 불빛이 흔들렸다.

곤돌라에서 나온 네빌은 유령 같은 얼굴로 주변을 둘러보더니 차를 타고 떠났다. 내가 나무 뒤에 숨어 있는 줄은 끝까지 알아차리지 못했다.

네빌 입장에서 생각하면 이날 밤 교수의 별장에서 사이먼을 살해한 것은 충분한 이유가 있어 발생한 필연적인 결과라 할 수 있다.

남의 눈에 띄지 않을 장소가 당장 교수의 별장밖에 떠오르지 않았다. 영호기의 자동 항행 프로그램을 수정하기 위해 조만간 교수의 별장에 올 필요가 있었다. 일정상 그 기회는 그렇게 많이 남아 있지 않았다.

사이먼이 계획에서 빠지겠다는 사실을 암시하면 망명조의 나머지 두 명, 네빌과 크리스가 어떤 행동에 나설지는 대충 짐작이 갔다. 하지만 백 퍼센트 확신이 있었던 것은 아니다. 네빌이 이렇게 빠르고 간단하게 사이먼을 입막음하다니, 약간 의외였고 있는 그대로 표현하자면 실수였다. 내가 아니라 네빌의.

그들은 자신을 위해서라면 남의 목숨을 빼앗는 짓도 서슴지 않는다. 리베카의 목숨도 그렇게 빼앗았음을 네빌은 내 눈앞에서 증명한 셈이다.

긴 정적이 흘렀다. 네빌이 되돌아오지 않는 것을 확인하고 나는 광에서 삽을 꺼내 사이먼의 시체를 파냈다.

고통의 빛이 역력한 얼굴과 목 주변에 새겨진 끈 자국이 달빛 아래 희미하게 드러났다.

죄책감에 휩싸이지도 공포를 느끼지도 않았다. 그저 리베카와 교수 팀의 접점을 만든 남자에게 약간의 연민을 느낄 따름이었다.

차가워지기 시작한 시체를 별장까지 짊어지고 가서 여벌 열쇠로 안에 들어갔다. 옷을 벗기고 욕실에서 흙을 씻어낸 후, 식칼과 톱으로 머리와 팔다리를 절단했다.

나중에 체크포인트에서 '사이먼'도 모습을 나타낼 예정임을 감안하면, 그의 시체는 시험기에서 발견되는 편이 바람직하다. 그리고 사이먼의 시체에는 다른 용도가 있다.

별장에는 교수의 술을 보관하기 위한 아이스박스를 사전에 갖다놓았다. 그중 하나와 원래 별장에 있었던 아이스박스에 사이먼의 시체를 나누어 넣고 얼음을 채우고 나자 어느덧 한밤중이었다.


당초 실험 계획으로는 영호기에 교수, 윌리엄, 린다, 나 네 명이, 차세대 기종에는 네빌, 사이먼, 크리스 세 명이 각각 탑승할 예정이었다.

하지만 사이먼이 사라져 사 대 이로 인원에 불균형이 생기자 네빌은 형식상이나마 인원수를 조정하기 위해 희생양조에서 한 명을 뽑아 망명조에 넣을 수밖에 없었다.

그 한 명이 린다라니, 네빌의 심층 심리를 엿본 것 같아서 흥미롭기는 했다. 어쩌면 린다의 몸을 R국 공작원에게 선물로 줄 생각이었는지도 모른다. 아무튼 영호기의 실제 가용 인원은 나와 윌리엄 둘뿐이었다. 교수는 늘 술 아니면 잠에 취한 상태였으므로 나는 윌리엄의 눈을 속여 사이먼의 시체가든 아이스박스를 영호기 곤돌라에 실었다.

네빌이 덮어씌운 자동 항행 프로그램에 따라 준비한 프로그램을 덮어씌우고 비상용 플로피디스크는 가짜 플로피디스크와 바꿔쳤다. 긴급 정지 스위치도 망가뜨렸다. 차세대 기종은 이미 작업을 마쳤다. 망명조는 자신들이 탑승할 차세대 기종에 누군가가 손을 댔을 가능성을 눈곱만큼도 염두에 두지 않는 듯했다.

다양한 꿍꿍이를 품은 항행 시험이 마침내 시작됐다.

출발하고 이틀째 밤까지는 별다른 움직임이 없었다. 차세대 기종과 영호기는 서로 무전기로 연락을 주고받으며 겉보기에는 순조롭게 항행 시험을 진행했다.

　이 시점에서 내가 가장 신경써야 했던 사항은 두 번째 체크 포인트에서 물품을 구매하는 일이었다.

　원래 나는 기술개발부에 존재하지 않는 인간이다. 매점 손님이나 점원이 얼굴을 기억하면 곤란하다. 그렇다고 선글라스나 마스크로 얼굴을 가리면 반대로 주의를 끌 우려가 있다. 다행히 나는 머리카락과 눈 색깔, 키와 체격이 사이먼과 비슷하므로 밖에 나갈 때는 머리 모양과 복장을 사이먼과 흡사하게 꾸미고, 행동거지도 그럴싸하게 보이도록 노력했다.

　하기야 얼굴이 남의 기억에 남는다고 계획의 근간에 지장이 생기는 것은 아니지만 내 용모는 남의 시선을 별로 끌지 않는지 손님은 내가 아니라 젤리피시에만 관심을 보였다. 계산대 점원도 끊임없이 드나드는 손님을 응대하느라 바쁜지, 내가 계산대 앞에 서도 노골적으로 호기심 어린 시선을 던지지는 않았다.

　네빌은 서명이 필요 없는 무기명 법인 카드로 계산하라고 지시했다. 기술개발부의 흔적은 남기면서 내 필적과 지문은 남기지 않는 교묘한 방법이었지만, 그 방법이 꼭 그들의 계획에만 유리하지는 않다는 사실을 네빌은 마지막까지 깨닫지 못했다.

무사히 물품 구매를 마친 후 나는 마지막 협박으로 리베카의 노트 복사본이 든 봉투를 교수에게 건넸다.

—아까 밖에 나갔을 때 어떤 분이 이걸 전해달라고 부탁하던데요. 얼굴을 숙이고 있어서 어떻게 생겼는지는 모르겠지만…… 아는 분이세요?

교수는 창백한 얼굴로 봉투를 낚아채고 객실 문을 난폭하게 닫았다.

어차피 계획이 진행되면 리베카의 노트 복사본은 그들을 몰아세울 대의명분이 된다. 이 시점에서 굳이 교수에게 보여준 것은 교수에게 도망칠 수 없다는 공포를 심어주고 나중에 증거로 남았을 때에 대비해 교수의 지문을 묻혀놓기 위해서였다.

필립 파이퍼 교수를 첫 번째 희생자로 삼은 것은 단순한 소거법의 산물이었다.

어떤 이유 때문에 자동 항행 프로그램에 설치한 덫이 발동하기 전에 첫 번째 희생자를 만들 필요가 있었다. 망명조에게도 혐의를 씌우려면 독살이 가장 적합하다. 교수와 윌리엄 중제일 자연스러운 형태로 독살할 수 있는 쪽은 필립 파이퍼 교수였다.

아침 5시, 윌리엄이 아직 일어나지 않은 것을 확인하고 나는 여벌 열쇠로 교수가 잠든 2호실에 들어갔다. 교수는 악몽이라도 꾸는지 끙끙 앓고 있었다. 공포를 달래려고 그랬으리라. 머리맡에는 내용물이 남은 술병이 널려 있었다. 나는 술병을 집어 뚜껑을 열고 시안화나트륨을 넣어서 녹인 후 교수의 어깨를 흔들었다.

—일어나세요. 이제 곧 다음 체크포인트입니다. 아침 드실 시간이에요.

언짢은 듯한 소리를 내며 교수는 느릿느릿 몸을 일으켰다. 문을 잠가놓은 방에 내가 들어와 있다는 것도, 지금이 아침 식사를 하기에는 너무 이른 시간이라는 것도 전혀 파악하지 못하는 낌새였다. 내가 독이 든 술병을 내밀자 교수는 아무 의심도 없이 낚아채어 입에 가져갔다.

그 행동이 필립 파이퍼의 명줄을 끊었다.

고통스러워하는 교수를 내버려두고 나는 복도로 나갔다. 문을 열어둔 채 교수를 바라보았다. 목을 쥐어뜯고 속을 게워내고 잠긴 목소리로 신음하며 교수는 문 밖에 우두커니 선 내게 기어왔다. 내 다리를 잡으려고 손을 뻗다가 힘이 다했다.

마지막까지 지켜본 후 나는 문에서 손을 뗐다. 교수의 손목이 문틈에 끼었다.

한 시간 남짓 후 윌리엄이 시체를 발견했다. 당황한 그의 모습은 우스꽝스러운 걸 넘어서 애처롭기까지 했다.

두 시간 후, 기술개발부 멤버는 간선도로에서 멀리 떨어진 인적 없는 황야에 모여 긴급회의를 열었다.

H산맥에 들어가기 전에 교수를 살해한 이유. 긴급한 사태가 일어났다는 명목으로 차세대 기종과 영호기를 한곳에 모으기 위해서였다.

망명조의 계획으로는 분명 이 부근에서 표면상의 경로를 이탈해 국외로 도주를 꾀할 예정이었으리라. 하지만 교수가 살해당하는 바람에 그들은 적어도 영호기가 추락할 때까지는 희생양조와 행동을 함께해야 할 처지가 됐다.

항행 시험을 중지하자는 의견도 당연히 나왔지만, 결국 네빌의 독단으로 속행이 결정됐다. 공군에 가짜 일정까지 전달한—이 사실은 도청으로 알았다—이상 네빌에게 중단이라는 선택지는 존재하지 않았다.

내 예상은 무서우리만치 적중하여 젤리피시 두 척은 항행을 재개했고 덫이 발동했다.

함지에 무사히 불시착할지 말지는 솔직히 도박의 측면이

강했다.

계획을 진행하기 직전에 일기예보를 확인하자 기상 상태가 악화되어 H산맥에는 이미 눈보라가 치는 중이었다. 자동 항행 프로그램은 풍력을 비롯해 각종 계기의 수치를 읽어들여 반영하도록 되어 있지만, 사전에 악천후 상황을 실험할 수도 없어 상정한 대로 움직일지 말지는 말 그대로 천운에 맡기는 수밖에 없었다.

다행히 바람이 그렇게까지 거세지는 않아서 수백 미터 오차 범위 안에서 두 척은 함지에 착륙했다.

암벽에 충돌하여 물리적으로 항행이 불가능해질 수도 있지만, 두 척 중 한 척이라도 살아남으면 계획에는 아무 지장도 없다. 최악의 상황에 빠질 가능성은 생각만큼 크지 않다고 판단했고, 실제로 주사위는 거의 내 이상에 가까운 눈이 나왔다.

한 척을 윌리엄과 크리스가 다른 한 척을 네빌과 내가 암반으로 된 처마 밑에 고정시키고 나자 한기와 암흑이 주위를 뒤덮었다.

모두가 영호기에 모여 구조를 기다리기로 했다.

연료에 한계가 있는 이상 두 척에 나뉘어서 난방을 하는 건 비효율적이다. 원래는 교수의 시체가 있는 영호기로 세 명이 오기보다 새로운 설비를 갖춘 차세대 기종으로 두 명이 가는 편이 자연스럽겠지만, 네빌과 크리스가 반쯤 강제로 영호기에서 지내기로 결정했다. 나와 윌리엄이 차세대 기종을 돌아다니는 게 싫었든지, 아니면 영호기에서 희생양조를 처리할 속셈이었는지도 모른다. 하나 나도 일을 끝낸 후에는 그들의 시체를 모조리 영호기로 옮길 작정이었으므로 네빌과 크리스의 결정은 오히려 도움이 되었다.

저녁 식사 자리에서 이번 사태에 대해 의논했다.

누군가가 우리를 이런 상황에 몰아넣었다고 자리에 모인 모두가 판단을 내렸다. 내가 제일 먼저 의심받을 것이 뻔했기에 모면할 핑계는 미리 준비해두었다. 긴급 정지 스위치를 고장낸 건 누구냐고 내가 따지자 린다는 당황한 듯 말을 어물거렸다.

크리스와 윌리엄은 뜻밖에도 누구나 범인일 수 있다고 여겼는지 나만 규탄하지는 않았다. 하지만 네빌은 달랐다. 망명 계획이 어그러지는 바람에 희생양조에 범인이 있다고 믿었는지도 모르겠다. 주전자의 물을 두고 다툴 때도 내게 의혹을 품었음을 감추려 들지 않았다.

너무 오래 살려두어서는 안 되겠다.

리베카의 연구 성과를 탈취하고 죽음을 자살로 위장하는

데 주도적인 역할을 했을 이 남자에게는 가능한 한 오래 공포를 맛보여주고 싶었다. 하지만 그건 다른 형태로 대신하기로 했다. 나는 분노와 공포에 사로잡힌 척하려고 애쓰면서 종이컵에 담긴 물을 들이켜고 덫이 발동하기를 기다렸다.

얼마 지나지 않아 때가 왔다. 원래는 일을 마친 후 축배를 들고자 준비했을 와인을 가져와 스스로 마개를 뽑고 마신 지 수십 분이 지나자, 네빌은 괴로움에 몸부림치며 지옥으로 떨어졌다.

그토록 독을 경계하던 네빌이 어처구니없이 독살당하자 남은 세 사람은 심각한 타격을 받은 듯, 다시 이야기를 제대로 시작하기까지는 꽤 많은 시간이 필요했다. 와인에 독이 들어 있었던 것 아니냐는 의문도 제기되었지만 깊은 논의는 이루어지지 않았다.

사실 대단한 덫은 아니었다. 미리 종이컵을 포개어 테이블에 놓아두고 제일 위의 컵에만 안쪽에 독을 발랐다. 그게 전부다.

남은 다섯 명 중에 네빌은 직위가 가장 높고 발언권도 강하다. 그렇다면 그가 직접 집어 가든 누가 나누어주든, 실질적인 책임자인 네빌이 종이컵을 제일 먼저 받을 가능성이 높다. 다른 세 사람이 받는다면 네빌을 죽이는 건 다음 기회로 미루면 되고, 내가 받는다면 의심받지 않을 정도로 핑계를 대며 마시지 않으면 그만이다.

결국 노림수는 적중하여 린다가 네빌에게 독이 묻은 컵을 주었다.


남은 사람들 사이에서 주도권을 쥐기는 예상외로 간단했다.

린다가 멍청하게도 리베카의 이름을 꺼낸 덕분에 그들을 닦달하기가 아주 쉬워졌다. 내가 추측이라 하기에도 민망한 의견을 내놓았지만, 공포와 동요에 사로잡힌 그들은 아무 의심도 없이 귀담아들었다.

외부범의 소행일 가능성을 내세워 곤돌라 수색을 제안한 데는 몇 가지 의도가 있었다.

하나는 단순히 '내부범이 스스로 외부범이 존재할 가능성을 배제할 리 없다'는 인식을 나머지 멤버에게 심어주어 내게 품은 의혹을 불식시키기 위해서다.

또 하나는 수색을 빙자해 망명조가 탑승한 차세대 기종을 확인하기 위해서다.

차세대 기종에 덫을 설치하고―자동 항행 프로그램 수정과 긴급 정지 스위치 무력화―무전기를 개조하는 작업은 사전에 마쳤지만, 망명조 세 명이 곤돌라에 반입한 물품까지 미리 조사하기는 불가능했다. 예를 들어 네빌이 예비 무전기를 가지고 왔다면, 군이 방해하기 전에 최소한 그들을 죽인다는 목적만은 달성해야 한다. 그걸 결정하기 위해 일찌감치 차세대 기종 내부를 확인할 필요가 있었다.

망명조의 크리스는 거부감을 내비쳤다. 하지만 한쪽 곤돌라에 '일곱 번째 인물'이 없다고 해서 다른 곤돌라에 침입자가 숨어 있지 않다는 보장은 없다. 그 정론에 이의를 제기할 수는 없었는지 크리스는 아무 반박도 하지 않고 순순히 따랐다.

완벽을 기하려면 각자가 가지고 온 짐도 확인해야 마땅하겠지만, 거기에는 모두가 반대했다. 하기야 다른 세 사람에게는 불시 검사나 다름없는 상황이니만큼 각 방을 살펴보는 것으로 충분했다.

차세대 기종의 곤돌라에서 예비 무전기 따위는 발견되지 않았다.

군에서 지급한 소형 무전기로 충분하다고 방심했든지, 아니면 린다의 눈이 두려웠는지도 모르겠다. 크리스와 네빌의 짐까지는 살펴보지 못했지만, 방을 확인하고 나서 그들이 외부와 연락을 취하지 못한다는 확신이 생겼다. 설마 자신들이 덫에 걸릴 줄은 꿈에도 몰랐던 것이 틀림없다.

그 외의 방―조타실, 식당, 주방, 린다의 방, 세면실, 욕실,

엔진실, 창고—도 겉보기에는 영호기와 거의 다를 바가 없었다.

단 하나, 엔진실에 길쭉한 골프 가방이 놓여 있는 걸 제외하면.

침입자의 흔적은 당연히 발견될 리가 없었다.

우리가 차세대 기종을 조사하는 사이에 설산 어딘가에 숨어 있던 일곱 번째 인물이 영호기에 침입하지는 않을까. 그런 걱정도 제기되었지만 곤돌라 주변에 쌓인 눈을 보건대 공연한 걱정이었음이 확인됐다. 영호기에 돌아온 다른 세 사람은 방한복에 묻은 눈을 털면서 곤혹스러움을 노골적으로 드러냈다.

일곱 번째 인물의 가장 유력한 후보인 사이먼은 이미 절단되어 얼음을 채운 아이스박스 두 개에 나뉘어 담겨 있었다. 수색할 때 아이스박스를 열어볼 위험성이 없지는 않았지만, '살아 있는 사람'이 들어갈 크기가 아니었던데다, 무엇보다 그들 스스로 '짐은 살펴보지 않는다'라는 약속에 옭매인 탓에 아이스박스는 거들떠보지도 않았다.

가장 큰 위험은 오히려 수색 직후에 찾아왔다. 크리스가 깜박한 물건을 가지러 다녀오겠다고 말했을 때가 일련의 계획에서 가장 위기를 느낀 순간이었다.

희생양조를 처리하기는커녕 본인들도 조난당했고, 주모자 네빌은 목숨을 빼앗겼다. 망명조인 크리스 입장에서는 희생 양조에게 반격을 당했다고 여길 수밖에 없는 상황이었다. 거기에다 침입자의 존재까지 부정되면 크리스가 결국 희생양조에게 의혹을 폭발시키리라는 것은 예상이 갔다.

하지만 산탄총으로 모두를 몰살시키려 하다니, 예상은 최악의 결과로 치달았다.

크리스는 담배를 가지러 간다고 얼버무렸지만 속셈은 명백했다. 산탄총은 만일에 대비한 호신용으로 골프 가방에 숨겨서 가지고 왔으리라. 말로 설득하려 했지만 망집에 사로잡힌 크리스에게는 아무 소용도 없었다. 우격다짐으로 제압할 수 있었을지도 모르지만, 그건 그것대로 다른 모두에게 쓸데없는 의혹을 안겨주는 꼴이다.

테이블을 사이에 두고 윌리엄을 눈빛으로 재촉하며 이윽고 찾아올 파국에 어떻게 대처해야 할지 열심히 머리를 굴렸다.

만에 하나 그 상황에서 내가 목숨을 잃었더라도 그들이 아무렇지도 않게 일상으로 돌아갈 수는 없었으리라. 하지만 그때는 내 두 눈으로 그들의 최후를 지켜보는 것이 가장 중요한 일처럼 느껴졌다.

다행히 윌리엄이 내 의도를 알아차려 양쪽에서 함께 크리스를 압박하는 데 성공했다. 쏴 죽이려고 한 상대가 그렇게나 재빨리 반격에 나서다니, 크리스에게는 두 번째로, 그리고 치명적으로 예상외의 사태였다.

결국 윌리엄이 산탄총을 빼앗아 크리스를 향해 방아쇠를 당겼다.

내가 직접 처리하지 못해 아쉽기는 했지만, 고통에 몸부림치며 생명의 빛을 잃어가는 크리스 앞에서 그건 사소한 문제였다.


크리스의 폭주는 가장 큰 이변이었지만, 한편으로 가장 큰 기회도 주었다.

일련의 범행은 전부 크리스의 소행이었다, 그렇게 결론을 내릴 수밖에 없는 상황이 발생한데다 장본인인 크리스가 죽는 바람에 윌리엄과 린다는 완전히 무방비해졌다. 나는 일단 린다를 재우고 윌리엄과 이야기를 나누며 리베카에 관한 기억을 끌어냈다.

리베카가 어디서 어떻게 죽었는지는 도청 내용으로 대강 짐작이 갔고, 윌리엄이 새로운 사실을 밝히더라도 이제 와서 계획을 변경할 생각은 없었다. 하지만 내가 가장 알고 싶었던 사실―누가 실제로 리베카를 죽였는가―을 그들에게 직접 알아낼 기회는 이때를 제외하고는 없었다.

윌리엄의 회상은 참회를 가장한 자기변호로 점철되었지만 정작 내가 알아야 할 사항은 포함되어 있지 않았다. 하지만 회피하는 듯한 비열한 시선과 몸짓이 말보다 훨씬 뚜렷하게 진실을 전했다.

너구나.

네가 리베카를 더럽히고 죽음으로 몰아넣었구나, 윌리엄.


윌리엄이 잠에 빠졌을 즈음에 나는 사이먼의 시체가 든 아이스박스를 엔진실에서 식당으로 옮겼다.

계획은 종반으로 접어들었다. 크리스가 범인이다 싶었던 차에 다시 사람이 죽으면 남은 한 명은 틀림없이 나를 의심한다. 마지막 먹잇감에게 혼란을 주기 위해 사이먼이 나설 차례였다.

나는 크리스의 시체에는 눈길 한번 주지 않고 아이스박스에서 사이먼의 절단된 시체를 꺼내, 갈아입으려고 가져온 내 옷을 입혀 머리를 제외한 나머지 부분을 의자에 앉혔다.

작업하다 들킬 걱정은 하지 않았다. 문을 닫았고, 무엇보다 크리스의 시체가 방치된 식당에 윌리엄과 린다가 자청해서 발을 들여놓지는 않을 것이라고 판단했다.

사이먼의 시체를 바닥에 눕히지 않고 의자에 앉힌 것은, 마지막 한 명이 시체를 발견했을 때 시각적 효과를 최대한 살리기 위해서였다. 바람에 흔들리는 곤돌라에서 균형을 잡느라 애를 먹었지만, 옷이 팔다리를 연결하는 역할을 해주어 예상보다는 빨리 작업을 마쳤다.

추워서 그런지 크리스의 피는 아직 완전히 굳지 않았다. 그의 피로 식당 문에 메시지를 적었다. 서바이벌나이프를 크리스의 손에서 빼내 허리 뒤쪽 벨트와 바지 사이에 꽂았다. 나도 아이스피크를 호신용으로 호주머니에 넣어 왔지만, 표적이 일껏 무기를 준비해주었으니 그걸 사용하기로 했다.

식당을 나섰을 때 1호실 문이 열렸다.

"어머…… 에드워드? 어쩐 일이야……. 이런 시간에."

린다는 몇 시간 전보다는 비교적 차분해진 모습이었다.

"설비를 둘러보느라고요. 당신이야말로 어쩐 일이세요?"

"잠이 달아나서. ……춥고, 이제 괜찮을 텐데도 어쩐지 갑자기 무섭더라고."

린다는 자기 몸을 끌어안았다. "그래서…… 따뜻한 걸 마시고 싶어서."

"코코아라도 타드릴게요. 물은 포트에 들어 있으니 엔진의 열로 다시 데워올게요."

내가 주방에 들어가려 하자 린다가 윗옷자락을 붙잡았다. 그대로 기대듯이 린다는 내 가슴에 얼굴을 묻었다.

"린다?"

"무서워. 부탁이야, 잠깐이라도 좋으니까…… 혼자 두지 마."

미인계인가. 린다의 체온이 가슴에 느껴졌지만 내 마음과 몸은 꿈쩍도 하지 않았다.

"괜찮을까요? 윌리엄이 알기라도 하면……."

"무슨 상관이야. 녀석들의 마음속에는 언제나 리베카밖에 없었는걸."

"리베카?"

"짜증나는 계집애였어."

말과는 반대로 어쩐지 그리운 노래라도 부르는 듯한 목소리였다. "어디선가 갑자기 나타나서 연애보다는 연구가 중요한 척 새침을 떼며 녀석들의 마음을 빼앗았지. 그야 뭐, 나도 녀석들과 진심으로 사귈 마음은 눈곱만큼도 없었어. 진심으로 걔가 그런 여자라고 생각한 것도 아니고. 그렇다고 깨끗하게 패배를 인정하고 물러설 수는 없잖아……. 그래서 나……."

에필로그

"그래서?"

"……아무것도 아니야."

약간의 침묵 끝에 린다는 말을 이었다. "너하고는 상관없는 일이니까…… 신경쓸 것 없어."

뜸을 들이며 얼버무리는 말과 희미하게 떨리는 목소리가 과거에 린다가 무슨 죄를 지었는지, 린다가 리베카에게 무슨 짓을 했는지 내게 알려주었다.

"그래서 뭔데요?"

나는 등뒤에 숨긴 칼을 들키지 않도록 움켜쥐며 린다의 귓가에 속삭였다. "리베카와 윌을 따로 공장에 불러내 윌이 리베카를 더럽히도록 꾸몄다 그건가요?"

휘둥그레진 린다의 눈이 경악으로 가득찼다. 나는 린다를 한 팔로 끌어안고 등에 칼을 꽂았다.

고통, 공포, 후회, 그리고 얼마간의 눈물로 얼굴을 일그러뜨리며 린다는 숨을 거두었다.


나는 린다의 시체를 바닥에 눕히고 아이스박스를 엔진실에 도로 갖다놓았다.

엔진을 꺼서 전기를 차단한 다음, 사이먼의 머리를 목에 얹었다. 잠시 휴식을 취한 후 윌리엄이 잠든 3호실 문을 살며시 두드렸다.

교수와 네빌의 시체를 안치한 2호실로 들어가 벽에 귀를 대고 소리를 엿들었다. 얼마 지나지 않아 윌리엄이 몸을 일으키는 기척이 났다.

그다음부터는 임기응변이었지만 상황은 내가 상상한 대로 흘러갔다. 린다와 사이먼의 시체를 잇달아 발견하고 윌리엄은 정신착란 상태에 빠졌다.

윌리엄이 사이먼의 시체를 '에드워드 맥도웰'의 시체로 오인할 가능성은 솔직히 말해 반반이었다. 시체에 내 옷을 입혔고 불빛이 약한 비상등으로 조명을 바꾸었고 나랑 사이먼의 키와 몸집이 비슷하다고는 하나 자세히 관찰하면 에드워드 맥도웰이 아니라 사이먼의 시체임을 알아볼 수 있다. 윌리엄에게 다소나마 여유가 있었다면 쉽사리 간파할 수 있는 트릭이었다.

윌리엄은 간파하지 못했다.

사전에 심리적으로 압박을 가한 것이 주효했는지도 모른다. 린다의 시체를 목격한 직후에 '에드워드'가 뿔뿔이 흩어져 무너지는 모습을 보고 윌리엄은 판단력을 상실했다.

윌리엄이 식당에 뛰어든 사이에 나는 2호실에서 3호실로 이동했다. 사이먼의 시체를 발견한 후 윌리엄은 살인자를 찾

에필로그

아 다른 방을 확인하며 돌아다녔지만, 바로 직전까지 자신이
쉬고 있었던 3호실은 그냥 지나쳤다.

산탄총을 쏘는 소리가 그치자 나는 3호실에서 복도로 나
왔다.

윌리엄은 이쪽을 등지고 서 있었다. 산탄총을 장전하는 데
정신이 팔려 내가 뒤에서 다가가는데도 끝까지 눈치채지 못
했다.

살상력이 높은 무기를 넘겨주는 셈인데도 식당에는 산탄총
을, 린다의 등에는 서바이벌나이프를 방치한 것은 살인자가
무기를 가지고 숨어 있다는 확신을 윌리엄에게 주지 않기 위
해서였다. 내게 불리한 조건은 아니었다. 사느냐 죽느냐는 소
지한 무기의 살상력과는 별개임을 크리스가 몸소 증명해주
었다.

산탄총도 칼도 필요 없다.

윌리엄의 숨통을 끊기에는 공구함에 든 쇠지레 하나면 충
분했다.


마지막 사냥감의 죽음을 확인하자 나는 쇠지레를 내던지고
나머지 작업에 착수했다.

그때까지 해온 일에 비하면 해야 할 일은 많지 않았다.

영호기의 엔진을 재가동해 조명과 난방을 다시 켰다. 네빌, 크리스, 린다의 짐을 영호기로 옮겨 내용물을 확인하고 객실 세 개와 엔진실에 골고루 갖다놓았다.

뒤처리가 필요한 물품은 들어 있지 않았다. 네빌이나 크리스가 과거의 실험 노트 일습을 지참했을 가능성도 있었지만, 둘 다 가장 최근에 작성한 한 권만 가지고 왔다.

하기야 네빌은 자신들이 지은 죄가 발각될까 봐 두려웠는지 오래된 실험 노트를 처분하려고 했다. 나는 다른 종이 뭉치와 함께 소각로행이 될 뻔한 예전 노트들을 몰래 회수하여 경찰 등이 수사할 때 눈에 띄도록 항행 시험 직전에 윌리엄의 책상 밑에 쑤셔넣었다.

리베카의 노트 복사본은 다시 봉투에 담아 교수의 트렁크에 넣었다. 내 지문이 남지 않도록 주의를 기울였으므로 꼬리가 잡힐 염려는 없다. 이로써 교수 팀이 무슨 죄를 지었는지 경찰이나 공군이 알게 되겠지. 세간에는 은폐되겠지만 그쪽은 다른 수단이 있다.

미리 준비한 디스크로 차세대 기종의 자동 항행 프로그램을 재수정하고 때가 오기를 기다렸다.

하루 가까이 지나 밤이 이슥한 시간에 눈보라가 그쳤다.

폭풍과 폭풍 사이에 찾아온 잠깐의 휴식이었다. 그렇게나

미쳐 날뛰던 눈바람이 잠에 빠진 것처럼 고요해졌고, 구름 사이로 교수 팀은 결국 볼 수 없었던 별이 반짝였다.

창문으로 새어 나오는 곤돌라의 불빛에 의지해 차세대 기종을 고정한 하켄을 뽑고 와이어를 회수했다. 암반 처마 밑에서 차세대 기종을 꺼내 충분한 거리를 확보하고 다시 영호기로 돌아갔다.

곤돌라 내부가 충분히 따뜻해졌음을 확인한 후 복도에 연료를 뿌리고 불을 켠 라이터를 던졌다.

그것으로 전부 끝났다.

영호기 곤돌라에서 불길이 솟아오르는 것을 확인하고 나는 차세대 기종을 출발시켰다.

자동 항행 시스템에 운전을 맡기고 조타실 창문으로 눈길을 돌렸다. 눈이 다시 흩날리는 가운데, 검붉은 화염이 영호기 곤돌라에서 진공 기낭으로 번지며 기체를 서서히 집어삼키는 모습이 시야에서 소리도 없이 멀어졌다.


—알아? 해파리는 영하의 바닷속에서도 헤엄칠 수 있어.

—설령 얼어붙어도 따뜻해지면 다시 살아난대.

*

"너무 과대평가하시는데요."

긴 침묵 후, 청년은 렌과 마리아에게 차분한 웃음을 지었다.

"전부 다 계산에 들어 있었던 건 아니에요. 까딱 잘못했으면 제가 죽었을 상황도 몇 번이나 있었어요."

청년이 비로소 명확하게 자백하는 말을 입에 담았다. 하지만 패배한 표정은 보이지 않았다. 이런 날이 올 줄 알고 있었다는 듯이 평온한 미소마저 띠었다.

"그렇군."

마리아는 어이없음과 감탄이 뒤섞인 눈으로 청년을 바라보았다. "복수의 여신한테 어지간히 사랑받는가 봐."

"그렇지도 않습니다. 만약 그렇다면 당신들한테 이렇게 추궁당하지도 않겠죠."

"능청맞기는. 애초에 불가능 범죄로 만들 마음도 없었으면서. 'H산맥에서 젤리피시가 불타고 있다'고 경찰에 신고한 거, 당신이지?"

대답은 없었다.

"네빌 크로퍼드의 실험 노트를 집무실에 남겨놓고, 교수 팀을 고발하기 위해 미하엘 던리비에게 리베카의 노트를 보낸 것도 당신이잖아."

대답은 없었다.

"교수 팀의 시체도 그래. 실력을 보아 하니 한 구 정도는 자살로 판정되도록 꾸밀 수도 있었을 거야. 그런데 죄다 타살이 분명한 상태로 내버려뒀지. 어째서? 여섯 명을 살해한 사람이 따로 있다고 일부러 강조할 필요가 어디 있지?"

대답은 없었다. 질문은 하나만 받겠다고 했을 텐데요, 하고 청년의 눈동자가 웃는 것 같았다.

"그냥 물어봤어. 대답 안 해도 돼. 파이퍼 교수 팀의 죄를 만천하에 알리는 것이 당신의 최종 목적이었기 때문이야. 그렇지? 그래서 교수 팀의 죽음을 그들 사이에서 완결내지 않은 거야. 여섯 명 모두 죄인이며, 그들에게 복수한 사람이 있다고 경찰에게 노골적인 힌트를 계속 제공했어. 반년 넘게 기다려도 군과 경찰이 아무 공표도 할 생각이 없음을 확인하자 이번에는 미하엘에게 노트를 맡겨 원통한 그의 마음을 풀어주는 동시에 교수 팀의 죄를 고발하는 역할을 맡겼어, 그렇지?"

"왜죠?"

렌은 더이상 참지 못하고 청년에게 질문을 던졌다. "리베카 포덤의 노트가 있으면 목숨을 빼앗지 않고도 파이퍼 교수 팀을 사회적으로 말살할 수 있었을 겁니다. 미하엘 던리비가 그랬듯이. 어째서 그들의 목숨을 직접 끊을 필요가 있었습니까?"

마리아가 놀란 듯이 렌을 쳐다보았다. 대답이 돌아오지 않을 줄은 알고 있었다. 그런데…….

"어려운 질문이로군요."

뜻밖에도 청년은 입을 열었다. 한 사람당 질문 하나씩으로 하죠, 특별 서비스입니다. 얼굴에 그런 뜻이 담긴 미소가 맺혔다.

"실은 저도 모르겠어요. 제게는 필연이었다, 제가 드릴 수 있는 말씀은 그뿐입니다. 굳이 그들의 계획에 편승해 그들의 목숨을 빼앗는 길을 선택했다. 단념할 마음은 전혀 없었다. 오르막길에 공을 놓으면 굴러 내려가듯이 내게는 그게 필연적인 흐름이었다……. 그렇게밖에는 대답을 드릴 수가 없겠네요."

한없이 차분한 말투였다.

마리아의 입에서 한숨이 새어 나왔다. 잔뜩 헝클어진 빨간 머리가 좌우로 흔들렸다.

"멍청이로군."

"부정은 하지 않겠습니다. 생판 남에 지나지 않았던 사람을 위해 살인을 저지르다니, 당신들이 보기에는 참으로 어리석은 짓일 테니까요."

"그게 아니야."

마리아는 말로 때릴 듯이 대꾸했다. "살인이 어리석은 짓? 뭔 소리래. 이 일을 하다 보니까 원치 않아도 알게 되더라. 살인자가 되느냐 마느냐는 종이 한 장 차이야. 누구에게나 때려 죽이고 싶은 인간이 있어. 나도 마찬가지고. 내가 그 녀석들을 죽이지 않는 건 영리하기 때문이 아니야. 당신 말로 표현하자면 단지 상황이 그렇게 흘러가지 않았을 뿐이지. 그런데 당신이 왜 멍청이냐고? 리베카에 대해 엄청난 착각을 하고 있거든. 리베카와 당신이 생판 남? 헛소리도 정도껏 해야지.

야, 리베카의 노트를 어떻게 손에 넣었어? 힘을 써서 빼앗았나? 아니잖아? 리베카가 노트를 맡긴 거잖아, 어떤 상황인지는 모르겠지만. 당신이 아는 리베카는 세상을 바꿀 만한 연구 성과가 적힌 소중한 실험 노트를 아무 상관없는 남에게 척척 내주는 사람이었어?"

청년의 얼굴에 처음으로 얼떨떨한 표정이 떠올랐다.

"미하엘이 그랬어. 자신에게 리베카는 여동생 같은 존재였다고. 똑같아. 남녀 사이의 사랑은 아닐지언정, 리베카에게 당신은 소중한 물건을 맡길 수 있을 만큼 가깝고 사랑스러운 사람이었던 거야. 이렇게 쉬운 걸 왜 모르냐, 이 멍청아."

청년은 하늘을 올려다보았다.

바람이 수런거렸다. 긴 시간이 흘렀다. 마침내.

"정말 그렇군요……. 정말 그래요."

청년의 입에서 자조와 비애가 뒤섞인 웃음소리가 작게 새어 나왔다. 웃음이 사라질 때까지 또 긴 시간이 필요했다.

"이리 와. 당신에게는 묵비권을 행사하고 변호사를 선임할 권리가 있어. 뭐, 내 앞에서 영원히 침묵을 지킬 수 있겠다고 생각하면 오산이지만."

"그거 무섭군요."

청년은 중얼거렸다. "죄송합니다. 슬슬 시간이 된 것 같네요."


나무들이 흔들리는 소리에 묻힐 만큼 희미하게 프로펠러 소리가 들렸다.

저멀리 땅끝에서 들려오는 듯한 소리가 급속도로 커지더니 거대한 흰색 형체가 바람을 일으키며 청년 뒤에서 나타났다.


젤리피시였다.

렌과 마리아와 청년이 선 언덕. 그 끄트머리의 벼랑 아래에서 커다란 흰색 진공 기낭이 태곳적 대어처럼 떠올랐다.

"앗."

말문이 막힌 마리아는 눈만 부릅뜰 뿐이었다. 렌도 한순간 얼이 나갔다.

젤리피시가 느릿하게 움직여 세 사람의 머리 몇 미터 위에서 정지했다. 세 사람 위에 거대한 그림자가 졌다.

곤돌라에는 줄사다리가 달려 있었다. 청년이 줄사다리를 붙잡자 마리아가 정신을 차리고 "야, 거기 서!" 하며 발을 내디뎠다. 그 눈앞에서 "움직이지 말아요" 하고 청년은 스위치 같은 것을 쳐들었다.

"다가오면 이 배를 파괴하겠습니다. 당신들도 무사하지는 못할 거예요."

마리아가 급히 발을 멈췄다.

"난폭한 짓은 하기 싫습니다. 저도 리베카의 연구 성과를 제 손으로 파괴하고 싶지는 않다고요."

마리아의 아름다운 얼굴이 일그러졌다. "존, 정신 안 차릴래! 저렇게 큼지막한 게 접근하는데 보고만 있으면 어떻게해!" 웃옷에서 무전기를 꺼내 고래고래 고함을 질렀다.

〈미안해! 대응이…… 설마 정말로…… 이쪽 레이더에는 아무것도…….〉

긴박한 목소리가 잡음과 함께 렌의 귀에 들어왔다.

레이더에 잡히지 않았다? 설마 이 기체는…….

"스텔스 젤리피시…… 교수 팀이 만든 차세대 기종."

개발에 성공했으면서도 H산맥에 남은 잔해에서는 그 특성을 확인할 수 없어 시험 투입이 보류됐다고 추정된 신형 젤리피시.

항행 시험에 사용된 기체는 두 척이다.

설산에 남은 것이 애당초 스텔스 성능이 없었던 영호기의 잔해라면 청년이 빼앗은 차세대 기종에, 커티스가 마지막으로 육성한 진공 기낭에 스텔스 기능이 갖추어져 있지 않다는 증거는 어디에도 없다.

"지금까지 어디다 숨겨놓은 거야, 이런 걸……!"

"젤리피시는 U국에만 보급된 게 아닙니다. 이웃 C국에서는 물가에 젤리피시를 정박시켜놓는 것이 주류라더군요."

스텔스 젤리피시는 레이더에 감지되지 않는다. 국경선 너머로 유유히 도망쳤다는 건가.

"한 가지 정정할게요. '교수 팀이 만든 차세대 기종'이라는 표현은 틀렸습니다. 그들은 이걸 개발하는 데 아무 기여도 하지 않았어요. 이걸 창조한 사람은 저, 아니 리베카입니다."

리베카?

"여기까지 다다른 당신들에게 경의를 표하는 의미에서 '그녀'를 만드는 법을 알려드리겠습니다."

청년은 줄사다리에 발을 얹었다. "소체를 경화시킬 때 온도를 바꾸어보세요. 그러면 결정구조가 달라져 전자파가 흡수될 겁니다.

신소재를 찾을 필요는 없어요. 경화 조건에 따라 저절로 특성이 바뀌는 진공 기낭을 리베카가 이미 만들어놨으니까요."

재료가 아니라 합성 조건을 바꾸어야 했다는 말인가.

혹시……

"기술개발부에 남아 있던 샘플은 당신이 제작한 겁니까?

마지막 소체를 육성할 때 다른 멤버들에게는 비밀로 가스 온도를 이십 도 올리라고 지시한 것도 당신인가요?"

교수 팀은 아무것도 몰랐다.

희생양조는 다른 멤버들이 스텔스 진공 기낭을 개발하는 데 성공했다고 생각했다. 항행 시험도 차세대 기종과 영호기의 단순한 비교대조 실험이라고 믿어 의심치 않았다.

망명조는 개발을 포기했다. 기존 진공 기낭을 탑재한 차세대 기종으로 어떻게든 국외로 도망갈 속셈이었다. 겉모양도 무게도 기존 제품과 구별이 가지 않는 진공 기낭에 청년이 몰래 스텔스 기능을 추가한 줄은 꿈에도 모르고서.

자동 항행 프로그램이 다시 가동됐는지 청년의 몸이 서서히 떠올랐다.

"이런 식으로 이용되기를 리베카가 바랐는지는 모르겠습니다. 이 제조법을 공군에 알릴지 말지는 당신들의 판단에 맡길게요."

놓쳐서는 안 된다. 머리로는 그렇게 생각했지만 렌은 다리가 움직여지지 않았다.

"잠깐만! 도망치려고?"

마리아가 고함을 지르자 청년은 고개를 저었다.

"저희에게 조금만 시간을 주세요. '그녀'에게 넓은 하늘을 보여주고 싶네요."

청년은 사랑스럽다는 듯이 젤리피시를 올려다보았다. 그의 몸이 아무 조짐도 없이 사다리와 함께 위로 붕 떠올랐다.

눈 깜짝할 틈도 없었다. 젤리피시는 어린아이가 놓친 풍선처럼 하늘로 날아올라 순식간에 멀어졌다.

"존, 뭐하고 있어. 전투기든 뭐든 보내서 빨리 추격해!"

〈알아! 하지만…….〉

상승하는 속도가 너무 빠르다.

마리아는 어안이 벙벙한 얼굴로 하늘을 올려다보았다. 그 얼굴이 어느덧 그녀에게 어울리지 않게도 울상으로 변했다.

렌은 하늘을 쳐다보았다.

청년을 태운 젤리피시는 점처럼 작아지다가 이윽고 푸른 하늘 속으로 녹아들듯 사라졌다.

| 이치카와 유토 |

　참 멀리 돌아온 것 같습니다.

　학창 시절부터 품어왔던 꿈에 정면으로 도전하지 못하고, 일을 마친 후에 잠깐 남는 시간을 햇빛을 볼 기약이 없는 이 야기를 만드는 데 허비하며 세월을 보냈습니다.

　하지만 지금 긴 행로를 마치고 다시 이 작품을 읽어보니 헛 수고라 여겼던 세월의 발자국이 작품 구석구석에 찍혀 있는 것 같습니다. 모든 걸 다 집어던지고 꿈에 매진하는 길도 있 었을 겁니다. 하지만 그렇게 자아낸 이야기는 분명 이 작품과 는 완전히 달랐을 테고, 아유카와 데쓰야상을 수상하는 영예 도 얻지 못했겠지요.

이제부터 작가로서 맞이하는 새로운 나날이 시작됩니다. 지금까지보다 더 어둡고 험난하고 구불구불한 길이 기다리고 있겠지만, 그 길에 내디디는 한 발짝 한 발짝이 저를 또 새로운 곳으로 이끌어주리라고 믿습니다.

마지막으로 변변치 못한 작품을 뽑아주신 심사위원 선생님들과 축하해주신 모든 분들, 그리고 앞으로 이 작품을 읽어주실 독자 여러분께 진심으로 감사드립니다.

옮긴이 | **김은모**

경북대학교 행정학과를 졸업했다. 일본어를 공부하던 도중에 일본 미스터리의 깊은 바다에 빠져들어 헤어나지 못하고 있다. 아직 국내에 소개되지 않은 다양한 작가의 작품을 소개하고자 노력하고 있다. 옮긴 작품으로 이마무라 마사히로의 『시인장의 살인』, 오타 아이의 『범죄자』, 누쿠이 도쿠로의 『나를 닮은 사람』, 『프리즘』, 『미소 짓는 사람』, 기타야마 다케쿠니의 『인어공주』, 마리 유키코의 『여자 친구』를 비롯하여 우타노 쇼고의 '밀실살인게임' 시리즈, 미쓰다 신조의 '작가' 시리즈, 『애꾸눈 소녀』, 『모즈가 울부짖는 밤』, 『달과 게』 등이 있다.

# 젤리피시는 얼어붙지 않는다

**초판 발행** 2018년 11월 7일

**지은이** 이치카와 유토 | **옮긴이** 김은모 | **펴낸이** 염현숙

**책임편집** 지혜림 | **편집** 임지호 이송
**디자인** 강혜림
**저작권** 한문숙 김지영 | **마케팅** 정민호 정진아 함유지 김혜연 박지영 김수현
**홍보** 김희숙 김상만 이천희
**제작** 강신은 김동욱 임현식 | **제작처** 한영문화사

**펴낸곳** (주)문학동네
**출판등록** 1993년 10월 22일 제406-2003-000045호
**임프린트** 엘릭시르

**주소** 10881 경기도 파주시 회동길 210
**문의** 031-955-1901(편집) 031-955-8896(마케팅) 031-955-8855(팩스)
**전자우편** editor@elmys.co.kr | **홈페이지** www.elmys.co.kr

**ISBN** 978-89-546-5326-8 04830
       978-89-546-5325-1 04830(SET)

**엘릭시르는 출판그룹 문학동네의 임프린트입니다.**